红玫瑰与白玫瑰

北京出版集团公司
北京十月文艺出版社

青马(天津)文化有限公司
出 品

目录

年轻的时候	1
花凋	16
鸿鸾禧	36
红玫瑰与白玫瑰	51
散戏	96
殷宝滟送花楼会	99
桂花蒸 阿小悲秋	115
等	136
留情	150
创世纪	172
郁金香	222
多少恨	237

年轻的时候

潘汝良读书，有个坏脾气，手里握着铅笔，不肯闲着，老是在书头上画小人。他对于图画没有研究过，也不甚感兴趣，可是铅笔一着纸，一弯一弯的，不由自主就勾出一个人脸的侧影，永远是那一个脸，而且永远是向左。从小画惯了，熟极而流，闭着眼能画，左手也能画，唯一的区别是，右手画得圆溜些，左手画得比较生涩，凸凹的角度较大，显得瘦，是同一个人生了场大病之后的侧影。

没有头发，没有眉毛眼睛，从额角到下巴，极简单的一条线，但是看得出不是中国人——鼻子太出来了一点。汝良是个爱国的好孩子，可是他对于中国人没有多少好感。他所认识的外国人是电影明星与香烟广告肥皂广告俊俏大方的模特儿，他所认识的中国人是他父母兄弟姊妹。他父亲不是坏人，而且整天在外做生意，很少见到，其实也还不至于讨厌。可是他父亲晚餐后每每独坐在客堂里喝酒，吃油炸花生，把脸喝得红红的，油光腻亮，就像任何小店的老板。他父亲开着酱园，也是个店老板，然而……既做了他的父亲，就应当是个例外。

汝良并不反对喝酒，一个人，受了极大的打击，不拘是爱情上的还是事业上的，跟跟跄跄扶墙摸壁走进酒排间，爬上高凳子，沙嗄地叫一声："威士忌，不搁苏打，"然后用手托住头发起怔来，头发颓然垂下一绺子，扫在眼睛里，然而眼睛一瞬也不瞬，直瞪瞪，空洞洞——那是理所当然的，可同情的。虽然喝得太多也不好，究竟不失为一种高尚的下流。

像他父亲，却是猥琐地从锡壶里倒点暖酒在打掉了柄的茶杯中，一面喝一面与坐在旁边算账的母亲聊天，他说他的，她说她的，各不相犯。看见孩子们露出馋相了，有时还分两颗花生米给他们吃。

至于母亲，母亲自然是一个没有受过教育，在旧礼教压迫下牺牲了一生幸福的可怜人，充满了爱子之心，可是不能够了解他，只懂得为他弄点吃的，逼着他吃下去，然后泫然送他出门，风吹着她的飘萧的白头发。可恶的就是：汝良的母亲头发还没白，偶然有一两根白的，她也喜欢拔去。有了不遂心的事，并不见她哭。只见她寻孩子的不是，把他们呕哭了。闲下来她听绍兴戏，叉麻将。

汝良上面的两个姊姊和他一般地在大学里读书，涂脂抹粉，长得不怎么美而不肯安分。汝良不要他姊姊那样的女人。

他最看不上眼的还是底下那一大群弟妹，脏、怠赖、不懂事，非常孩子气的孩子。都是因为他们的存在，父母和姊姊每每忘了汝良已经大了，一来便把他们混作一谈，这是第一件使他痛心疾首的事。

他在家里向来不开口说话。他是一个孤零零的旁观者。他冷眼看着他们，过度的鄙夷与淡漠使他的眼睛变为淡蓝色的了，石子的青色，晨霜上的人影的青色。

然而谁都不觉得。从来没有谁因为他的批评的态度而感到不安。他不是什么要紧的人。

汝良一天到晚很少在家。下课后他进语言专修学校念德文，一半因为他读的是医科，德文于他很有帮助，一半却是因为他有心要避免同家里人一桌吃饭——夜校的上课时间是七点到八点半。像现在，还不到六点半，他已经坐在学生休息室里，烤着火，温习功课。

休息室的长台上散置着几份报纸与杂志，对过坐着个人，报纸挡住了脸，不会是学生——即使是程度高的学生也不见得看得懂德文报纸。报纸上的手指甲，红蔻丹裂痕斑驳。汝良知道那一定是校长室里的女打字员。她放下报纸，翻到另一页上，将报纸摺叠了一下，伏在台上看。头上吊下一嘟噜黄色的鬈发，细格子呢外衣。口袋里的绿手绢与衬衫的绿押韵。

上半身的影子恰巧落在报纸上。她皱皱眉毛，扭过身去凑那灯光。她的脸这一偏过去，汝良突然吃了一惊，她的侧面就是他从小东涂西抹画到现在的唯一的侧面，错不了，从额角到下巴那条线。怪不得他报名的时候看见这俄国女人就觉得有点眼熟。他再没想到过，他画的原来是个女人的侧影，而且是个美丽的女人。口鼻间的距离太短了，据说那是短命的象征。汝良从未考虑过短命的女人可爱之点，他不过直觉地感到，人中短了，有一种稚嫩之美。她的头发黄得没有劲道，大约要借点太阳光才是纯正的、圣母像里的金黄。唯其因为这似有如无的眼眉鬈发，分外显出侧面那条线。他从心里生出一种奇异的喜悦，仿佛这个人整个是他手里创造出来的。她是他的，他对于她，说不上喜欢不喜欢，因为她是他的一部份。仿佛他只消走过去说一声："原来是你！你是我的,你不知道么?"便可以轻轻掐下她的头来夹在书里。

他朝她发怔,她似乎有点觉得了。汝良连忙垂下眼去看书。书头上左一个右一个画的全是侧面,可不能让她看见了,她还以为画的是她呢!汝良性急慌忙抓起铅笔来一阵涂,那沙沙的声音倒引起了她的注意。她探过身来向他书上望了一望,笑道:"很像,像极了。"汝良嗫嚅着不知说了点什么,手里的笔疾如风雨地只管涂下去,涂黑了半张书。她伸手将书往那边拉,笑道:"让我瞧瞧。本来我也不认识自己的侧面——新近拍了照,有一张是半边脸的,所以一看见就知道是我。画得真不错,为什么不把眼睛嘴给补上去呢?"

汝良没法子解释说他不会画眼睛同嘴,除了这侧面他什么都不会画。她看了他一眼,见他满脸为难的样子,以为他说不惯英文,对答不上来,便搭讪道:"今天真冷。你是骑自行车来的么?"汝良点头道:"是的。晚上回去还要冷。"她道:"可不是,真不方便。你们是哪个先生教?"汝良道:"施密德。"她道:"教得还好么?"汝良又点点头,道:"就是太慢,叫人不耐烦。"她道:"那他也是没法子。学生程度不齐,有些人赶不上。"汝良道:"随班上课,就是这点不好,不比私人教授。"她将手支着头,随意翻着书,问道:"你们念到哪儿了?"掀到第一页,她读出他的名字道:"潘汝良。……我叫沁西亚·劳甫沙维支。"她提起笔来待要写在空白上,可是一点空白也没有剩下了,全书画满了侧面,她的侧面。汝良眼睁睁看着,又不能把书给抢过来,自己兜脸彻腮胀得通红。沁西亚的脸也红了,像电灯罩上歇了个粉红翅的飞蛾,反映到她脸上一点最轻微的飘忽的红色,她很快地合上了书,做出随便的神气,另在封面上找了块空地将她的名字写给他看。

汝良问道："你一直住在上海？"沁西亚道："小时候在哈尔滨。从前我说得一口的中国话呢，全给忘了。"汝良道："那多可惜！"沁西亚道："我还想从头再学起来呢。你要是愿意教我的话，我们倒可以交换一下，我教你德文。"汝良笑道："那敢情好！"正说着，上课铃朗朗响起来了，汝良站起身来拿书，沁西亚将手按在书上，朝他这面推过来，笑道："这样：明天晌午你要是有空，我们就可以上一课试试。你到苏生大厦九楼怡通洋行来找我。我白天在那儿做事。吃中饭的时候那儿没人。"汝良点头道："苏生大厦，怡通洋行。我一定来。"

当下两人别过了。汝良那天晚上到很晚方才入睡。这沁西亚……她误会了，以为他悄悄地爱上了她，背地里画来画去只是她的脸庞。她以为他爱她，而她这么明显地给了他一个机会与她接近，为什么呢？难道她……

她是个干练的女孩子，白天在洋行里工作，夜校里还有兼职——至多也不过他姊姊的年纪罢？人家可不像他姊姊。

照说，一个规矩的女人，知道有人喜欢她，除非她打算嫁给那个人，就得远着他。在中国是如此，在外国也是如此。可是……谁不喜欢同喜欢自己的人来往呢？难道她非得同不喜欢她的人来往么？沁西亚也许并没有旁的意思。他别误会了，像她一样地误会了。不能一误再误……

果真是误会么？

也许他爱着她而自己没有疑心到此。她先就知道了——女人据说是比较敏感。这事可真有点奇怪——他从来不信缘分这些话，可是这事的确有点奇怪……

次日，汝良穿上了他最好的一套西装，又觉得这么焕然一新地去赴约有些傻气，特意要显得潦草，不在乎，临时加上了一条泛了色的旧围巾。

清早上学去，冬天的小树，叶子像一粒粒胶质的金珠子。他面迎太阳骑着自行车，车头上吊着书包，车尾的夹板上拴着一根药水炼制过的丁字式的枯骨。从前有过一个时候，这是一个人的腿，会骑脚踏车也说不定。汝良迎着太阳骑着车，寒风吹着热身子，活人的太阳照不到死者的身上。

汝良把手按在疾驰的电车上，跟着电车飕飕跑。车窗里望进去，里头坐着两个女人，脸对脸喊喊喳喳说话，说两句，点一点头，黑眼睫毛在阳光里晒成了白色。脸对脸不知说些什么有趣的故事，在太阳里煽着白眼睫毛。活人的太阳照不到死者的身上。

汝良肚子里装满了滚烫的早饭，心里充满了快乐，这样无端端的快乐，在他也是常有的事，可是今天他想，一定是为了沁西亚。

野地里的狗汪汪吠叫。学校里摇起铃来了。晴天上凭空挂下小小一串金色的铃声。沁西亚那一嘟噜黄头发，一个鬈就是一只铃。可爱的沁西亚。

午前最后一课也没有去上，赶回家去换围巾，因为想来想去到底是那条簇新的白羊毛围巾比较得体。

路上经过落荒地带新建的一座华美的洋房，想不到这里的无线电里也唱着绍兴戏。从妃红蕾丝窗帘里透出来，宽亮的无表情的嗓子唱着"十八只抽斗"。……文化的末日！这么优美的环境里的女主人也和他母亲一般无二。汝良不要他母亲那样的女人。沁西亚至少是属于另一个世界里的。汝良把她和洁净可爱的一切归在一起，像奖学金、像足球赛、像德国牌子的脚踏车、像新文学。

汝良虽然读的是医科，对于文艺是极度爱好的。他相信，如果不那么忙，如果多喝点咖啡，他一定能够写出动人的文章。他对于咖啡的信仰，倒不是因为咖啡的香味，而是因为那构造复杂的,科学化的银色的壶,那晶亮的玻璃盖。同样地,他献身于医学，一半也是因为医生的器械一概都是崭新灿亮，一件一件从皮包里拿出来，冰凉的金属品，小巧的，全能的。最伟大的是那架电疗器，精致的齿轮孜孜辗动，飞出火星乱迸的爵士乐，轻快、明朗、健康。现代科学是这十不全的世界上唯一的无可訾议的好东西。做医生的穿上了那件洁无纤尘的白外套，油炸花生下酒的父亲，听绍兴戏的母亲，庸脂俗粉的姊姊，全都无法近身了。

这是汝良期待着的未来。现在这未来里添了个沁西亚。汝良未尝不知道，要实现他的理想，非经过一番奋斗不可。医科要读七年才毕业，时候还长着呢，半路上先同个俄国女孩子拉扯上了，怎么看着也不大合适。

自行车又经过一家开唱绍兴戏的公馆，无线电悠悠唱下去，在那宽而平的嗓门里没有白天与黑夜，仿佛在白昼的房间点上了电灯，眩晕、热闹、不真实。

绍兴姑娘唱的是："越思越想越啦懊啊悔啊啊！"稳妥的拍子。汝良突然省悟了：绍兴戏听众的世界是一个稳妥的世界——不稳的是他自己。

汝良心里很乱。来到外滩苏生大厦的时候，还有点惴惴不宁，愁的却是另一类的事了。来得太早，她办公室里的人如果还没有走光，岂不是窘的慌？人走了，一样也窘的慌。他延挨了好一会，方才乘电梯上楼。一推门，就看见沁西亚单独坐在靠窗的一张写字台前面。他怔了一怔——她仿佛和他记忆中的人有点两样，其实，统共昨天才认识她，也谈不上回忆的话。时间短，可是相思是长的——他想得太多了，就失了真。现在他所看见的是一个有几分姿色的平凡的少女，头发是黄的，可是深一层，浅一层，近头皮的一部份是油腻的栗色。大约她刚吃完了简便的午餐，看见他来，便将一个纸口袋团成一团，向字纸篓里一抛。她一面和他说话，一面老是不放心嘴唇膏上有没有黏面包屑，不住的用手帕在嘴角揩抹。小心翼翼，又怕把嘴唇膏擦到界线之外去。她藏在写字台底下的一双脚只穿着肉色丝袜，高跟鞋褪了下来，因为图舒服。汝良坐在她对面，不是踢着她的鞋就是踢着了她的脚，仿佛她一个人长着几双脚似的。

他觉得烦恼，但是立刻就责备自己：为什么对她感到不满呢？因为她当着人脱鞋？一天到晚坐在打字机跟前，脚也该坐麻了，不怪她要苏散苏散。她是个血肉之躯的人，不是他所做的虚无缥缈的梦，她身上的玫瑰紫绒线衫是心跳的绒线衫——他看见她的心跳，他觉得他的心跳。

他决定从今以后不用英文同她谈话。他的发音不够好的！——不能给她一个恶劣的印象。等他学会了德文，她学会了中文，那时候再畅谈罢。目前只能借重教科书上的对白："马是比牛贵么？羊比狗有用，新的比旧的好看。老鼠是比较小的。苍蝇还要小。鸟和苍蝇是飞的。鸟比人快。光线比什么都快。比光线再快的东西是没有的了。太阳比什么都热。比太阳再热的东西是没有的了。十二月是最冷的一月。"都是颠扑不破的至理名言，就可惜不能曲曲达出他的意思。

"明天会晴吗？——也许会晴的。"

"今天晚上会下雨吗？——也许会下雨的。"

会话书的作者没有一个不是上了年纪的人，郑重而噜苏。

"您抽烟吗？——不大抽。"

"您喝酒吗？——不天天喝。"

"您不爱打牌吗？——不爱。我最不爱赌钱。"

"您爱打猎吗？——喜欢，我最喜欢运动。"

"念。念书。小说是不念。"

"看。看报。戏是不看。"

"听。听话。坏话是不听。"

汝良整日价把这些话颠来倒去，东拼西凑，只是无法造成一点柔情的暗示。沁西亚却不像他一般地为教科书圈住了。她的中文虽然不行，抱定宗旨，不怕难为情，只管信着嘴说去。缺乏谈话的资料，她便告诉他关于她家里的情形。她母亲是再醮的寡妇，劳甫沙维支是她继父的姓。她还有个妹妹，叫丽蒂亚。她继父也在洋行里做事，薪水不够养活一家人，所以境况很窘。她的辞汇有限，造句直拙，因此她的话往往是最生硬的，不加润色的现实。有一天，她提起她妹妹来："丽蒂亚是很发愁。"汝良问道："为什么呢？"沁西亚道："因为结婚。"汝良愕然道："丽蒂亚已经结婚了？"沁西亚道："不，因为她还没有。在上海，有很少的好俄国人。英国人，美国人也少。现在没有了。德国人只能结婚德国人。"汝良默然，半晌方道："可是丽蒂亚还小呢。她用不着发愁。"沁西亚微微耸了耸肩道："是的。她还小。"

汝良现在比较懂得沁西亚了。他并不愿意懂得她，因为懂得她之后，他的梦做不成了。

有时候，他们上完了课还有多余的时间，他邀她出去吃午饭。和她一同进餐是很平淡的事，最紧张的一刹那还是付账的时候，因为他不大确实知道该给多少小账。有时候他买一盒点心带来，她把书摊开了当碟子，碎糖与胡桃屑撒在书上，她毫不介意地就那样合上了书。他不喜欢她这种邋遢脾气，可是他竭力地使自己视若无睹。他单拣她身上较诗意的部份去注意，去回味。他知道他爱的不是沁西亚。他是为恋爱而恋爱。

他在德文字典查到了"爱"与"结婚"，他背地里学会了说："沁西亚，我爱你。你愿意嫁给我么？"他没有说出口来，可是那两句话永远在他舌头尖上。一个不留神，难保不吐露那致命的话——致命，致的是他自己的命，这个他也明白。冒失的婚姻很可以毁了他的一生。然而……仅仅想着也是够兴奋的。她听到了这话，无论她是答应还是不答应，一样的也要感到兴奋。若是她答应了，他家里必定要掀起惊天动地的大风潮，虽然他一向是无足重轻的一个人。

春天来了。就连教科书上也说："春天是一年中最美丽的季节。"

有一天傍晚，因为微雨，他没有骑自行车，搭电车从学校里回家。在车上他又翻阅那本成日不离身的德文教科书。书上说：

"我每天早上五点钟起来。

然后穿衣洗脸。

洗完了脸之后散一会儿步。

散步回来就吃饭。

然后看报。

然后工作。

午后四点钟停止工作，去运动。

每天大概六点钟洗澡，七点钟吃晚饭。

晚上去看朋友。

顶晚是十点钟睡觉。好好的休息，第二天好好的工作。"

最标准的一天。穿衣服洗脸是为了个人的体面。看报，吸收政府的宣传，是为国家尽责任。工作，是为家庭尽责任。看朋友是"课外活动"，也是算分数的。吃饭、散步、运动、睡觉，是为了要维持工作效率。洗澡似乎是多余的——有太太的人，大约是看在太太的面上罢？这张时间表，看似理想化，其实呢，大多数成家立业的人，虽不能照办，也都还不离谱儿。汝良知道，他对于他父亲的谴责，就也是因为他老人家对于体面方面不甚注意。儿子就有权利干涉他，上头自然还有太太，还有社会。教科书上就有这样的话："怎么这样慢呢？怎么这样急促呢？叫你去，为什么不去？叫你来，为什么不就来？你为什么打人家？你为什么骂人家？为什么不听我的话？为什么不照我们的样子做？为了什么缘故，这么不规矩？为了什么缘故，这么不正当？"于是教科书上又有微弱的申请："我想现在出去两个钟头儿，成吗？我想今天早回去一会儿，成吗？"于是教科书又怆然告诫自己："不论什么事，总不可以大意。不论什么事，总不能称自己的心意的。"汝良将手按在书上，一抬头，正看见细雨的车窗外，电影广告牌上偌大的三个字："自由魂"。

以后汝良就一直发着楞。电车摇耸唢嗒从马霍路驶到爱文义路。爱文义路有两棵杨柳正抽着胶质的金丝叶。灰色粉墙湿着半截子。雨停了。黄昏的天淹润寥廓，年轻人的天是没有边的，年轻人的心飞到远处去。可是人的胆子到底小。世界这么大，他们必得找点网罗牵绊。

只有年轻人是自由的。年纪大了，便一寸一寸陷入习惯的泥沼里。不结婚，不生孩子，避免固定的生活，也不中用。孤独的人有他们自己的泥沼。

只有年轻人是自由的。知识一开,初发现他们的自由是件稀罕的东西,便守不住它了。就因为自由是可珍贵的,它仿佛烫手似的——自由的人到处磕头礼拜求人家收下他的自由。……

汝良第一次见到这一层。他立刻把向沁西亚求婚的念头来断了。他愿意再年轻几年。

他不能再跟她学德文了,那太危险。他预备了一席话向她解释。那天中午,他照例到她办公室里去,门一开,她恰巧戴着帽子夹着皮包走出来,险些与他撞个满怀。沁西亚喔了一声,将手按在嘴上道:"你瞧我这记性!要打电话告诉你别来的,心里乱乱的,就给忘了!今儿我打算趁吃中饭的时候出去买点东西,我们休息一天罢。"

汝良陪她走了出来,她到附近服装店看了几件睡衣、晨衣、拖鞋,打听打听价格。咖啡馆橱窗里陈设着一只三层结婚蛋糕,标价一千五。她停住脚看看,咬了一会指甲,又往前走去。走了一段路,向汝良笑道:"你知道,我要结婚了。"汝良只是望着她,说不出话来。沁西亚笑道:"说'恭喜你。'"汝良只是望着她,心里也不知道是如释重负还是单纯的惶骇。

沁西亚笑道:"'恭喜'。书上明明有的,忘了么?"汝良微笑道:"恭喜恭喜。"沁西亚道:"洋行里的事,夜校里的事,我都辞掉了。我们的书,也只好搁一搁,以后——"汝良忙道:"那当然。以后再说罢。"沁西亚道:"反正你知道我的电话号码。"汝良道:"那是你母亲家里。你们结婚之后住在什么地方?"沁西亚很迅速地道:"他搬到我们家里来住。暂时的,现在房子真不容易找。"汝良点头道是。他们走过一家商店,橱窗上涂了大半截绿漆。沁西亚笔直向前看着，他所熟悉的侧影反衬在那强调的戏剧化的绿色背景上，异常明晰，仿佛脸上有点红，可是没有喜色。

汝良道："告诉我，他是怎么样的一个人。"沁西亚的清浅的大眼睛里藏不住一点心事。她带着自卫的、戒备的神气，答道："他在工部局警察所里做事。我们从小就在一起的。"汝良道："他是俄国人？"沁西亚点点头。汝良笑道："他一定很漂亮？"沁西亚微笑道："很漂亮。结婚那天你可以看见他。你一定要来的。"

仿佛那是世界上最自然的事——一个年轻漂亮的俄国下级巡官，从小和她在一起的。可是汝良知道：如果她有较好的机会的话，她决不会嫁给他。汝良自己已经是够傻的，为恋爱而恋爱。难道他所爱的女人竟做下了更为不可挽回的事么——为结婚而结婚？

他久久没有收到请帖，以为她准是忘了给他寄来。然而毕竟是寄来了——在六月底。为什么耽搁了这些时？是经济上的困难还是她拿不定主意？

他决定去吃她的喜酒，吃得酩酊大醉。他没有想到没有酒吃。

俄国礼拜堂的尖头圆顶，在似雾非雾的毛毛雨中，像玻璃缸里醋浸着的淡青的蒜头。礼拜堂里人不多，可是充满了雨天的皮鞋臭。神甫身上披着平金缎子台毯一样的氅衣，长发齐肩，飘飘然和金黄的胡须连在一起，汗不停地淌，须发兜底一层层湿出来。他是个高大俊美的俄国人，但是因为贪杯的缘故，脸上发红而浮肿。是个酒徒，而且是被女人宠坏了的。他瞌睡得睁不开眼来。

站在神甫身边的唱诗班领袖，长相与打扮都跟神甫相仿佛，只是身材矮小，喉咙却大，激烈地连唱带叫，脑门子挣得长汗直流，热得头发都脱光了。

圣坛后面悄悄走出一个香伙来，手持托盘，是麻而黑的中国人，僧侣的黑袍下露出白竹布裤子，赤脚趿着鞋。也留着一头乌油油的长发，人字式披在两颊上，像个鬼，不是《聊斋》上的鬼，是义冢里的，白蚂蚁钻出钻进的鬼。

他先送了两杯酒出来，又送出两只皇冕。亲友中预先选定了两个长大的男子高高擎住了皇冕，与新郎新娘的头维持着寸许的距离。在那阴暗，有气味的礼拜堂里，神甫继续诵经，唱诗班继续唱歌。新郎似乎侷促不安。他是个浮躁的黄头发的小伙子，虽然有个古典型的直鼻子，看上去没有多大出息。他草草地只穿了一套家常半旧白色西装，新娘却穿着隆重的白缎子礼服。汝良身旁的两个老太太，一个说新娘的礼服是租来的，一个坚持说是借来的，交头接耳辩了半日。

汝良不能不钦佩沁西亚，因而钦佩一切的女人。整个的结婚典礼中，只有沁西亚一个人是美丽的。她仿佛是下了决心，要为她自己制造一点美丽的回忆。她捧着白蜡烛，虔诚地低着头，脸的上半部在障纱的影子里，脸的下半部在烛火的影子里，摇摇的光与影中现出她那微茫苍白的笑。她自己为自己制造了新嫁娘应有的神秘与尊严的空气，虽然神甫无精打采，虽然香伙出奇地肮脏，虽然新郎不耐烦，虽然她的礼服是租来的借来的。她一辈子就只这么一天，总得有点值得一记的，留到老年时去追想。汝良一阵心酸，眼睛潮了。

礼仪完毕之后，男女老少一拥上前，挨次和新郎新娘接吻，然后就散了。只有少数的亲族被邀到他们家里去参加茶会。汝良远远站着，怔了一会。他不能够吻她，握手也不行——他怕他会掉下泪来。他就这样溜走了。

两个月以后，沁西亚打电话给他，托他替她找个小事，教英文，德文，俄文，或是打字，因为家里待着闷得慌。他知道她是钱不够用。

再隔了些时，他有个同学要补习英文，他打电话通知沁西亚，可是她病了，病得很厉害。

他踌躇了一天一夜，还是决定冒昧地上门去看她一次，明知道他们不会让一个生人进她的卧房去的，不过尽他这点心罢了。凑巧那天只有她妹妹丽蒂亚在家，一个浪漫随便的姑娘，长得像跟她一个模子里印出来的，就是发酵粉放多了，发得东倒西歪，不及她齐整。丽蒂亚领他到她房里去，道："是伤寒症。医生昨天说难关已经过去了，险是险的。"

她床头的小橱上放着她和她丈夫的双人照。因为拍的是正面，看不出她丈夫那古典美的直鼻子。屋子里有俄国人的气味。沁西亚在枕上两眼似睁非睁濛濛地看过来。对于世上一切的漠视使她的淡蓝的眼睛变为没有颜色的。她闭上眼，偏过头去。她的下巴与颈项瘦到极点，像蜜枣吮得光剩下核，核上只沾着一点毛毛的肉衣子。可是她的侧影还在，没大改——汝良画得熟极而流的，从额角到下颔那条线。

汝良从此不在书头上画小人了。他的书现在总是很干净。

一九四四年一月

* 初载一九四四年二月《杂志》第十二卷第五期，收入《传奇》，原题《年青的时候》，《张爱玲全集》中改为此名。

花凋

她父母小小地发了点财,将她坟上加工修葺了一下,坟前添了个白大理石的天使,垂着头,合着手,胸底下环绕着一群小天使。上上下下十来双白色的石头眼睛。在石头的风里,翻飞着白石的头发,白石的裙褶子,露出一身健壮的肉,乳白的肉冻子,冰凉的。是像电影里看见的美满的坟墓,芳草斜阳中献花的人应当感到最美满的悲哀。天使背后藏着小小的碑,题着"爱女郑川嫦之墓"。碑阴还有托人撰制的新式的行述:

"……川嫦是一个稀有的美丽的女孩子……十九岁毕业于宏济女中,二十一岁死于肺病。……爱音乐、爱静、爱父母……无限的爱,无限的依依,无限的惋惜……回忆上的一朵花,永生的玫瑰……安息罢,在爱你的人的心底下。知道你的人没有一个不爱你的。"

全然不是这回事。的确,她是美丽的,她喜欢静,她是生肺病死的,她的死是大家同声惋惜的,可是……全然不是那回事。

川嫦从前有过极其丰美的肉体,尤其美的是那一双华泽的白肩膀。然而,出人意料之外地,身体上的脸庞却偏于瘦削;峻整的,小小的鼻峰,薄薄的红嘴唇,清炯炯的大眼睛,长睫毛,满脸的"颤抖的灵魂",充满了深邃洋溢的热情与智慧,像《魂归离恨天》的作者爱米丽·勃朗蒂。实际上川嫦并不聪明,毫无出众之点。她是没点灯的灯塔。

在姊妹中也轮不着她算美,因为上面还有几个绝色的姊姊。郑家一家都是出奇地相貌好。从她父亲起。郑先生长得像广告画上喝乐口福抽香烟的标准上海青年绅士,圆脸,眉目开展,嘴角向上兜兜着;穿上短裤子就变了吃婴儿药片的小男孩;加上两撇八字须就代表了即时进补的老太爷;胡子一白就可以权充圣诞老人。

郑先生是个遗少,因为不承认民国,自从民国纪元起他就没长过岁数。虽然也知道醇酒妇人和鸦片,心还是孩子的心。他是酒精缸里泡着的孩尸。

郑夫人自以为比他看上去还要年轻,时常得意地向人说:"我真怕跟他一块儿出去——人家瞧着我比他小得多,都拿我当他的姨太太!"俊俏的郑夫人领着俊俏的女儿们在喜庆集会里总是最出风头的一群。虽然不懂英文,郑夫人也会遥遥地隔着一间偌大的礼堂向那边叫喊:"你们过来,兰西!露西!莎丽!宝丽!"在家里她们变成了大毛头、二毛头、三毛头、四毛头。底下还有三个是儿子,最小的儿子是一个下堂妾所生。

孩子多,负担重,郑先生常弄得一屁股的债,他夫人一肚子的心事。可是郑先生究竟是个带点名士派的人,看得开,有钱的时候在外面生孩子,没钱的时候在家里生孩子。没钱的时候居多,因此家里的儿女生之不已,生下来也还是一样的疼。逢着手头活便,不能说郑先生不慷慨,要什么给买什么。在鸦片炕上躺着,孩子们一面给捶腿,一面就去掏摸他口袋里的钱;要是不叫拿,她们就捏起拳头一阵乱捶,捶得父亲又是笑,又是叫唤:"嗳哟,嗳哟,打死了,这下子真打死了!"过年的时候他领着头要钱,做庄推牌九,不把两百元换来的铜子儿输光了不让他歇手。然而玩笑归玩笑,发起脾气来他也是翻脸不认人的。

郑先生是连演四十年的一出闹剧,他夫人则是一出冗长单调的悲剧。她恨他不负责任,她恨他要生那么些孩子;她恨他不讲卫生,床前放着痰盂而他偏要将痰吐到拖鞋里。她总是仰着脸摇摇摆摆在屋里走过来,走过去,凄冷地嗑着瓜子——一个美丽苍白的,绝望的妇人。

难怪郑夫人灰心,她初嫁过来,家里还富裕些的时候,她也曾积下一点私房,可是郑家的财政系统是最使人捉摸不定的东西,不知怎么一卷就把她那点积蓄给卷得荡然无存。郑夫人毕竟不脱妇人习性,明知是留不住的,也还要继续的积,家事虽然乱麻一般,乘乱里她也捞了点钱,这点钱就给了她无穷的烦恼,因为她丈夫是哄钱用的一等好手。

说不上来郑家是穷还是阔。呼奴使婢的一大家子人,住了一幢洋房,床只有两只,小姐们每晚抱了铺盖到客室里打地铺。客室里稀稀朗朗几件家具也是借来的,只有一架无线电是自己置的,留声机屉子里有最新的流行唱片。他们不断地吃零食,全家坐了汽车看电影去,孩子蛀了牙齿没钱补,在学校里买不起钢笔头。佣人们因为积欠工资过多,不得不做下去,下人在厨房里开一桌饭,全弄堂的底下人都来分享,八仙桌四周的长板凳上挤满了人。厨子的远房本家上城来的时候,向来是耽搁在郑公馆里。

小姐们穿不起丝质线质的新式衬衫,布褂子又嫌累赘,索性穿一件空心的棉袍夹袍,几个月之后,脱下来塞在箱子里,第二年生了霉,另做新的。丝袜还没上脚已经被别人拖去穿了,重新发现的时候，袜子上的洞比袜子大。不停地嘀嘀咕咕，明争暗斗。在这弱肉强食的情形下，几位姑娘虽然是在锦绣丛中长大的，其实跟捡煤核的孩子一般泼辣有为。

这都是背地里。当着人，没有比她们更为温柔知礼的女儿，勾肩搭背友爱的姊妹。她们不是不会敷衍。从小的剧烈的生活竞争把她们造成了能干人。川嫦是姊妹中最老实的一个，言语迟慢，又有点脾气。她是最小的一个女儿，天生要被大的欺负，下面又有弟弟，占了爹娘的疼爱，因此她在家里不免受委屈。可是她的家对于她实在是再好没有的严格的训练。为门第所限，郑家的女儿不能当女店员、女打字员，做"女结婚员"是她们唯一的出路。在家里虽学不到什么专门技术，能够有个立脚地，却非得有点本领不可。郑川嫦可以说一下地就进了"新娘学校"。

可是在修饰方面她很少发展的余地，她姊姊们对于美容学研究有素，她们异口同声地断定："小妹适于学生派的打扮。小妹这一路的脸，头发还是不烫好看。小妹穿衣服越素净越好。难得有人配穿蓝布裙子，小妹倒是穿蓝布长衫顶俏皮。"于是川嫦终年穿着蓝布长衫，夏天浅蓝，冬天深蓝，从来不和姊姊们为了同时看中一件衣料而争吵。姊姊们又说："现在时行的这种红黄色的丝袜，小妹穿了，一双腿更显胖，像德国香肠。还是穿短袜子登样，或是赤脚。"又道："小妹不能穿皮子，显老。"可是三姊不要了的那件呢大衣，领口上虽缀着一些腐旧的青种羊，小妹穿着倒不难看，因为大衣袖子太短了，露出两三寸手腕，穿着像个正在长高的小孩，天真可爱。

好容易熬到了这一天，姊姊们一个个都出嫁了，川嫦这才突然地漂亮起来了。可是她不忙着找对象。她痴心想等爹有了钱，送她进大学，好好地玩两年，从容地找个合适的人。等爹有钱……非得有很多的钱，多得满了出来，才肯花在女儿的学费上——女儿的大学文凭原是最狂妄的奢侈品。

郑先生也不忙着替川嫦定亲。他道："实在禁不起这样年年嫁女儿。说省，说省，也把我们这点家私掏光了。再嫁出一个，我们老两口子只好跟过去做陪房了。"

然而郑夫人的话也有理（郑家没有一个人说话没有理的，就连小弟弟在裤子上溺了尿，也还得出一篇道理来），她道："现在的事，你不给她介绍朋友，她来个自我介绍。碰上个好人呢，是她自己找来的，她不承你的情。碰上个坏人，你再反对，已经晚了，以后大家总是亲戚，徒然伤了感情。"

郑夫人对于选择女婿很感兴趣。那是她死灰的生命中的一星微红的炭火。虽然她为她丈夫生了许多孩子，而且还在继续生着，她缺乏罗曼蒂克的爱。同时她又是一个好妇人，既没有这胆子，又没有机会在他方面取得满足。于是，她一样地找男人，可是找了来做女婿。她知道这美丽而忧伤的岳母在女婿们的感情上是占点地位的。

二小姐三小姐结婚之后都跟了姑爷上内地去了，郑夫人把川嫦的事托了大小姐。嫁女儿，向来是第一个最磨菇，以后，一个拉扯一个，就容易了。大姑爷有个同学新从维也纳回来。乍回国的留学生，据说是嘴馋眼花，最易捕捉。这人习医，名唤章云藩，家里也很过得去。

川嫦见了章云藩，起初觉得他不够高，不够黑，她的理想的第一先决条件是体育化的身量。他说话也不够爽利的，一个字一个字谨慎地吐出来，像在隆重的宴会里吃洋枣，把核子徐徐吐在小银匙里，然后偷偷倾在盘子的一边，一个不小心，核子从嘴角里直接滑到盘子里，叮当一声，就失仪了。措词也过分留神些，"好"是"好"，"坏"是"不怎么太好"。"恨"是"不怎么太喜欢"。川嫦对于他的最初印象是纯粹消极的，"不够"这个，"不够"那个，然而几次一见面，她却为了同样的理由爱上他了。

他不但家里有点底子，人也是个有点底子的人。而且他整齐干净，和她家里的人大不相同。她喜欢他头发上的花尖，他的微微伸出的下嘴唇；有时候他戴着深色边的眼镜。也许为来为去不过是因为他是她眼前的第一个有可能性的男人。可是她没有比较的机会，她始终没来得及接近第二个人。

最开头是她大姐请客跳舞。第二次是章云藩还请，接着是郑夫人请客，也是在馆子里。各方面已经有了"人事定矣"的感觉。郑夫人道："等他们订了婚，我要到云藩的医院里去照照爱克司光——老疑心我的肺不大结实。若不是心疼这笔检验费，早去照了，也不至于这些年来心上留着个疑影儿。还有我这胃气疼毛病，问他可有什么现成的药水打两针。以后几个小的吹了风，闹肚子，也用不着求教外人了，现放着个姊夫。"郑先生笑道："你要买药厂的股票，有人做顾问了，倒可以放手大做一下。"她夫人变色道："你几时见我买股票来？我哪儿来的钱？是你左手交给我的，还是右手交给我的？"

过中秋节，章云藩单身在上海，因此郑夫人邀他来家吃晚饭。不凑巧，郑先生先一日把郑夫人一只戒指押掉了，郑夫人和他争吵之下，第二天过节，气得脸色黄黄的，推胃气疼不起床，上灯时分方才坐在枕头上吃稀饭，床上架着红木炕几，放了几色咸菜。楼下磕头祭祖，来客入席，佣人几次三番催请，郑夫人只是不肯下去。郑先生笑嘻嘻的举起筷子来让章云藩，道："我们先吃罢，别等她了。"云藩只得在冷盆里夹了些菜吃着。川嫦笑道："我上去瞧瞧就来。"她走下席来，先到厨房里嘱咐他们且慢上鱼翅，然后上楼。郑夫人坐在床上，绷着脸，搭拉着眼皮子，一只手扶着筷子，一只手在枕头边摸着了满垫着草纸的香烟筒，一口气吊上一大串痰来，吐在里面。吐完了，又去吃粥。川嫦连忙将手按住了碗口，劝道："娘，下去大家一块儿吃罢。一年一次的事，我们也团团圆圆的。况且今天还来了人。人家客客气气的，又不知道这里头的底细。爹有不是的地方，咱们过了今天再跟他说话！"左劝右劝，硬行替她梳头净脸，换了衣裳，郑夫人方才委委屈屈下楼来了，和云藩点头寒暄既毕，把儿子从桌子那面唤过来，坐在身边，摸索他道："叫了章大哥没有？瞧你弄得这么黑眉乌眼，亏你怎么见人来着？上哪儿玩过了，新鞋上糊了这些泥？还不到门口的棕垫子上塌掉它！"那孩子只顾把酒席上的杏仁抓来吃，不肯走开，只吹了一声口哨，把家里养的大狗唤了来，将鞋在狗背上塌来塌去，刷去了泥污，郑家这样的大黄狗有两三只，老而疏懒，身上生癣处皮毛脱落，拦门躺着，乍看就仿佛是一块旧的棕毛毯。

这里端上了鱼翅。郑先生举目一看，阖家大小，到齐了，单单缺了姨太太所生的幼子。便问道："小少爷呢？"赵妈举眼看着太太，道："奶妈抱到衖堂里玩去了。"郑先生一拍桌子道："混账！家里开饭了，怎不叫他们一声？平时不上桌子也罢了，过节吃团圆饭，总不能不上桌。去给我把奶妈叫回来！"郑夫人皱眉道："今儿的菜油得厉害，叫我怎么下筷子？赵妈你去剥两只皮蛋来给我下酒。"赵妈答应了一声，却有些意意思思的，没动身。

郑夫人叱道:"你聋是不是?叫你剥皮蛋!"赵妈慌忙去了。郑先生将小银杯重重在桌上一磕,洒了一手的酒,把后襟一撩,站起来往外走,亲自到街堂里去找孩子。他从后门才出去,奶妈却抱着孩子从前门进来了。川嫦便道:"奶妈你端个凳子放在我背后,添一副碗筷来,随便喂他两口,应个景儿。不过是这么回事。"

送上碗筷来,郑夫人把饭碗接过来,夹了点菜放在上面,道:"拿到厨房里吃去罢,我见了就生气。下流胚子——你再捧着他,脱不了还是个下流胚子。"

奶妈把孩子抱到厨下,恰巧遇着郑先生从后门进来,见这情形,不由得冲冲大怒,劈手抢过碗,哗浪浪摔得粉碎。那孩子眼见才要到嘴的食又飞了,哇哇大哭起来。郑先生便一叠连声叫买饼干去。

打杂的问道:"还是照从前,买一块钱散装的?"郑先生点头。打杂的道:"钱我先垫着?"郑先生点头道:"快去快去。尽唠叨!"打杂的道:"可要多买几块钱的,免得急着要的时候抓不着?"郑先生道:"多买了,我们家里哪儿搁得住东西,下次要吃,照样还得现买。"郑夫人在里面听见了,便闹了起来道:"你这是说谁?我的孩子犯了贱,吃了婊子养的吃剩下的东西,叫他们上吐下泻,登时给我死了!"郑先生在楼梯上冷笑道:"你这种咒,赌它则甚?上吐下泻……知道你现在有人给他治了!"

章云藩听了这话,并不曾会过意思来,川嫦脸上却有些讪讪的。

一时撤下鱼翅,换上一味神仙鸭子。郑夫人替章云藩拣菜,一面心中烦恼,眼中落泪,说道:"章先生,今天你见着我们家庭里这种情形,觉得很奇怪罢?我是不拿你当外人看待的,我倒也很愿意让你知道知道，我这些年来过的是一种什么生活。川嫦给章先生拣点炒虾仁。你问川嫦，你问她，她知道她父亲是怎样的一个人。这那一天不对她姊妹们说——我说：'兰西，露西，沙丽，宝丽，你们要仔细啊！不要像你母亲，遇人不淑，再叫你母亲伤心，你母亲禁不起了啊！'从小我就对她们说：'好好念书啊，一个女人，要能自立，遇着了不讲理的男人，还可以一走。'唉，不过章先生，这是普通的女人哪。我就不行，我这人情感太重，情感太重。我虽然没进过学堂，烹饪、缝纫这点自立的本领是有的。我一个人过，再苦些，总也能解决我自己的生活。"虽然郑夫人没进过学堂，她说得一口流利的新名词。她道："我就坏在情感丰富，我不能眼睁睁看着我的孩子们给她爹作践死了。我想着，等两年，等孩子大些了，不怕叫人摆布死了，我再走，谁知道她们大了，底下又有了小的了。可怜做母亲的一辈子就这样牺牲掉了！"

她偏过身子让赵妈在背后上菜，道："章先生趁热吃些蹄子。这些年的夫妻，你看他还是这样的待我。现在我可不怕他了！我对他说：'不错，我是个可怜的女人，我身上有病，我是个没有能力的女人，尽着你压迫，可是我有我的女儿保护我！嗳，我女儿爱我，我女婿爱我！'"

川嫦心中本就不自在，又觉胸头饱闷，便揉着胸脯子道："不知怎的，心口绞得慌。"郑夫人道："别吃了，喝口热茶罢。"川嫦道："我到沙发上靠靠，舒服些。"便走到穿门那边的客厅里坐上。这边郑夫人悲悲切切倾心吐胆诉说个不完。云藩道："伯母别尽自伤心了，身体禁不住。也要勉强吃点什么才好。"郑夫人拣了一匙子奶油菜花，尝了一尝，蹙着眉道："太腻了，还是替我下碗面来罢。有蹄子，就是蹄子面罢。"一桌子人都吃完了，方才端上面来，郑夫人一头吃，一头说，面冷了，又叫拿去热，又嗔不替章先生倒茶。云藩忙道："我有茶在客厅里，只要对点开水就行了。"趁势走到客厅里。

客厅里电灯上的磁罩子让小孩子拿刀弄杖搠碎了一角，因此川嫦能够不开灯的时候总避免开灯。屋里暗沉沉地，但见川嫦扭着身子伏在沙发扶手上。蓬松的长发，背着灯光，边缘上飞着一重轻暖的金毛衣子，定着一双大眼睛，像云雾里似的，微微发亮。云藩笑道："还有点不舒服吗？"川嫦坐正了笑道："好多了。"云藩见她并不捻亮灯，心中纳罕。两人暗中相对，毕竟不便，只得抱着胳膊立在门洞子里射进的灯光里。川嫦正迎着光，他看清楚她穿着一件葱白素绸长袍，白手臂与白衣服之间没有界限；戴着她大姊夫从巴黎带来的一副别致的项圈，是一双泥金的小手，尖而长的红指甲，紧紧扣在脖子上，像是要扼死人。

她笑道："章先生，你很少说话。"云藩笑道："刚才我问你好了没有，再问下去，就像个医生了。我就怕人家三句不离本行。"川嫦笑了。赵妈提着乌黑的水壶进来冲水，川嫦便在高脚玻璃盆里抓了一把糖，放在云藩面前道："吃糖。"郑家的房门向来是四通八达开着的，奶妈抱着孩子从前面踱了进来，就在沙发四周绕了两圈。郑夫人在隔壁房里吃面，便回过头来钉眼望着，向川嫦道："别给他糖，引得他越发没规没矩，来了客就串来串去的讨人嫌！"

奶妈站不住脚，只得把孩子抱到后面去，走过餐室，郑夫人见那孩子一只手捏着满满一把小饼干，嘴里却啃着梨，便叫了起来道："是谁给他的梨？楼上那一篮子梨是姑太太家里的节礼，我还要拿它送人呢！动不得的。谁给他拿的？"下人们不敢答应。郑夫人放下筷子，一路问上楼去。

这里川嫦搭讪着站起来，云藩以为她去开电灯，她却去开了无线电。因为没有适当的茶几，无线电机是搁在地板上的。川嫦蹲在地上扭动收音机的扑落，云藩便跟了过去，坐在近边的一张沙发上，笑道："我顶喜欢无线电的光。这点儿光总是跟音乐在一起的。"川嫦把无线电转得轻轻的，轻轻的道："我别的没有什么理想，就希望有一天能够开着无线电睡觉。"云藩笑道："那仿佛是很容易。"川嫦笑道："在我们家里就办不到。谁都不用想一个人享点清福。"云藩道："那也许。家里的人，免不了总要乱一点。"川嫦很快的溜了他一眼，低下头去，叹了一口气道："我爹其实不过是小孩子脾气。我娘也有她为难的地方。其实我们家也还真亏了我娘，就是她身体不行，照应不过来。"云藩听她无缘无故替她父母辩护着，就仿佛他对他们表示不满似的；自己回味方才的话，并没有这层意思。两人一时都沉默起来。

忽然听见后门口有人喊叫："大小姐大姑爷回来了！"川嫦似乎也觉得客堂里没有点灯，有点不合适，站起来开灯。那电灯开关恰巧在云藩的椅子背后，她立在他紧跟前，不过一刹那的工夫，她长袍的下摆罩在他脚背上，随即就移开了。她这件旗袍制得特别的长，早已不入时了，都是因为云藩向她姊姊说过：他喜欢女人的旗袍长过脚踝，出国的时候正时行着，今年回国来，却看不见了。他到现在方才注意到她的衣服，心里也说不出来是什么感想，脚背上仿佛老是蠕蠕啰啰飘着她的旗袍角。

她这件衣服，想必是旧的，既长，又不合身，可是太大的衣服另有一种特殊的诱惑性，走起路来，一波未平，一波又起，有人的地方是人在颤抖，无人的地方是衣服在颤抖，虚虚实实，实实虚虚，极其神秘。

川嫦迎了出去，她姊姊姊夫抱着三岁的女儿走进来，和云藩招呼过了。那一年秋暑，阴历八月了，她姊夫还穿着花绸香港衫。川嫦笑道："大姊夫越来越漂亮了。"她姊姊笑道："可不是，我说他瞧着年轻了二十五岁！"她姊夫笑着牵了孩子的手去打她。

她姊姊泉娟说话说个不断，像挑着铜匠担子，担子上挂着喋嗒喋嗒的铁片，走到哪儿都带着她自己单调的热闹。云藩自己用不着开口，不至于担心说错了话，可同时又愿意多听川嫦说两句话，没机会听到，很有点失望。川嫦也有类似的感觉。

她弟弟走来与大姊拜节。泉娟笑道："你们今儿吃了什么好东西？替我留下了没有？"她弟弟道："你放心，并没有瞒着你吃什么好的，虾仁里吃出一粒钉来。"泉娟忙叫他禁声道："别让章先生听见了，人家讲究卫生，回头疑神疑鬼的，该肚子疼了。"她弟弟笑道："不要紧，大姊夫不也是讲究卫生吗？从前他也不嫌我们厨子不好，天天来吃饭，把大姊骗了去了，这才不来了，请他也请不到了。"泉娟笑道："他这张嘴！都是娘惯的他！"

川嫦因这话太露骨了，早红了脸，又不便当着人向弟弟发作。云藩忙打岔道："今儿去跳舞不去？"泉娟道："太晚了罢？"云藩道："大节下的，晚一点也没关系。"川嫦笑道："章先生今天这么高兴。"

她几番拿话试探，觉得他虽非特别高兴，却也没有半点不高兴。可见他对于她的家庭，一切都可以容忍。知道了这一点，心里就踏实了。

当天姊姊姊夫陪着他们出去跳舞，夜深回来，临上床的时候，川嫦回想到方才，从舞场里出来，走了一截子路去叫汽车，四个人挨得紧紧的挽着手并排走,他的胳膊恰巧抵在她胸脯子上。他们虽然一起跳过舞,没有比这样再接近了。想到这里就红了脸,决定下次出去的时候穿双高的高跟鞋,并肩走的时候可以和他高度相仿。可是那样也不对……怎么着也不对,而且,这一点接触算什么?下次他们单独地出去,如果他要吻她呢?太早了罢,统共认识了没多久,以后要让他看轻的。可是到底,家里已经默认了……

她脸上发烧,久久没有退烧。第二天约好了一同出去的,她病倒了,就没去成。

病了一个多月,郑先生郑夫人顾不得避嫌疑了,请章云藩给诊断了一下。川嫦自幼身体健壮,从来不生病,没有在医生面前脱衣服的习惯。对于她,脱衣服就是体格检查。她瘦得胁骨胯骨高高突了起来。他该怎么想?他未来的妻太使他失望了罢?

当然他脸上毫无表情,只有耶教徒式的愉悦——一般医生的典型临床态度——笑嘻嘻说:"耐心保养着,要紧是不要紧的……今天觉得怎么样?过两天可以吃橘子水了。"她讨厌他这一套,仿佛她不是个女人,就光是个病人。

病人也有几等几样的。在奢丽的卧室里,下着帘子,蓬着鬈发,轻绡睡衣上加着白兔皮沿边的,床上披披的锦缎睡袄,现在林黛玉也有她独特的风韵。川嫦可连一件像样的睡衣都没有,穿着她母亲的白布裙子,许久没洗澡,褥单也没换过。那病人的气……

她不大乐意章医生。她觉得他仿佛是乘她没打扮的时候冷不防来看她似的。穿得比平时破烂的人们,见了客,总比平时无礼些。

川嫦病得不耐烦了,几次想爬起来,撑撑不也就撑过去了?郑夫人阻挡不住,只得告诉了她:章医生说她生的是肺病。

章云藩天天来看她,免费为她打空气针。每逢他的手轻轻的按到她胸胁上，微凉的科学的手指，她便侧过头去凝视窗外的蓝天。从前一直憧憬着的接触……是的，总有一天，……总有一天……可是想不到是这样。想不到是这样。

她眼睛上蒙着水的壳。她睁大了眼睛，一霎也不霎，怕它破，对着他哭，成什么样子？他很体谅，打完了针总问一声："痛得很？"她点点头，借此，眼泪就扑地落下来了。

她的肉体在他手指底下溜走了。她一天天瘦下去了，她的脸像骨格子上绷着白缎子，眼睛就是缎子上落了灯花，烧成了两只炎炎的大洞。越急越好不了。川嫦知道云藩比她大七八岁，他家里父母屡次督促他及早娶亲。

她的不安，他也看出来了。有一次，打完了针，屋里静悄悄的没有人，她以为他已经走了，却听见桌上叮当作响，是他把药瓶与玻璃杯挪了一挪。静了半晌，他牵牵她颈项后面绒毯，塞得紧些，低低的道："我总是等着你的。"这是半年之后的事。

她没做声。她把手伸到枕头套里面去，枕头套与被窝之间露出一截子手腕。她知道他会干涉的，她希望他会握着她的手送进被里，果然，他说："快别把手露在外面。要冻着了。"她不动。因为她躺在床上，他分外的要避嫌疑，只得像哄孩子似的笑道："快，快把手收进去，听话些，好得快些。"她自动地缩进了手。

有一程子她精神好了些，落后又坏了。病了两年，成了骨痨。她影影绰绰地仿佛知道云藩另有了人。郑先生郑夫人和泉娟商议道："索性告诉她，让她死了这条心也罢了。这样疑疑惑惑，反而添了病。"便老实和她说："云藩有了个女朋友，叫余美增，是个看护。"川嫦道："你们看见过她没有？"泉娟道："跟她一桌打过了两次麻将。"川嫦道："怎么也没听见你提起呢？"泉娟道："当时又不知道她是谁,所以也没想起来告诉你。"川嫦自觉热气上升,手心烧得难受,塞在枕头套里冰着它。他说过:"我总是等着你的。"言犹在耳,可是也怨不得人家,等了她快两年了,现在大约断定了她这病是无望了。

无望了。以后预期着还有十年的美,十年的风头,二十年的荣华富贵,难道就此完了么?

郑夫人道:"干吗把手搁在枕头套里?"川嫦道:"找我的一条手绢子。"说了她又懊悔,别让人家以为她找了手绢子来擦眼泪。郑夫人倒是体贴,并不追问,只弯下腰去拍了拍她,柔声道:"怎么枕头套上的钮子也没有扣好?"川嫦笑道:"睡着没事做,就欢喜把它一个个剥开来又扣上。"说着,便去扣那些揿钮。扣了一半,紧紧揿住枕衣,把揿钮的小尖头子狠命往手掌心里揿,要把手心钉穿了,才泄她心头之恨。

川嫦屡次表示,想见见那位余美增小姐。郑夫人对女儿这头亲事,惋惜之余,也有同样的好奇心,因教泉娟邀了章医生余小姐来打牌。这余美增是个小圆脸,窄眉细眼,五短身材,穿一件薄薄的黑呢大衣,襟上扣着小铁船的别针,显得寒素。入局之前她伴了章医生一同上楼探病。川嫦见这人容貌平常,第一个不可理喻的感觉便是放心。第二个感觉便是嗔怪她的情人如此没有眼光,曾经沧海难为水,怎么选了这么一个次等角色,对于前头的人是一种侮辱。第三个也是最强的感觉是愤懑不平,因为她爱他,她认为唯有一个风华绝代的女人方才配得上他。余美增既不够资格,又还不知足,当着人故意撇着嘴和他闹别扭,得空便横他一眼。美增的口头禅是:"云藩这人就是这样!"仿佛他有许多可挑剔之处。川嫦听在耳中,又惊又气。她心里的云藩是一个最合理想的人。

是的，她单知道云藩的好处，云藩的缺点要等旁的女人和他结婚之后慢慢的去发现了，可是，不能是这么一个女人……

然而这余美增究竟也有她的可取之点。她脱了大衣，隆冬天气，她里面只穿了一件光胳膊的绸夹袍，红黄紫绿，周身都是烂醉的颜色。川嫦虽然许久没出门，也猜着一定是最流行的衣料。穿得那么单薄，余美增没有一点寒缩的神气。她很胖，可是胖得曲折紧张。

相形之下，川嫦更觉自惭形秽。余美增见了她又有什么感想呢？章医生和这肺病患者的关系，想必美增也有所风闻。她也要怪她的情人太没有眼光罢？

川嫦早虑到了这一点，把她前年拍的一张照片预先叫人找了出来压在方桌的玻璃下。美增果然弯下腰去打量了半日。她并没有问："这是谁？"她看了又看。如果是有名的照相馆拍的，一定有英文字凸印在图的下端，可是没有。她含笑问道："在哪儿照的？"川嫦道："就在附近的一家。"美增道："小照相馆拍照，一来就把人照得像个囚犯。就是这点不好。"川嫦一时对答不上来。美增又道："可是郑小姐，你真上照。"意思是说：照片虽难看，比本人还胜三分。

美增云藩去后，大家都觉得有安慰川嫦的必要。连郑先生，为了怕传染，从来不大到他女儿屋里来的，也上楼来了。他浓浓喷着雪茄烟，制造了一层防身的烟幕。川嫦有心做出不介意的神气，反倒把话题引到余美增身上。众人评头品足，泉娟说："长得也不见得好。"郑夫人道："我就不赞成她那副派头。"郑先生认为她们这是过于露骨的妒忌，便故意的笑道："我说人家相当的漂亮。"

川嫦笑道："对了，爹喜欢那一路的身个子。"泉娟道："爹喜欢人胖。"郑先生笑道："不怪章云藩要看中一个胖些的，他看病人实在看腻了！"川嫦笑道："爹就是轻嘴薄舌的！"

郑夫人后来回到自己屋里，叹道："可怜她还撑着不露出来——这孩子要强！"郑先生道："不是我说丧气话，四毛头这病我看过不了明年春天。"说着，不禁泪流满面。

泉娟将一张药方递过来道："刚才云藩开了个方子，这种药他诊所里没有，叫派人到各大药房去买买试试。"郑夫人向郑先生道："先把钱交给打杂的，明儿一早叫他买去。"郑先生睁眼诧异道："现在西药是什么价钱，你是喜欢买药厂股票的，你该有数呀。明儿她死了，我们还过日子不过？"郑夫人听不得股票这句话，早把脸急白了，道："你胡说些什么？"郑先生道："你的钱你爱怎么使就怎么使。我花钱可得花个高兴，苦着脸子花在医药上，够多冤！这孩子一病两年，不但你，你是爱牺牲，找着牺牲的，就连我也带累着牺牲了不少。不算对不起她了，肥鸡大鸭子吃腻了，一天两只苹果——现在是什么时世，做老子的一个姨太太都养活不起，她吃苹果！我看我们也就只能这样了。再要变着法儿兴出新花样来，你有钱你给她买去。"

郑夫人忖度着，若是自己拿钱给她买，那是证实了自己有私房钱存着。左思右想，唯有托云藩设法。当晚趁着川嫦半夜里服药的时候便将这话源源本本告诉了川嫦，又道："云藩帮了我们不少的忙，自从你得了病，哪一样不是他一手包办，现在他有了朋友，若是就此不管了，岂不教人说闲话，倒好像他从前全是一片私心。单看在这份上，他也不能不敷衍我们一次。"

川嫦听了此话，如同万箭攒心，想到今天余美增曾经说过："郑小姐闷得很罢？以后我每天下了班来陪你谈谈，搭章医生的车一块儿来，好不好？"那分明是存心监督的意思。多了个余美增在旁边虎视眈眈的，还要不识相，死活纠缠着云藩，要这个，要那个，叫他为难。太丢了人。一定要她父母拿出钱来呢，她这病已是治不好的了，难怪他们不愿把钱扔在水里。这两年来，种种地方已经难为了他们。

总之，她是个拖累。对于整个的世界，她是个拖累。

这花花世界充满了各种愉快的东西——橱窗里的东西，大菜单上的，时装样本上的；最艺术化的房间，里面空无所有，只有高齐天花板的大玻璃窗，地毯与五颜六色的软垫；还有小孩——呵，当然，小孩她是要的，包在毛绒衣，兔子耳朵小帽里面的西式小孩，像耶诞卡上印的，哭的时候可以叫奶妈抱出去。

川嫦自己也是这许多可爱的东西之一；人家要她，她便得到她所要的东西。这一切她久已视作她名下的遗产。然而现在，她自己一寸一寸地死去了，这可爱的世界也一寸一寸地死去了。凡是她目光所及，手指所触的，立即死去。她不存在，这些也就不存在。

川嫦本来觉得自己是个无关紧要的普通的女孩子，但是自从生了病，终日郁郁地自思自想，她的自我观念逐渐膨胀。硕大无朋的自身和这腐烂而美丽的世界，两个尸首背对背拴在一起，你坠着我，我坠着你，往下沉。

她受不了这痛苦。她想早一点结果了她自己。

早上趁着爹娘没起床，赵妈上庙烧香去了，厨子在买菜，家下只有一个新来的李妈，什么都不懂，她叫李妈背她下楼去，给她雇一部黄包车。她爬在李妈背上像一个冷而白的大白蜘蛛。

她身边带着五十块钱，打算买一瓶安眠药，再到旅馆里开个房间住一宿。多时没出来过，她没想到生活程度涨到这样。五十块钱买不了安眠药，况且她又没有医生的证书。她茫然坐着黄包车兜了个圈子，在西菜馆吃了一顿饭，在电影院里坐了两个钟头。她要重新看看上海。

从前川嫦出去，因为太忙着被注意，从来不大有机会注意到身外的一切。没想到今日之下这不碍事的习惯给了她这么多的痛苦。

到处有人用骇异的眼光望着她，仿佛她是个怪物。她所要的死是诗意的，动人的死，可是人们的眼睛里没有悲悯。她记起了同学的纪念册上时常发现的两句诗："笑，全世界便与你同声笑；哭，你便独自哭。"世界对于他人的悲哀并不是缺乏同情；秦雪梅吊孝，小和尚哭灵，小寡妇上坟，都不难使人同声一哭。只要是戏剧化的，虚假的悲哀，他们都能接受。可是真遇着上了一身病痛的人，他们只睁大了眼睛说："这女人瘦来！怕来！"

郑家走失了病人，分头寻觅，打电话到轮渡公司、外滩公园、各大旅馆、各大公司，乱了一天。傍晚时分，川嫦回来了，在阖家电气的寂静中上了楼。她一下黄包车便有家里两个女佣上前搀着，可是两个佣人都有点身不由主似的，仿佛她是"科学灵乩"里的"碟仙"，自己会嗤嗤移动的。郑夫人立在楼梯口倒发了一会楞，方才跟进房来，待要盘诘责骂，川嫦靠在枕头上，面带着心虚的惨白的微笑，梳理她的直了的鬓发，将汗湿的头发编成两根小辫。郑夫人忍不住道："累成这个样子，还不歇歇？上哪儿去了一天？"川嫦把手一松，两股辫发蠕蠕扭动着，缓缓的自己分开了。她在枕上别过脸去，合上眼睛，面白如纸，但是可以看见她的眼皮在那里跳动，仿佛纸窗里面漏进风去吹颤的烛火。郑夫人慌问：

"怎么了？"赶过去坐在床头，先挪开了被窝上搁着的一把镜子，想必是川嫦先照着镜子梳头，后来又拿不动，放下了。现在川嫦却又伸过手来握住郑夫人捏着镜子的手，连手连镜子都拖过来压在她自己身上，镜面朝下。郑夫人凑近些又问："怎么了？"川嫦突然搂住她母亲，呜呜哭起来道："娘，我怎么会……会变得这么难看了呢？我……我怎么会……"她母亲也哭了。

可是有时候川嫦也很乐观，逢到天气好的时候，枕衣新在太阳里晒过，枕头上留有太阳的气味，窗外的天，永远从同一角度看着，永远是那样磁青的一块，非常平静，仿佛这一天早已过去了。那淡青的窗户成了病榻旁的古玩摆设。衖堂里叮叮的脚踏车铃响，学童彼此连名带姓呼唤着，在水门汀上金鸡独立一跳一跳"造房子"；看不见的许多小孩的喧笑之声，便像磁盆里种的兰花的种子，深深在泥底下。川嫦心里静静的充满了希望。

郑夫人在衖堂口发现了一家小鞋店，比众特别便宜，因替阖家大小每人买了两双鞋。川嫦虽然整年不下床，也为她买了两双绣花鞋，一双皮鞋，现在穿着嫌大，补养补养，胖起来的时候，那就"正好一脚"。但是川嫦说："等这次再胖起来，可再也不想减轻体重了！要它瘦容易，要想加个一磅两磅原来有这么难的哟！想起从前那时候怕胖。怕胖，扣着吃，吃点胡萝卜同花旗橘子——什么都不敢吃——真是呵……"她从被窝里伸出一只脚来踏在皮鞋里试了一试，道："这种皮看上去倒很牢，总可以穿两三年呢。"

她死在三星期后。

一九四四年二月

* 初载一九四四年三月《杂志》第十二卷第六期，收入《传奇》。

鸿鸾禧

娄家姊妹俩,一个叫二乔,一个叫四美,到祥云时装公司去试衣服。后天她们大哥结婚,就是她们俩做傧相。二乔问伙计:"新娘子来了没有?"伙计答道:"来了,在里面小房间里。"四美拉着二乔道:"二姊你看挂在那边的那块黄的,斜条的。"二乔道:"黄的你已经有了一件了。"四美笑道:"还不趁这个机会多做两件,这两天爸爸总不好意思跟人家发脾气。"两人走过去把那件衣料搓搓捏捏,问了价钱,又问可掉色。

二乔看了一看自己脚上的鞋,道:"不该穿这双鞋来的,待会儿试衣裳,高矮不对。"四美道:"后天你穿哪双鞋?"二乔道:"哪,就是同你一样的那双,玉清要穿平跟的,她比哥哥高,不能把他显得太矮了。"四美悄悄的道:"玉清那身个子……大哥没看见她脱了衣服是什么样子……"

两人一齐噗哧笑出声来。二乔一面笑,一面说:"嘘!嘘!"回头张望着。四美又道:"她一个人简直硬得……简直'掷地作金石声'!"二乔笑道:"这是你从哪里看来的?这样文绉绉。——真的,要不是一块儿试衣服,真还不晓得。可怜的哥哥,以后这一辈子……"四美笑弯了腰道:"碰一碰,骨头克察克察响。跟她跳舞的时候大约听不见，让音乐盖住了，也奇怪，说瘦也不瘦，怎么一身的骨头？"二乔道："骨头架子大。"四美道："白倒挺白，就可惜是白骨。"二乔笑着打了她一下道："何至于？……咳，可怜的哥哥，告诉他也没用，事到如今……"

四美道："我看她总有三十岁。"二乔道："哥哥二十六，她也说是二十六。"四美道："要打听也容易。她底下还有那么些弟弟妹妹，她瞒了岁数，底下一个一个跟着瞒下来，年纪小的，推扳几岁就看得出来。"二乔做了个手势道："一个一个跟着减，倒像把骨牌一个搭着一个，一推，泼塌泼塌一路往后倒。"两人笑作一团。二乔又道："顶小的，才出生来的，总没办法让他缩回肚里去。"四美笑着，说道："明儿我去问问我们学校里的棠倩，棠倩是玉清的表妹。"二乔道："你跟棠倩梨倩很熟么？"四美道："近来她们常常找着我说话。"二乔指着她道："你要小心。大哥娶了玉清，我们家还有老三呢，怕是让她们看上了！也难怪她们眼热。不是我说，玉清那一点配得上我们大哥？玉清那些亲戚，更惹不得，一个比一个穷！"

邱玉清背着镜子站立，回过头去看后影。玉清并不像两个小姑子说的那么不堪，至少穿着长裙长袖的银白的嫁衣，这样严装起来，是很看得过去的，报纸上广告里的所谓"高尚仕女"。把二乔四美相形之下，显得像暴发户的小姐。二乔四美的父亲虽是读书种子，是近年来方才"发迹"的，女儿们的身边上留有一种新鲜的粗俗的喜悦。她们和玉清打了个招呼，把伙计轰了出去，就开始脱衣服，挣扎着把旗袍从头上褪下来，衬裙里看得出她们的赌气似的，鼓着嘴的乳。

玉清牵了牵裙子，问道："你们看有什么要改的地方？"二乔尽责任地看了一看，道："很好嘛！"玉清还是不放心后面是否太长了，然而四美叫了起来，发现她自己那套礼服，上部的蕾丝纱和下面的乔琪纱裙是两种不同的粉红色。各人都觉得后天的婚礼中自己是最吃重的脚色。对于二乔四美，玉清是银幕上最后映出的雪白耀眼的"完"字，而她们则是精采的下期佳片预告。

伙计进来了，二乔四美抱怨起来，伙计抚慰地这里牵高一点，那里抹平下去，说："没有错。尺寸都有在这里；腰围一尺九，抬肩一尺二寸半，那一位是一尺二，没有错。颜色不对要换，可以可以！就这样罢，把上头的洗一洗，我们有种药水。颜色褪得不够呢，再把下面的染一染。可以！可以！"伙计是个十五六岁的孩子，灰色爱国布长袍，小白脸上永远是滑笏的微笑，非常之耐烦，听他的口气绝不会知道这里的礼服不过是临时租给这两个女人的。一个直条条的水仙花一般通灵的孩子，长大之后是怎样的一个人才，委实难于想像。

祥云公司的房屋是所谓宫殿式的，赤泥墙上凸出小金龙。小房间壁上嵌着长条穿衣镜，四下里挂满了新娘的照片，不同的头脸笑嘻嘻由同一件出租的礼服里伸出来。朱红的小屋里有一种一视同仁的，无人性的喜气。

玉清移开了湖绿石鼓上乱堆着的旗袍，坐在石鼓上，身子向前倾，一手托着腮，抑郁地看着她的两个女傧相。玉清非常小心不使她自己露出高兴的神气——为了出嫁而欢欣鼓舞，仿佛坐实了她是个老处女似的。玉清的脸光整坦荡，像一张新铺好的床；加上了忧愁的重压，就像有人一屁股在床上坐下了。

二乔问玉清："东西买得差不多了么？"玉清皱眉道："那里！跑了一早上，现在买东西就是这样：稍微看得上眼的，价钱就可观得很。不买又不行,以后还得涨呢!"二乔伸手道:"我看你买的衣料,"玉清递给她道:"这是掺丝的麻布。"二乔在纸包上挖了个小孔,把脸凑在上面,仿佛从孔里一吸便把里面的东西统统吸光,又像蚊子在鸡蛋上叮一口,立即散了黄;口中说道:"唔,花头不错。"四美道:"去年时行过一阵。"二乔道:"不过要褪色的,我有过一件,洗得不成样子了。"玉清红了脸,夺过纸包,道:"货色两样的。一样的花头,便宜的也有。我这人就是这样,那种不经穿的,宁可不买!"

玉清还买了软缎绣花的睡衣,相配的绣花浴衣,织锦的丝棉浴衣,金织锦拖鞋,金珐琅粉镜,有拉链的鸡皮小粉镜;她认为一个女人一生就只有这一个任性的时候,不能不尽量使用她的权利,因此看见什么买什么,来不及地买,心里有一种决绝的,悲凉的感觉,所以她的办嫁妆的悲哀并不完全是装出来的。

然而婆家的人看着她实在太浪费了。虽然她花的是自己的钱,两个小姑子仍然觉得气愤。玉清家里是个凋落的大户,她父母给她凑了五万元的陪嫁,她现在把这笔款子统统花在自己身上了。二乔四美,还有三多(那是个小叔子),背地里都在议论,他们打听明白了,照中国的古礼,新房里一切的陈设,除掉一张床,应当全部由女方置办;外国风俗不同,但是女人除了带一笔钱过来之外,还得供给新屋里使用的一切毛巾桌布饭单床单。反正无论是新法、老法,玉清的不负责总是不对的,公婆吃了亏不说话,间接吃了亏的小姑小叔可不那么有涵养。

二乔四美把玉清新买的东西检点一过,非但感到一种切身的损害,即使纯粹以局外人的立场,看到这样愚蠢的女人,这样会花钱而又不会用钱,也觉得无限的伤痛惋惜。

微笑还是微笑着的。二乔笑着问:"行过礼之后你穿那件玫瑰红旗袍,有鞋子配么?"玉清道:"我没告诉你么?真烦死了,那颜色好难配,跑了多少家鞋店,绣花鞋只有大红粉红枣红。"四美道:"不用买了,我妈正在给你做呢,听说你买不到。"玉清道:"哟!那真是……而且,怎样来得及呢?"四美道:"妈就是这个脾气!放着多少要紧事急等着没人管,她却去做鞋!这两天家里的事来得个多!"二乔觉得难为情——她母亲一来就使人难为情,在外人前面又还不能不替她辩护着,因道:"其实家里现放着个针线娘姨,叫她赶一双,也没有什么不行。妈就是这个脾气——那怕做不好呢,她觉得也是她这一片心。"玉清觉得她也许应当被感动了,因而有点窘,再三地说:"那真是……那真是……"随即匆匆换了衣服,一个人先走,拖着疲倦的头发到理发店去了。鬈发里感到雨天的疲倦——后天不要下雨才好。

娄太太一团高兴为媳妇做花鞋,还是因为眼前那些事她全都不在行——虽然经过二三十年的练习——至于贴鞋面,描花样,那是没出阁的时候的日常功课。有机会躲到童年的回忆里去,是愉快的。其实连做鞋她也做得不甚好,可是现在的人不讲究那些了,也不会注意到,即使是粗针大线,尖口微向一边歪着,从前的姊妹们看了要笑掉牙的。

虽然做鞋的时候一样是紧皱着眉毛,满脸的不得已,似乎一家子人都看出了破绽,知道她在这里得到某种愉快,就都熬不得她。

她丈夫娄嚣伯照例从银行里回来得很晚,回来了,急等着娘姨替他放水洗澡,先换了拖鞋,靠在沙发上休息,翻翻旧的《老爷》杂志。美国人真会做广告,汽车顶上永远浮着那样轻巧的一片窝心的小白云。"四玫瑰"牌的威士忌，晶莹的黄酒，晶莹的玻璃杯搁在棕黄晶亮的桌上，旁边散置着几朵红玫瑰——一杯酒也弄得它那么典雅堂皇。嚣伯伸手到沙发边的圆桌上去拿他的茶，一眼看见桌面上的玻璃下压着一只玫瑰拖鞋面，平金的花朵在灯光下闪烁着，觉得他的书和他的财富突然打成一片了，有一种清华气象，是读书人的得志。嚣伯在美国得过学位，是最道地的读书人，虽然他后来的得志与他的十年窗下并不相干。

另一只玫瑰红的鞋面还在娄太太手里。嚣伯看见了就忍不住说："百忙里还有工夫去弄那个！不要去做它好不好？"看见他太太就可以一连串地这样说下去："头发不要剪成鸭屁股式好不好？图省事不如把头发剃了！不要穿雪青的袜子好不好？不要把袜子卷到膝盖底下好不好？旗袍叉里不要露出一截黑华丝葛裤子好不好？"焦躁的，但仍然是商量的口吻，因为嚣伯是出名的好丈夫。除了他，没有谁能够凭媒娶到娄太太那样的女人，出洋回国之后还跟她生了四个孩子，三十年如一日。娄太太戴眼镜，八字眉皱成人字，团白脸，像小孩学大人的样捏成的汤团，搓来搓去，搓得不成模样，手掌心的灰揉进面粉里去，成为较复杂的白了。

娄嚣伯也是戴眼镜，团白脸，和他太太恰恰相反，是个极能干的人，最会敷衍应酬。他个子很高，虽然穿的是西装，却使人联想到"长袖善舞"，他的应酬实际上就是一种舞蹈，使观众眩晕呕吐的一种团团转的，颠着脚尖的舞蹈。

娄先生娄太太这样错配了夫妻，多少人都替娄先生不平。这，娄太太也知道，因为生气的缘故，背地里尽管有容让，当着人故意要欺凌娄先生，表示娄先生对于她是又爱又怕的，并不如外人所说的那样。这时候，因为房间里有两个娘姨在那里包喜封，娄太太受不了老爷的一句话，立即放下脸来道："我做我的鞋，又碍着你什么？真是好管闲事！"

嚣伯没往下说了，当着人，他向来是让她三分。她平白地要把一个泼悍的名声传扬出去，也自由她；他反正已经牺牲了这许多了，索性好丈夫做到底。然而今天他有点不耐烦，杂志上光滑华美的广告和眼前面的财富截然分为两起了，书上归书上，家归家。他心里对他太太说："不要这样蠢相好不好？"仍然像是焦躁的商量。娘姨请他去洗澡，他站起身来，身上的杂志扑托滚下地去，他也不去拾它就走了。

娄太太也觉得嚣伯是生了气。都是因为旁边有人，她要面子，这才得罪了她丈夫。她向来多嫌着旁边的人的存在的，心里也未尝不明白，若是旁边关心的人都死绝了，左邻右舍空空的单剩下她和她丈夫，她丈夫也不会再理她了；做一个尽责的丈夫给谁看呢？她知道她应当感谢旁边的人，因而更恨他们了。

钟敲了九点。二乔四美骑着自行车回来了。她们先到哥嫂的新屋里去帮着布置房间，把亲友的贺礼带了去，有两只手帕花篮依旧带了回来，玉清嫌那格子花洋纱手帕不大方，手帕花篮毛巾花篮这样东西根本就俗气，新屋上地方又小，放在那儿没法子不让人看见。正说着，又有人送了两只手帕花篮来，娄太太和两个女儿乱着打发赏钱。娄太太那只平金鞋面还舍不得撒手，吊着根线，一根针别在大襟上。四美见了，忽然想起来告诉她："妈，鞋不用做了，玉清已经买到了。"娄太太也听不出来，女儿很随便的两句话里有一种愉快的报复性质。娄太太也做出毫不介意的样子，说了一声："哦，买到了？"就把针上穿的线给褪了下来，把那只鞋口没滚完的鞋面也压在桌面的玻璃下。

又发现有个生疏的朋友送了礼来而没给他请帖，还得补一份帖子去。娄太太叫娘姨去看看大少爷回来了没有，娘姨说回来了，娄太太唤了他来写帖子。大陆比他爸爸矮一个头，一张甜净的小脸，招风耳朵，生得像《白雪公主》里的哑子，可是话倒是很多，来了就报账。他自己也很诧异，组织一个小家庭要那么些钱。在朋友家里分租下两间房，地板上要打蜡，澡盆里要去垢粉，朝西的窗户要竹帘子，窗帘之外还要防空幕，颜色不能和地毯椅套子犯冲；灯要灯罩灯泡，打牌要另外的桌子、桌布、灯泡——玉清这些事她全懂——两间房加上厨房，一间房里就得备下一只钟，如果要过清白认真的生活。大陆花他父母几个钱也觉得于心无愧，因为他娶的不是一个来历不明的女人。玉清的长处在给人一种高贵的感觉。她把每一个人里面最上等的成分吸引了出来。像他爸爸，一看见玉清就不由得要畅论时局最近的动向，接连说上一两个钟头，然后背过脸来向大家夸赞玉清，说难得看见她这样有学问有见识的女人。

小夫妇两个都是有见识的，买东西先拣琐碎的买，要紧的放在最后，钱用完了再去要——譬如说，床总不能不买的。娄太太叫了起来道："瞧你这孩子这么没算计！"心痛儿子，又痛钱，心里一阵温柔的牵痛，就说："把我那张床给了你罢。我用你那张小床行了。"二乔三多四美齐声反对道："那不好。妈屋里本来并排放着两张双人床，忽然之间去了一张，换上只小床，这两天来的客又多，让人看着说娶个媳妇把一份家都拆得七零八落，算什么呢！爸爸第一个要面子。"

正说着，嚣伯披着浴衣走了出来，手里拿着雾气腾腾的眼镜，眼镜脚指着娄太太道："你们就是这样！总要弄得临时急了乱抓！去年我看见拍卖行里有全堂的柚木家具，我说买了给大陆娶亲的时候用——那时候不听我的话！"大陆笑了起来道："那时候我还没认识玉清呢。"嚣伯瞪了他一眼，自己觉得眼神不足，戴上了眼镜再去瞪他。娄太太深恐他父子闹意见，连忙说道："真的，当初懊悔没置下。其实大陆迟早要结婚的，置下总没错。"

嚣伯把下巴往前一伸，道："这些事全要我管！你是干什么的？家里小孩写个请假条子也得我动手！"这两句话本身并没多大关系，可是娄太太知道嚣伯在亲戚面前，不止一次了，已经说过同样的抱怨的话，娄太太自己也觉得她委屈了丈夫，自己心里那一份委屈，却是没处说的。这时候一口气冲了上来，待要堵他两句："家里待亏了你，你就别回来！还不是你在外头有了别的女人了，回来了，这个不对，那个不对，滥找岔子！"再一想，眼看着就要做婆婆了……话到口边又咽了下去。挺胸凸肚，咚咚咚大步走到浴室里，大声漱口，呱呱漱着，把水在喉咙里汩汩盘来盘去，呸地吐了出来，娄太太每逢生气要哭的时候，就逃避到粗豪里去，一下子把什么都甩开了。

浴室外面父子俩在那里继续说话。嚣伯还带着挑战的口吻，问大陆："刚才送礼来的是个什么人？我不认识的么？"大陆道："也是我们行里的职员。"嚣伯诧异道："行里的职员大家凑了公份儿，偏他又出头露面的送起礼来，还得给他请帖！是你的酒肉朋友罢？"大陆解释道："他是会计股里的，是冯先生的私人。"嚣伯方才换了一副声口，和大陆顺势谈到冯先生，小报上怎样和冯先生开了个玩笑。

他们父子总是父子。娄太太觉得孤凄，娄家一家大小，漂亮、要强的，她心爱的人，她丈夫、她孩子，联了帮时时刻刻想尽方法试验她，一次一次重新发现她的不够，她丈夫一直从穷的时候就爱面子，好应酬，把她放在各种为难的情形下，一次又一次发现她的不够。后来家道兴隆，照说应当过两天顺心的日子了，没想到场面一大，她更发现她的不够。

然而，叫她去过另一种日子，没有机会穿戴齐整，拜客、回拜，她又会不快乐，若有所失。繁荣、气恼、为难，这是生命。娄太太又感到一阵温柔的牵痛。站在脸盆前面，对着镜子，她觉得痒痒地有点小东西落到眼镜的边缘，以为是珠泪，把手帕裹在指尖，伸进去揩抹，却原来是个扑灯的小青虫。娄太太除下眼镜，看了又看，眼皮翻过来检视，疑惑小虫子可曾钻了进去；凑到镜子跟前，几乎把脸贴在镜子上，一片无垠的团白的腮颊；自己看着自己，没有表情——她的伤悲是对自己也说不清楚的。两道眉毛紧紧皱着，永远皱着，表示的只是"麻烦！麻烦！"而不是伤悲。

夫妻俩虽然小小地呕了点气，第二天发生了意外的事，太太还是打电话到嚣伯办公室里问他讨主意。原先请的证婚人是退职的交通部长，虽然不做官了，还是神出鬼没，像一切的官，也没打个招呼，悄然离开上海了。娄嚣伯一时想不出别的相当的人，叫他太太去找一位姓李的，一个医院院长，也是个小名流。娄太太冒雨坐车前去，一到李家，先把洋伞撑开了放在客厅里的地毯上，脱下天蓝起花玻璃纸一口钟，提着领子一抖，然后掏出手帕来擦干皮大衣上溅的水。皮大衣没扣钮子，豪爽地一路敞下去，下面拍开八字脚，她手拿雨衣，四下里看了一看，依然把雨衣湿溜溜的放在沙发上，自己也坐下来。李医生没在家，李太太出来招呼。娄太太送过去一张"娄嚣伯"的名片，说道："嚣伯同李医生是很熟的朋友。"李太太是广东人，只能说不多的几句生硬的国语，对于一切似乎都不大清楚。幸而娄太太对于器伯的声名地位有绝对的自信，因之依旧态度自若，说明来意，李太太道："待会儿我告诉他，让他打电话来给你回信。"娄太太又递了两筒茶叶过来，李太太极力推让，娄太太一定要她收下，末了李太太收下了，态度却变得冷淡起来。娄太太觉得这一次她又做错了事，然而，被三十年间无数的失败支持着，她什么也不怕，屹然坐在那里。坐到该走的时候，站起来穿雨衣告别，到门口方才发觉一把雨伞丢在里面，再转来拿，又向李太太点一点头，像"石点头"似的有份量，有保留，像是知道人们决受不了她的鞠躬的。

可是娄太太心里到底有点发慌，没走到门口先把洋伞撑了起来，出房门的时候，过不去，又合上了伞，重新洒了一地的雨。

李院长后来打电话来，答应做证婚人。

结婚那天还下雨，娄家先是发愁，怕客人来得太少，但那是过虑，因为现在这年头，送了礼的人决不肯不来吃他们一顿。下午三时行礼，二时半，礼堂里已经有好些人在，自然而然地分做两起，男家的客在一边，女家又在一边，大家微笑，喊喳，轻手轻脚走动着，也有拉开椅子坐下的。广大的厅堂里立着朱红大柱，盘着青绿的龙；黑玻璃的墙，黑玻璃壁龛里坐着小金佛，外国老太太的东方，全部在这里了。其间更有无边无际的暗花北京地毯，脚踩上去，虚飘飘地踩不到花，像隔了一层什么。整个的花团锦簇的大房间是一个玻璃球，球心有五彩的碎花图案。客人们都是小心翼翼顺着球面爬行的苍蝇，无法爬进去。

也有两个不甘心这么悄悄地在玻璃球外面搓手搓脚逗留一回便算数的，要设法进入那豪华的中心。玉清有五个表妹，都由她们母亲率领着来了。大的二的，都是好姑娘，但是岁数大了，自己着急，势不能安分了。二小姐梨倩，新做了一件得意的单旗袍，没想到下了两天雨，天气暴冷，饭店里又还没到烧水汀的季节，使她没法脱下她的旧大衣，并不是受不了冷，是受不了人们的关切的询问："不冷么？"梨倩天生是一个不幸的人，虽然来得很早，不知怎么没找到座位。她倚着柱子站立——她喜欢这样；她的苍白倦怠的脸是一种挑战，仿佛在说："我是厌世的，所以连你我也讨厌——你讨厌我么？"末了出其不意那一转，特别富于挑拨性。

她姊姊棠倩没有她高，而且脸比她圆，因此粗看倒比她年轻，棠倩是活泼的，活泼了这些年还没嫁出，使她丧失了自尊心。她的圆圆的小灵魂破裂了，补上了白磁，眼白是白磁，白牙也是白磁，微微凸出、硬冷、雪白、无情，但仍然笑着，而且更活泼了。老远看见一个表嫂，她便站起来招呼，叫她过来坐，把位子让给她，自己坐在扶手上，指指点点，说说笑笑，悄悄的问，门口立着的那招待员可是新郎的弟弟。后来听出是娄嚣伯银行里的下属，便失去了兴趣。后来来了更多的亲戚，她一个一个寒暄，亲热地拉着手。棠倩的带笑的声音里仿佛也生着牙齿，一起头的时候像是开玩笑地轻轻咬着你，咬到后来就疼痛难熬。

乐队奏起结婚进行曲，新郎新娘男女傧相的辉煌的行列徐徐进来了。在那一刹那的屏息的期待中有一种善意的、诗意的感觉；粉红的、淡黄的女傧相像破晓的云，黑色礼服的男子们像云霞里慢慢飞着的燕的黑影，半闭着眼睛的白色的新娘像复活的清晨还没有醒过来的尸首，有一种收敛的光。这一切都跟着高升发扬的音乐一齐来了。

然而新郎新娘立定之后，证婚人致词了："兄弟。今天。非常。

荣幸。"空气立刻两样了。证婚人说到新道德、新思潮、国民的责任，希望贤伉俪以后努力制造小国民。大家哈哈笑起来。接着是介绍人致词。介绍人不必像证婚人那样的维持他的尊严，更可以自由发挥。中心思想是：这里的一男一女待会儿要在一起睡觉了，趁现在尽量看看他们罢，待会儿是不许人看的。演说的人苦于不能直接表现他的中心思想，幸而听众是懂得的，因此也知道笑。可是演说毕竟太长了，听到后来就很少有人发笑。

乐队又奏起进行曲。新娘出去的时候，白礼服似乎破旧了些，脸色也旧了。

宾客呐喊着，把红绿纸屑向他们掷去，后面的人抛了前面的人一身一头的纸屑。行礼的时候，棠倩一眼不霎看着做男傧相的娄三多，新郎的弟弟，此刻便发出一声快乐的，撒野的叫声，把整个纸袋的红绿纸屑脱手向他丢去。

新郎新娘男女傧相去拍照，贺客到隔壁房里用茶点，棠倩非常活泼地，梨倩则是冷漠地，吃着蛋糕。

吃了一半，新郎新娘回来了，乐队重新奏乐，新郎新娘第一个领头下池子跳舞，这时候是年轻人的世界了，不跳舞的也围拢来看，上年纪的太太们悄悄站到后面去，带着慎重的微笑，仿佛虽然被挤到注意力的圈子外，她们还是有一种消极的重要性，像画卷上端端正正的图章，少了它就不上品。

没有人请棠倩跳舞。棠倩仍旧一直笑着，嘴里仿佛嵌了一大块白磁，闭不上。

棠倩梨倩考虑着应当不应当早一点走，趁着人还没散，留下一个惊鸿一瞥的印象，好让人打听那穿蓝的姑娘是谁。正要走，她们那张桌子上来了个熟识的女太太，向她们母亲抱怨道："这儿也不知是谁管事！我们那边桌上简直什么都没有——照理每张桌上应当派个人负责看着一点才好！"母亲连忙让她喝茶，她就坐下了，不是活泼地，也不是冷漠地，而是毫无感情地大吃起来。棠倩梨倩无法表示她们的鄙夷，唯有催促母亲快走。

看准了三多站在娄太太身边的时候，她们上前向娄太太告辞。娄太太的困惑，就像是新换了一副眼镜，认不清楚她们是谁，及至认清楚了，也只皱着眉头说了一句："怎么不多坐一会儿？"娄太太今天忙来忙去，觉得她更可以在人丛里理直气壮地皱着眉了。

因为娄家总是绝对的新派，晚上吃酒只有几个至亲在座，也没有闹房。次日新夫妇回家来与公婆一同吃午饭，新娘的父母弟妹也来了。拍的照片已经拿了样子来，玉清单独拍的一张，她立在那里，白礼服平扁浆硬，身子向前倾而不跌倒，像背后撑着纸板的纸洋娃娃。和大陆一同拍的那张，她把障纱拉下来罩在脸上，面目模糊，照片上仿佛无意中拍进去一个冤鬼的影子。玉清很不满意，决定以后再租了礼服重拍。

饭后，器伯和他自己讨论国际问题，说到风云变色之际，站起来打手势，拍桌子。娄太太和亲家太太和媳妇并坐在沙发上，平静地伸出两腿，看着自己的雪青袜子，卷到膝盖底下。后来她注意到大家都不在那里听，却把结婚照片传观不已，偶尔还偏过头去打个呵欠。娄太太突然感到一阵厌恶，也不知道是对她丈夫的厌恶，还是对于在旁看他们做夫妻的人们的厌恶。

亲家太太抽香烟，娄太太伸手去拿洋火，正午的太阳照在玻璃桌面上，玻璃底下压着的玫瑰红平金鞋面亮丽耀眼。娄太太的心与手在那片光上停留了一下。忽然想起她小时候，站在大门口看人家迎亲，花轿前呜哩呜哩，回环的、蛮性的吹打，把新娘的哭声压了下去，锣敲得震心；烈日下，花轿的彩穗一排湖绿、一排粉红、一排大红、一排排自归自波动着，使人头昏而又有正午的清醒，像端午节的雄黄酒。轿夫在绣花袄底下露出打补钉的蓝布短裤，上面伸出黄而细的脖子，汗水晶莹，如同坛子里探出头来的肉虫。轿夫与吹鼓手成行走过，一路是华美的摇摆。看热闹的人和他们合为一体了，大家都被在他们之外的一种广大的喜悦所震慑，心里摇摇无主起来。

隔了这些年娄太太还记得，虽然她自己已经结了婚，而且大儿子也结婚了——她很应知道结婚并不是那回事。那天她所看见的结婚有一种一贯的感觉，而她儿子的喜事是小片小片的，不知为什么。

她丈夫忽然停止时事的检讨，一只手肘抵在炉台上，斜着眼看他的媳妇，用最潇洒，最科学的新派爸爸的口吻问道："结了婚觉得怎么样？还喜欢么？"

玉清略略踌躇了一下，也放出极其大方的神气，答道："很好。"说过之后脸上方才微微泛红起来。

一屋子人全笑了，可是笑得有点心不定，不知道应当不应当笑。娄太太只知道丈夫说了笑话，而没听清楚，因此笑得最响。

一九四四年五月

* 初载一九四四年六月上海《新东方》第九卷第六期，收入一九四六年十一月上海山河图书公司《传奇》增订本。

超过预算之外。

在巴黎这一天的傍晚，他没事可做，提早吃了晚饭，他的寓所在一条僻静的街上，他步行回寓，心里想着："人家都当我到过巴黎了，"未免有些怅然。街灯已经亮了，可是太阳还在头上，一点一点往下掉，掉到那方形的水门汀建筑的房顶下，再往下掉，往下掉！房顶上仿佛雪白地蚀去了一块。振保一路行来，只觉得荒凉。不知谁家宅第里有人用一只手指在那里弹钢琴，一个字一个字揿下去，迟慢地，弹出耶诞节赞美诗的调子，弹了一支又一支。耶诞夜的耶诞诗自有它的欢愉的气氛，可是在这暑天的下午，在静静晒满了太阳的长街上，太不是时候了，就像是乱梦颠倒，无聊得可笑。振保不知道为什么，竟不能忍耐这一曲指头弹出的琴声。

他加紧了步伐往前走，袴袋里的一只手，手心在出汗。他走得快了，前面的一个黑衣妇人倒把脚步放慢了，略略偏过头来瞟了他一眼。她在黑蕾丝纱底下穿着红衬裙。他喜欢红色的内衣。没想到这地方也有这等女人，也有小旅馆。

多年后，振保向朋友们追述到这一桩往事，总是带着点愉快的哀感打趣着自己，说："到巴黎之前还是个童男子呢！该去凭吊一番。"回想起来应当是很浪漫的事了，可是不知道为什么，浪漫的一部份他倒记不清了，单拣那恼人的部份来记得。外国人身上往往比中国人多着点气味，这女人自己老是不放心，他看见她有意无意抬起手臂来，偏过头去闻了一闻。衣服上，胳肢窝里喷了香水，贱价的香水与狐臭与汗酸气混和了，是使人不能忘记的异味。然而他最讨厌的还是她的不放心。脱了衣服，单穿件衬裙从浴室里出来的时候，她把一只手高高撑在门上，歪着头向他笑，

53

他知道她又下意识地闻了闻自己。

这样的一个女人,就连这样的一个女人,他在她身上花了钱,也还做不了她的主人。和她在一起的三十分钟是最羞耻的经验。

还有一点细节是他不能忘记的。她重新穿上衣服的时候,从头上套下去,套了一半,衣裳散乱地堆在两肩,仿佛想起了什么似的,她稍微停了一停。这一刹那之间他在镜子里看见她,她有很多的蓬松的黄头发,头发紧紧绷在衣裳里面,单露出一张瘦长的脸,眼睛是蓝的罢,但那点蓝都蓝到眼下的青晕里去了,眼珠子本身变了透明的玻璃球。那是个森冷的,男人的脸,古代的兵士的脸。振保的神经上受了很大的震动。

出来的时候,街上还有太阳,树影子斜斜卧在太阳影子里。这也不对,不对到恐怖的程度。

嫖,不怕嫖得下流、随便、肮脏黯败。越是下等的地方越有点乡土气息,可是不像这样。振保后来每次觉得自己嫖得精刮上算的时候便想起当年在巴黎,第一次,有多么傻。现在他是他的世界里的主人。

从那天起振保就下了决心要创造一个"对"的世界,随身带着。在那袖珍世界里,他是绝对的主人。

振保在英国住久了,课余东奔西跑找了些小事做着,在工厂实习又可以拿津贴,用度宽裕了些,因也结识了几个女朋友。他是正经人,将正经女人与娼妓分得很清楚。可是他同时又是个忙人,谈恋爱的时间有限,因此自然而然的喜欢比较爽快的对象。爱丁堡的中国女人本就寥寥可数,内地来的两个女同学,他嫌过于矜持做作,教会派的又太教会派了。现在的教会毕竟是较近人情了,很有些漂亮人物点缀其间,可是前十年的教会里,那些有爱心的信徒们往往是不怎么可爱的。活泼的还是几个华侨。若是杂种人，那比华侨更大方了。

振保认识了一个名叫玫瑰的姑娘，因为这初恋，所以他把以后的两个女人都比作玫瑰。这玫瑰的父亲是体面的英国商人，在南中国多年，因为一时的感情作用，娶了个广东女子为妻，带了她回国。现在那太太大约还在那里，可是似有如无，等闲不出来应酬。玫瑰进的是英国学校，就为了她是不完全的英国人，她比任何英国人还要英国化。英国的学生派是一种潇洒的漠然。对于最要紧的事尤为潇洒，尤为漠然。玫瑰是不是爱上了他，振保看不大出来，他自己是有点着迷了。两人都是喜欢快的人，礼拜六晚上，一晚跑几个舞场。不跳舞的时候，坐着说话，她总像是心不在焉，用几根火柴棒设法顶起一只玻璃杯，要他帮忙支持着。玫瑰就是这样，顽皮的时候，脸上有一种端凝的表情。她家里养着一只芙蓉鸟，鸟一叫她总算它是叫她，疾忙答应一声："啊，鸟儿？"踮着脚背着手，仰脸望着鸟笼。她那棕黄色的脸，因为是长圆形的，很像大人样，可是这时候显得很稚气。大眼睛望着笼中鸟，眼睁睁的，眼白发蓝，仿佛是望到极深的蓝天里去。

也许她不过是个极平常的女孩子，不过因为年轻的缘故，有点什么地方使人不能懂得。也像那只鸟，叫这么一声，也不是叫那个人，也没叫出什么来。

她的短裙子在膝盖上面就完了，露出一双轻巧的腿，精致得像橱窗里的木腿，皮色也像刨光油过的木头，头发剪得极短。脑后剃出一个小小的尖子。没有头发护着脖子，没有袖子护着手臂，她是个口没遮拦的人，谁都可以在她身上捞一把。她和振保随随便便，振保认为她是天真。她和谁都随便，振保就觉得她有点疯疯傻傻的，这样的女人，在外国或是很普通，到中国来就行不通了。把她娶来移植在家乡的社会里，那是劳神伤财，不上算的事。

有天晚上他开着车送她回家去。他常常这样送她回家，可是这次似乎有些不同，因为他就快离开英国了，如果他有什么话要说，早就该说了，可是他没有。她家住在城外很远的地方。深夜的汽车道上，微风白雾，轻轻拍在脸上像个毛毛的粉扑子。车里的谈话也是轻飘飘的，标准英国式的，有一下没一下。玫瑰知道她已经失去他了。由于一种绝望的执拗，她从心里热出来。快到家的时候，她说："就在这里停下罢。我不愿意让家里人看见我们说再会。"振保笑道："当着他们的面，我一样的会吻你。"一面说，一面就伸过手臂去兜住她的肩膀，她把脸磕在他身上，车子一路开过去，开过她家门口几十码，方才停下了。振保把手伸到她的丝绒大衣底下去搂着她，隔着酸凉的水钻，银脆的绢花，许许多多玲珑累赘的东西，她的年轻的身子仿佛从衣服里蹦了出来。振保吻她，她眼泪流了一脸，是他哭了还是她哭了，两人都不明白。车窗外还是那不着边际的轻风湿雾，虚飘飘叫人浑身气力没处用，只有用在拥抱上。玫瑰紧紧吊在他颈项上，老是觉得不对劲，换一个姿势，又换一个姿势，不知道怎样贴得更紧一点才好，恨不得生在他身上，嵌在他身上。振保心里也乱了主意。他做梦也没想到玫瑰爱他到这程度，他要怎样就怎样。可是……这是绝对不行的。玫瑰到底是个正经人。这种事不是他做的。

玫瑰的身子从衣服里蹦出来，蹦到他身上，但是他是他自己的主人。

他的自制力，他过后也觉得惊讶。他竟硬着心肠把玫瑰送回家去了。临别的时候，他捧着她的湿濡的脸，捧着呼呼的鼻息，眼泪水与闪动的睫毛，睫毛在他手掌心里扑动像个小飞虫。以后他常常拿这件事来激励自己："在那种情形下都管得住自己，现在就管不住了吗？"

他对他自己那晚上的操行充满了惊奇赞叹，但是他心里是懊悔。背着他自己，他未尝不懊悔。

这件事他不大告诉人，但是朋友中没有一个不知道他是个坐怀不乱的柳下惠，他这名声是出去了。

因为成绩优越，毕业之前他已经接了英商鸿益染织厂的聘书，一回上海便去就职。他家住在江湾，离事务所太远了，起初他借住在熟人家里，后来他弟弟佟笃保读完了初中，振保设法把他带出来，给他补书，要考鸿益染织厂附设的专门学校，两人一同耽搁在朋友家，似有不便。恰巧振保有个老同学名唤王士洪的，早两年回国，住在福开森路一家公寓里，有一间多余的房子，振保和他商量着，连家具一同租了下来。搬进去这天，振保下了班，已经黄昏时候，忙忙碌碌和弟弟押着苦力们将箱笼抬了进去。王士洪立在门首叉腰看着，内室走出一个女人来，正在洗头发，堆着一头的肥皂沫子，高高砌出云石塑像似的雪白的波鬈。她双手托住了头发，向士洪说道："趁挑夫在这里，叫他们把东西一样样布置好了罢。要我们大司务帮忙，可是千难万难，全得趁他的高兴。"王士洪道："我替你们介绍，这是振保，这是笃保，这是我的太太。还没见过面罢？"这女人把右手从头发里抽出来，待要与客人握手，看看手上有肥皂，不便伸过来，单只笑着点了个头，把手指在浴衣上揩了一揩。溅了点肥皂沫子到振保手背上。他不肯擦掉它，由它自己干了，那一块皮肤上便有一种紧缩的感觉，像有张嘴轻轻吸着它似的。

王太太一闪身又回到里间去了，振保指挥工人移挪床柜，心中只有不安，老觉得有个小嘴吮着他的手。他搭讪着走到浴室里去洗手，想到王士洪这太太，听说是新加坡的华侨，在伦敦读书的时候也是个交际花。当时和王士洪在伦敦结婚，振保因为忙，没有赶去观礼。闻名不如见面，她那肥皂塑就的白头发底下的脸是金棕色的，皮肉紧致，绷得油光水滑，把眼睛像伶人似的吊了起来。一件纹布浴衣，不曾系带，松松合在身上，从那淡墨条子上可以约略猜出身体的轮廓，一条一条，一寸一寸都是活的。世人只说宽袍大袖的古装不宜于曲线美，振保现在方才知道这话是然而不然。他开着自来水龙头，水不甚热，可是楼底下的锅炉一定在烧着，微温的水里就像有一根热的芯子。龙头里挂下一股水一扭一扭流下来，一寸寸都是活的。振保也不知想到哪里去了。

王士洪听见他在浴室里放水放个不停，走过来说道："你要洗澡么？这边的水再放也放不出热的来，热水管子安得不对，这公寓就是这点不好。你要洗还是到我们那边洗去。"振保连声道："不用，不用。你太太不是在洗头发么？"士洪道："这会子也该洗完了，我去看看。"振保道："不必了，不必了。"士洪走去向他太太说了，他太太道："我这就好了。你叫阿妈来给他放水。"少顷，王士洪招呼振保带了浴巾、肥皂、替换的衣裳来到这边的浴室里，王太太还在那里对着镜子理头发，头发烫得极其鬈曲梳起来很费劲，大把大把撕将下来。屋子里水气蒸腾，因把窗子大开着，夜风吹进来，地下的头发成团飘逐如同鬼影子。

振保抱着毛巾立在门外，看着浴室里强烈的灯光照耀下，满地滚的乱头发，心里烦恼着。他喜欢的是热的女人，放浪一点的，娶不得的女人。这里的一个已经做了太太，而且是朋友的太太，至少没有危险了，然而……看她的头发！到处都是——到处都是她，牵牵绊绊的。

士洪夫妻两个在浴室里说话，浴缸里哗哗放着水，听不清楚。水放满了一盆，两人出来了。让振保进去洗澡。振保洗完了澡，蹲下地去，把磁砖上的乱头发一团团捡了起来，集成一股儿。烫过的头发，梢子上发黄，相当的硬，像传电的细钢丝。他把它塞进裤袋里，他的手停留在口袋里，只觉浑身热燥。这样的举动毕竟是太可笑了，他又把头发取了出来，轻轻抛入痰盂。

他携着肥皂毛巾回到自己屋里去，他弟弟笃保正在开箱子理东西，向他说道："这里从前的房客不知是什么样的人——你看，椅套子下，地毯下，烧的净是香烟洞！你看桌下的迹子，擦不掉的。将来王先生不会怪我们的罢？"振保道："那当然不会，他们自己心里有数。而且我们多年的老同学了，谁像你这么小气？"因笑了起来。笃保沉吟片刻，又道："从前那个房客，你认识么？"振保道："好像姓孙，也是从英国回来的，在大学里教书。你问他做什么？"笃保未开口，先笑了一笑，说道："刚才你不在这儿，他们的大司务同阿妈进来替我们挂窗帘，我听见他们叽咕着说什么'不知道待得长待不长'，又说从前那个，王先生一定要撵他走。本来王先生要到新加坡去做生意，早就该走了，就为了这桩事，不放心，非得待他走他才走，两人进了两个月。"振保慌忙喝止道："你信他们胡说！住在人家家里，第一不能同他们佣人议论东家，这是非就大了！"笃保不言语了。

须臾，阿妈进来请吃饭，振保兄弟一同出来。王家的饭菜是带点南洋风味的，中菜西吃，主要的是一味咖哩羊肉。王太太自己面前却只有薄薄的一片烘面包，一片火腿，还把肥的部份切下了分给她丈夫。振保笑道:"怎么王太太饭量这么小?"士洪道:"她怕胖。"振保露出诧异的神气,道:"王太太这样正好呀,一点儿也不胖。"王太太笑道:"新近减少了五磅,瘦多了。"士洪笑着伸过手拧了拧她的面颊:"瘦多了?这是什么?"他太太瞅了他一眼道:"这是我去年吃的羊肉。"这一说,大家全都哈哈笑了起来。

振保兄弟和她初次见面,她做主人的并不曾换件衣服下桌子吃饭,依然穿着方才那件浴衣,头上头发没有干透,胡乱缠了一条白毛巾,毛巾底下间或滴下水来,亮晶晶缀在眉心。她这不拘束的程度,非但一向在乡间的笃保深以为异,便是振保也觉稀罕。席上她问长问短,十分周到,虽然看得出来她是个不善于治家的人,应酬功夫是好的。

士洪向振保道:"前些时没来得及同你说,明儿我就要出门了,有点事要到新加坡去一趟。好在现在你们搬了进来了,凡事也有个照应。"振保笑道:"王太太这么个能干人,她照应我们,还差不多,哪儿轮得到我们来照应她?"士洪笑道:"你别看她叽哩喳啦的——什么事都不懂,到中国来了三年了,还是过不惯,话都说不上来。"王太太微笑着,并不和他辩驳,自顾自唤阿妈取过碗橱上那瓶药来,倒出一匙子吃了。振保看见匙子里那白漆似的厚重的液汁,不觉皱眉道:"这是钙乳么?我也吃过的,好难吃。"王太太灌下一匙子,半晌说不出话来,吞了口水,方道:"就像喝墙似的!"振保又笑了起来道:"王太太说话,一句是一句,真有劲道!"

王太太道:"佟先生,别尽自叫我王太太。"说着,立起身来,走到靠窗一张书桌跟前去。振保想了一想道:"的确王太太这三个字，似乎太缺乏个性了。"王太太坐在书桌跟前，仿佛在那里写些什么东西，士洪跟了过去，手撑在肩上，弯腰问道："好好的又吃什么药？"王太太只顾写，并不回头，答道："火气上来了，脸上生了个疙瘩。"士洪把脸凑下去道："在哪里？"王太太轻轻的往旁边让，又是皱眉，又是笑，警告地说道："嗳，嗳，嗳。"笃保是旧家庭里长大的，从来没见过这样的夫妻，坐不住，只做观看风景，推开玻璃门，走到阳台上去了。振保相当镇定地削他的苹果，王太太却又走了过来，把一张纸条子送到他跟前，笑道："哪，我也有个名字。"士洪笑道："你那一手中国字，不拿出来也罢，叫人家见笑。"振保一看，纸上歪歪斜斜写着"王娇蕊"三个字，越写越大，一个"蕊"字零零落落，索性成了三个字，不觉噗哧一笑。士洪拍手道："我说人家要笑，你瞧，你瞧！"振保忍住笑道："不，不，真是漂亮的名字！"士洪道："他们那些华侨，取出名字来，实在是欠大方。"

娇蕊鼓着嘴，一手抓起那张纸，团成一团，翻身便走，像是赌气的样子。然而她出去不到半分钟，又进来了，手里捧着个开了盖的玻璃瓶，里面是糖核桃，她一路走着，已是吃了起来，又让振保笃保吃。士洪笑道："这又不怕胖了！"振保笑道："这倒是真的，吃多了糖，最容易发胖。"士洪笑道："你不知道他们华侨——"才说了一半，被娇蕊打了一下道："又是'他们华侨'！不许你叫我'他们'！"士洪继续说下去道："他们华侨，中国人的坏处也有，外国人的坏处也有。跟外国人学会了怕胖，这个不吃，那个不吃，动不动就吃泻药，糖还是舍不得不吃的。你问她！你问她为什么吃这个，她一定是说，这两天有点小咳嗽，冰糖核桃，治咳嗽最灵。"振保笑道："的确这是中国人的老脾气，爱吃什么，就是什么最灵。"娇蕊拈一颗核桃仁放在上下牙之间,把小指点住了他,说道:"你别说——这话也有点道理的。"

振保当着她醉了,总好像吃酒怕要失仪似的,搭讪着便也踱到阳台上来。冷风一吹,越发疑心刚才是不是有点红头胀脸的,他心里着实烦恼。才同玫瑰永诀了,她又借尸还魂,而且做了人家的妻。而且这女人比玫瑰更有程度了,她在那间房里,就仿佛满房都是朱粉壁画,左一个右一个画着半裸的她。怎么会净碰见这一类的女人呢?难道要怪他自己,到处一触即发?不罢?纯粹中国人里面这一路的人究竟少。他是因为刚回国,所以一混又混在半中半西的社交圈里。在外国的时候,但凡遇见一个中国人便是"他乡遇故知"。在家乡再遇见他乡的故知,一回熟、两回生,渐渐的也就疏远了。——可是这王娇蕊,士洪娶了她不也弄得很好么?当然王士洪,人家老子有钱,不像他全靠自己往前闯,这样的女人是个拖累。况且他不像王士洪那么好性儿,由着女人不规矩。若是成天同她吵吵闹闹呢,也不是个事,把男人的志气都磨尽了。当然……也是因为王士洪制不住她的缘故,不然她也不致这样。……振保抱着胳膊伏在阑干上,楼下一辆煌煌点着灯的电车停在门首,许多人上去下来,一车的灯,又开走了。街上静荡荡只剩下公寓下层牛肉庄的灯光。风吹着的两片落叶踏啦踏啦仿佛没人穿的破鞋,自己走上一程子。……这世界上有那么许多人,可是他们不能陪着你回家。到了夜深人静,还有无论何时,只要生死关头,深的暗的所在,那时候只能有一个真心爱的妻,或者就是寂寞的。振保并没有分明地这样想着,只觉得一阵凄惶。

士洪夫妇一路说着话,也走到阳台上来。士洪向他太太道:"你头发干了么?吹了风,更要咳嗽了。"娇蕊解下头上的毛巾,把头发抖了一抖道:"没关系。"振保猜他们夫妻离别在即,想必有些体己话要说,故意握住嘴打了个呵欠道:"我们先去睡了。笃保明天还得起个大早到学校里拿章程去。"士洪说:"我明天下午走,大约见不到你了。"两人握手说了再会,振保笃保自回房去。

次日振保下班回来,一揿铃,娇蕊一只手握着电话听筒替他开门。穿堂里光线很暗,看不清楚,但见衣架子上少了士洪的帽子与大衣,衣架底下搁着的一只皮箱也没有了,想是业已动身。振保脱了大衣挂在架上,耳听得那厢娇蕊拨了电话号码,说道:"请孙先生听电话。"振保便留了个心。又听娇蕊问道:"是悌米么?……不,我今天不出去,在家里等一个男朋友。"说着,格格笑将起来,又道:"他是谁?不告诉你。凭什么要告诉你?……哦,你不感兴趣么?你对你自己不感兴趣……反正我五点钟等他吃茶,专等他,你可别闯了来。"

振保不待她说完,早走到屋里去,他弟弟不在屋里,浴室里也没有人。他找到阳台上来,娇蕊却从客室里迎了出来道:"笃保丢下了话,叫我告诉你,他出去看看有些书可能在旧书摊上买到。"振保谢了她,看了她一眼。她穿着的一件曳地的长袍,是最鲜辣的潮湿的绿色,沾着什么就染绿了。她略略移动一步,仿佛她刚才所占有的空气上便留着个绿迹子。衣服似乎做得太小了,两边迸开一寸半的裂缝,用绿缎带十字交叉一路络了起来,露出里面深粉红的衬裙。那过分刺眼的色调是使人看久了要患色盲症的。也只有她能够若无其事地穿着这样的衣服。她道:"进来吃杯茶?"一面说,一面回身走到客室里去,在桌子旁边坐下,执着茶壶倒茶,桌上齐齐整整放着两份杯盘。碟子里盛着酥油饼干与烘面包,振保立在玻璃门口笑道:"待会儿有客人来罢?"娇蕊道："咱们不等他了，先吃起来罢。"振保踌躇了一会，始终揣摩不出她是甚么意思，姑且陪她坐下来了。

娇蕊问道："要牛奶么？"振保道："我都随便。"娇蕊道："哦，对了，你喜欢喝清茶，在外国这些年，老是想吃没得吃，昨儿个你说的。"振保笑道："你的记性真好。"娇蕊起身揿铃，微微瞟了他一眼道："不，你不知道，平常我的记性最坏。"振保心里怦的一跳，不由得有些恍恍惚惚的。阿妈进来了，娇蕊吩咐道："泡两杯清茶来。"振保笑道："顺便叫她带一份茶杯同盘子来罢，待会儿客人来了又得添上。"娇蕊瞅了他一下，笑道："什么客人，你这样记罣他？阿妈，你给我拿支笔来，还要张纸。"她飕飕的写了个便条，推过去让振保看，上面是很简洁的两句话："亲爱的悌米，今天对不起得很，我有点事，出去了。娇蕊。"她把那张纸双摺了一下，交给阿妈道："一会儿孙先生来了，你把这个给他，就说我不在家。"

阿妈出去了，振保吃着饼干，笑道："我真不懂你了，何苦来呢？约了人家来，又让人白跑一趟。"娇蕊身子往前探着，聚精会神考虑着盘里的什锦饼干，挑来挑去没有一块中意的，答道："约的时候，并没打算让他白跑。"振保道："哦？临时决定的吗？"娇蕊笑道："你没听见过这句话么？女人有改变主张的权利。"

阿妈送了绿茶进来，茶叶满满的浮在水面上，振保双手捧着玻璃杯，只是喝不进嘴去。他两眼望着茶，心里却研究出一个缘故来了。娇蕊背着她丈夫和那姓孙的藕断丝连，分明是嫌他在旁碍眼，所以今天有意的向他特别表示好感，把他吊上了手，便堵住了他的嘴；其实振保绝对没那心肠去管他们的闲事。莫说他和王士洪够不上交情，再是割头换颈的朋友，在人家夫妇之间挑拨是非，也犯不着，可是无论如何，这女人是不好惹的，他又添了几分戒心。

娇蕊放下茶杯，立起身，从碗橱里取出一罐子花生酱来，笑道："我是个粗人，喜欢吃粗东西。"振保笑道："哎呀！这东西最富于滋养料，最使人发胖的！"娇蕊开了盖子道："我顶喜欢犯法。你不赞成犯法么？"振保把手按住玻璃罐，道："不。"娇蕊踌躇半日，笑道："这样罢，你给我面包上塌一点。你不会给我太多的。"振保见她做出那楚楚可怜的样子，不禁笑了起来，果真为她的面包上敷了花生酱。娇蕊从茶杯口上凝视着他，抿着嘴一笑道："你知道我为什么支使你？要是我自己，也许一下子意志坚强起来，塌得极薄极薄。可是你，我知道你不好意思给我塌得太少的！"两人同声大笑。禁不起她这样的稚气的娇媚，振保渐渐软化了。

正喝着茶，外面门铃响，振保有点坐立不安，再三的道："是你请的客罢？你不觉得不过意么？"娇蕊只耸了耸肩。振保捧着玻璃杯走到阳台上去道："等他出来的时候，我愿意看看他是怎样的一个人。"娇蕊随后跟了出来道："他么？很漂亮，太漂亮了。"振保倚着阑干笑道："你不喜欢美男子？"娇蕊道："男子美不得。男人比女人还要禁不起惯。"振保半阖着眼睛看看她微笑道："你别说人家，你自己也是被惯坏了的。"娇蕊道："也许，你倒是刚刚相反，你处处克扣你自己，其实你同我一样的是一个贪玩好吃的人。"振保笑了起来道："哦？真的吗？你倒晓得了！"娇蕊低着头，轻轻去拣杯中的茶叶，拣半天，喝一口。振保也无声地吃着茶。不大的工夫，公寓里走出一个穿西装的，从三层楼上望下去，看不分明，但见他急急的转了个弯，仿佛是憋了一肚子气似的。振保忍不住又道："可怜，白跑一趟！"娇蕊道："横竖他成天没事做。我自己也是个没事做的人，偏偏瞧不起没事做的人。我就喜欢在忙人手中里如狼似虎地抢下一点时间来——你说这是不是犯贱？"

振保靠在阑干上，先把一只脚去踢那阑干，渐渐有意无意的踢起她那藤椅来，椅子一震动，她手臂上的肉就微微一哆，她的肉并不多，只因骨架子生得小，略微显胖一点。振保笑道："你喜欢忙人？"娇蕊把一只手按在眼睛上，笑道："其实也无所谓，我的心是一所公寓房子。"振保笑道："那，可有空的房间招租呢？"娇蕊却不答应了。振保道："可是我住不惯公寓房子。我要住单幢的。"娇蕊哼了一声道："看你有本事拆了重盖！"振保又重重的踢了她椅子一下道："瞧我的罢！"娇蕊拿开脸上的手，睁大了眼睛看着他道："你倒也会说两句俏皮话！"振保笑道："看见了你，不俏皮也俏皮了。"

娇蕊道："说真的，你把你从前的事讲点我听听。"振保道："什么事？"娇蕊把一条腿横扫过去，踢得他差一点泼翻了手中的茶，她笑道："装佯！我都知道了。"振保道："知道了还问？倒是你把你的事说点给我听罢。"娇蕊道："我么？"她偏着头，把下颏在肩膀上挨来挨去，好一会，低低的道："我的一生，三言两语就可以说完了。"半晌，振保催道："那么，你说呀。"娇蕊却又不作声，定睛思索着。振保道："你跟士洪是怎样认识的？"娇蕊道："也很平常。学生会在伦敦开会，我是代表，他也是代表。"振保道："你是在伦敦大学？"娇蕊道："我家里送我到英国读书，无非是为了嫁人，好挑个好的。去的时候年纪小着呢，根本也不想结婚，不过借着找人的名义在外面玩。玩了几年，名声渐渐不大好了，这才手忙脚乱的抓了个士洪。"振保踢了她椅子一下道："你还没玩够？"娇蕊道："并不是够不够的问题。一个人，学会了一样本事，总舍不得放着不用。"振保笑道："别忘了你是在中国。"娇蕊将残茶一饮而尽，立起身来，把嘴里的茶叶吐到阑干外面去，笑道："中国也有中国的自由，可以随意的往街上吐东西。"

门铃又响了，振保猜是他弟弟回来了，果然是笃保。笃保一回来，自然就两样了。振保过后细想方才的情形，在那黄昏的阳台上，看不仔细她，只听见了那低小的声音，秘密地，就像在耳根子底下，痒梭梭吹着气。在黑暗里，暂时可以忘记她那动人心的身体的存在，因此有机会知道她另外还有点别的，她仿佛是个聪明直爽的人，虽然是为人妻了，精神上还是发育未完全的，这是振保认为最可爱的一点。就在这上面他感到了一种新的威胁，和这新的威胁比较起来，单纯的肉的诱惑简直不算什么了。他绝对不能认真哪！那是自找麻烦。也许……也许还是她的身子在作怪。男人憧憬着一个女人的身体的时候，就关心到她的灵魂，自己骗自己说是爱上了她的灵魂。唯有占领了她的身体之后，他才能够忘记她的灵魂。也许这是唯一的解脱的方法。为什么不呢？她有许多情夫，多一个少一个，她也不在乎。王士洪虽不能说是不在乎，也并不受到更大的委屈。

振保突然提醒他自己，他正在这里挖空心思想出各种的理由，证明他为什么应当同这女人睡觉。他觉得羞惭，决定以后设法躲着她，同时着手找房子。有了适当的地方就立刻搬家。他托人从中张罗，把他弟弟安插到专门学校的寄宿舍里去，剩下他一个人，总好办，午饭原是在办公室附近的馆子里吃的，现在他晚饭也在外面吃，混到很晚方才回家，一回去便上床了。

有一天晚上听见电话铃响，许久没有人来接。他刚跑出来，仿佛听见娇蕊房门一开，他怕万一在黑暗的甬道里撞在一起，便打算退回去了。可是娇蕊仿佛匆促间摸不到电话机，他便就近将电灯一捻。灯光之下一见王娇蕊，却把他看呆了。她不知可是才洗了澡，换上一套睡衣，是南洋华侨家常穿的沙笼布制的袄裤，那沙笼布上印的花，黑压压的也不知是龙蛇还是草木，牵丝攀藤，乌金里面绽出橘绿。衬得屋子里的夜色也深了。这穿堂在暗黄的灯照里很像一截火车，从异乡开到异乡。火车上的女人是萍水相逢的，但是个可亲的女人。

她一只手拿起听筒，一只手伸到胁下去扣那小金桃核钮子，扣了一会，也并没扣上。其实里面什么也看不见，振保免不了心悬悬的，总觉关情。她扭身站着，头发乱蓬蓬的斜掠下来。面色黄黄的仿佛泥金的偶像，眼睫毛低着，那睫毛的影子重得像个小手合在颊上。刚才走得匆忙，把一只皮拖鞋也踢掉了，没有鞋的一只脚便踩在另一只的脚背上。振保只来得及看见她足踝下有痱子粉的痕迹，她那边已经挂上了电话——是打错了的。娇蕊站立不稳，一歪身便在椅子上坐下了，手还按着电话机。振保这方面把手搁在门钮上，表示不多谈，向她点头笑道："怎么这些时都没有看见你？我以为你像糖似的化了去了！"他分明知道是他躲着她而不是她躲着他，不等她开口，先抢着说了，也是一种自卫。无聊得很，他知道，可是见了她就不由得要说玩话——是有那种女人的。娇蕊笑道："我有那么甜么？"她随随便便对答着，一只脚伸出去盲目地寻找拖鞋。振保放了胆子答说："不知道——没尝过。"娇蕊噗哧一笑。她那只鞋还是没找到，振保看不过去，走来待要弯腰拿给她,她恰是已经踏了进去了。

他倒又不好意思起来,无缘无故略有点悻悻地问道:"今天你们的佣人都到哪里去了?"娇蕊道:"大司务同阿妈来了同乡,陪着同乡玩大世界去了。"振保道:"噢。"却又笑道:"一个人在家不怕么?"娇蕊站起来,踏啦踏啦往房里走,笑道:"怕什么?"振保笑道:"不怕我?"娇蕊头也不回,笑道:"什么?……我不怕同一个绅士单独在一起的!"振保这时却又把背心倚在门钮上的一只手上,往后一靠,不想走了的样子。他道:"我并不假装我是个绅士。"娇蕊笑道:"真的绅士是用不着装的。"她早已开门进去了,又探身过来将甬道里电灯拍的一关。振保在黑暗中十分震动,然而徒然兴奋着,她已经不在了。

振保一晚上翻来覆去的告诉自己这是不妨事的,娇蕊与玫瑰不同,一个任性的有夫之妇是最自由的妇人,他用不着对她负任何责任。可是,他不能不对自己负责。想到玫瑰,就想到那天晚上,在野地的汽车里,他的举止多么光明磊落,他不能对不住当初的自己。

这样又过了两个礼拜,天气骤然暖了,他没穿大衣出去,后来略下了两点雨,又觉寒飕飕的,他在午饭的时候赶回来拿大衣,大衣原是挂在穿堂里的衣架上的,却不看见。他寻了半日,着急起来,见起坐间的房门虚掩着,便推门进去,一眼看见他的大衣钩在墙上一张油画的画框上,娇蕊便坐在图画下的沙发上,静静的点着支香烟吸。振保吃了一惊,连忙退出门去,闪身在一边,忍不住又朝里看了一眼。原来娇蕊并不在抽烟,沙发的扶手上放着只烟灰盘子,她擦亮了火柴,点上一段吸残的烟,看着它烧,缓缓烧到她手指上,烫着了手,她抛掉了,把手送到嘴跟前吹一吹，仿佛很满意似的。他认得那景泰蓝的烟灰盘子就是他屋里那只。

振保像做贼似的溜了出去，心里只是慌张。起初是大惑不解，及至想通了之后也还是迷惑。娇蕊这样的人，如此痴心地坐在他大衣之旁，让衣服上的香烟味来笼罩着她，还不够，索性点起他吸剩的香烟……真是个孩子，被惯坏了，一向要什么有什么，因此，遇见了一个略具抵抗力的，便觉得他是值得思念的。婴孩的头脑与成熟的妇人的美是最具诱惑性的联合。这下子振保完全被征服了。

他还是在外面吃了晚饭，约了几个朋友上馆子，可是座上众人越来越变得言语无味，面目可憎。振保不耐烦了，好容易熬到席终，身不由主地立即跳上公共汽车回寓所来，娇蕊在那里弹琴，弹的是那时候最流行的《影子华尔滋》。振保两只手抄在口袋里，在阳台上来回走着。琴上安着一盏灯，照亮了她的脸，他从来没看见她的脸那么肃静。振保跟着琴哼起那支歌来，她仿佛没听见，只管弹下去，换了支别的。他没有胆量跟着唱了。他立在玻璃门口，久久看着她，他眼睛里生出泪珠来，因为他和她到底是在一处了，两个人，也有身体，也有心。他有点希望她看见他的眼泪，可是她只顾弹她的琴，振保烦恼起来，走近些，帮她掀琴谱，有意的打搅她，可是她并不理会，她根本没照着谱，调子是她背熟了的，自管自从手底悠悠流出来。振保突然又是气，又是怕，仿佛他和她完全没有什么相干。他挨紧她坐在琴凳上，伸手拥抱她，把她扳过来。琴声戛然停止，她娴熟地把脸偏了一偏——过于娴熟地。他们接吻了。振保发狠把她压到琴键上去，砰訇一串混乱的响雷，这至少和别人给她的吻有点两样罢？

娇蕊的床太讲究了，振保睡不惯那样厚的褥子，早起还有点晕床的感觉，梳头发的时候他在头发里发现一弯剪下来的指甲，小红月牙。因为她养着长指甲，把他划伤了，昨天他朦胧睡去的时候看见她坐在床头剪指甲。昨天晚上忘了看看有月亮没有，应当是红色的月牙。

以后，他每天办完了公回来，坐在双层公共汽车的楼上，车头迎着落日，玻璃上一片光，车子轰轰然朝太阳驰去，朝他的快乐驰去，他的无耻的快乐——怎么不是无耻的？他这女人，吃着旁人的饭，住着旁人的房子，姓着旁人的姓。可是振保的快乐更为快乐，因为觉得不应该。

他自己认为是堕落了。从高处跌落的物件，比它本身的重量要重上许多倍，那惊人的重量跟娇蕊撞上了，把她碰得昏了头。

她说："我真爱上了你了。"说这话的时候，她还带着点嘲笑的口气，"你知道么？每天我坐在这里等你回来，听着电梯工东工东慢慢开上来，开过我们这层楼，一直开上去了，我就像把一颗心提了上去，放不下来。有时候，还没开到这层楼就停住了，我又像是半中间断了气。"振保笑道："你心里还有电梯，可见你的心还是一所公寓房子。"娇蕊淡淡的一笑，背着手走到窗前，望外看着。隔了一会，方道："你要的那所房子，已经造好了。"振保当初没有懂，懂得了之后，不觉呆了一呆。他从来不是舞文弄墨的人，这一次破了例，在书桌上拿起笔来，竟写了一行字："心居落成志喜。"其实也说不上喜欢，许多唧唧喳喳的肉的喜悦突然静了下来，只剩下一种苍凉的安宁，几乎没有感情的一种满足。

再拥抱的时候，娇蕊极力紧箍着他，自己又觉羞惭，说："没有爱的时候，不也是这样的么？若是没有爱，也能够这样，你一定会看不起我。"她把两只手臂勒得更紧些，问道："你觉得有点两样么？有一点两样么？"振保道："当然两样。"可是他实在分不出。从前的娇蕊是太好的爱匠。

现在这样的爱，在娇蕊还是生平第一次。她自己也不知道为什么单单爱上了振保。常常她向他凝视，眼色里有柔情，又有轻微的嘲笑，也嘲笑他，也嘲笑她自己。

当然，他是个有作为的人，一等一的纺织工程师。他在事务所里有一种特殊的气派，就像老是忙得不抬头。外国上司一叠连声叫喊："佟！佟！佟在哪儿呢？"他把额前披下的一绺子头发往后一推，眼镜后的眼睛熠熠有光，连镜片的边缘上也闪着一抹流光。他喜欢夏天，就不是夏天他也能忙得汗流浃背，西装上一身的绉纹，肘弯、腿弯，绉得像笑纹。中国同事里很多骂他穷形极相的。

他告诉娇蕊他如何如何能干，娇蕊也夸奖他，把手搓弄他的头发，说："哦？嗯，我这孩子很会做事呢。可这也是你份该知道的。这个再不知道，那还了得？别的上头你是不大聪明的。我爱你——知道了么？我爱你。"

他在她跟前逞能，她也在他跟前逞能。她的一技之长是玩弄男人。如同那善翻筋斗的小丑，在圣母的台前翻筋斗，她也以同样的虔诚把这一点献给她的爱。她的挑战引起了男子们适当的反应的时候，她便向振保看看，微笑里有谦逊，像是在说："这也是我份该知道的。这个再不知道，那还了得？"她从前那个悌米孙，自从那天赌气不来了。她却又去逗他。她这些心思，振保都很明白，虽然觉得无聊，也都容忍了，因为是孩子气。同娇蕊在一起，好像和一群正在长大的大孩子们同住，真是催人老的。

也有时候说到她丈夫几时回来。提到这个，振保脸上就现出黯败的微笑，眉梢眼梢往下挂，整个的脸拉杂下垂像拖把上的破布条。这次的恋爱，整个地就是不应该，他屡次拿这犯罪性来刺激他自己，爱得更凶些。娇蕊没懂得他这层心理，看见他痛苦，心里倒高兴，因为从前虽然也有人扬言要为她自杀，她在英国读书的时候，大清早起来没来得及洗脸便草草涂红了嘴唇跑出去看男朋友，他们也曾经说："我一夜都没睡，在你窗子底下走来走去，走了一夜。"那到底不算数。当真使一个男人为她受罪，还是难得的事。

有一天她说："我正在想着，等他回来了，怎么样告诉他——"就好像是已经决定了的，要把一切都告诉士洪，跟他离了婚来嫁振保。振保没敢接口，过后，觉得光把那黯败的微笑维持下去，太嫌不够了，只得说道："我看这事莽撞不得。我先去找个做律师的朋友去问问清楚。你知道，弄得不好，可能很吃亏。"以生意人的直觉，他感到，光只提到律师二字，已经将自己牵涉进去，到很深的地步。他的迟疑，娇蕊毫未注意。她是十分自信的，以为只要她这方面的问题解决了，别人总是绝无问题的。

娇蕊常常打电话到他办公室里来，毫无顾忌，也是使他烦心的事。这一天她又打了来说："待会儿我们一块到哪儿玩去。"振保问为什么这么高兴，娇蕊道："你不是欢喜我穿规规矩矩的中国衣服么？今天做了来了。我想穿了出去。"振保道："要不要去看电影？"这时候他和几个同事合买了部小汽车自己开着，娇蕊总是搭他们车子，还打算跟他学着开，扬言"等我学会了我也买一部。"——叫士洪买吗？这句话振保听了却是停在心口不大消化，此刻他提议看电影，娇蕊似乎觉得不是充分的玩。她先说："好哟。"又道："有车子就去。"振保笑笑道："你要脚做什么用的？"

娇蕊笑道:"追你的!"接着,办公室里一阵忙碌,电话只得草草挂断了。

这天恰巧有个同事也需要汽车,振保向来最有牺牲精神,尤其在娱乐上。车子将他在路角丢了下来,娇蕊在楼窗口看见他站定了买一份夜报,不知是不是看电影广告,她赶出来到门口街上迎着他,说:"五点一刻的一场,没车子就来不及了,不要去了。"振保望着她笑道:"那要不要到别处去呢?——打扮得这么漂亮。"娇蕊把他的手臂一勾,笑道:"就在马路上走走不也很好么?"一路上他耿耿于心地问可要到这里到那里。路过一家有音乐的西洋茶食店,她拒绝进去之后,他才说:"这两天倒是穷得厉害!"娇蕊笑道:"哎哟——先晓得你穷,不跟你好了!"

正说着,遇见振保素识一个外国老太太,振保留学的时候,家里给他汇钱带东西,常常托她的。艾许太太是英国人,她嫁了个杂种人,因此处处留心,英国得格外道地。她是高高的,驼驼的,穿的也是相当考究的花洋纱,却剪裁得拖一片挂一片,有点像个老叫花子。小鸡蛋壳藏青呢帽上插着飞燕翅,珠头帽针,帽子底下镶着一圈灰色的鬈发,非常的像假发,眼珠也像是淡蓝磁的假眼珠。她吹气如兰似地,絮絮地轻声说着英语。振保与她握手,问:"还住在那里吗?"艾许太太道:"本来我们今年夏天要回家去一趟的——我丈夫实在走不开!"到英国去是"回家",虽然她丈夫是生在中国的,已经是在中国的第三代;而她在英国的最后一个亲属也已亡故了。

振保将娇蕊介绍给她道:"这是王士洪太太。王从前也是在爱丁堡的。王太太也在伦敦多年。现在我住在他们一起。"艾许太太身边还站着她的女儿。振保对于杂种姑娘本来比较最有研究。这艾许小姐抿着红嘴唇，不大作声，在那尖尖的白桃子脸上，一双深黄的眼睛窥视着一切。女人还没得到自己的一份家业，自己的一份忧愁负担与喜乐，是常常有那种注意守候的神情的。艾许小姐年纪虽不大，不像有些女人求归宿的"归心似箭"，但是都市的职业女性，经常地紧张着，她眼眶底下肿起了两大块，也很憔悴了。不论中外的"礼教之大防"，本来也是为女人打算的，使美貌的女人更难到手，更值钱，对于不好看的女人也是一种保护，不至于到处面对着这些失败。现在的女人没有这种保护了，尤其是地位全然没有准绳的杂种姑娘。艾许小姐脸上露出的疲倦窥伺，因此特别尖锐化了些。

娇蕊一眼便看出来，这母女二人如果"回家"去了也不过是英国的中下阶级。因为是振保的朋友，她特意要给她们一个好的印象，同时，她在妇女面前不知怎么也觉得自己是"从了良"的，现在是太太身分，应当显得端凝富泰。振保从来不大看见她这样矜持地微笑着，如同有一种的电影明星，一动也不动像一颗蓝宝石，只让变幻的灯光在宝石深处引起波动的光与影。她穿着暗紫蓝乔琪纱旗袍，隐隐露出胸口挂的一颗冷艳的金鸡心——仿佛除此外她也没有别的心。振保看着她，一方面得意非凡，一方面又有点怀疑：只要有个男人在这里，她一定就会两样些。

艾许太太问候佟老太太，振保道："我母亲身体很好，现在还是一家人都由她照应着。"他转向娇蕊笑道："我母亲常常烧菜呢，烧得非常好。我总是说像我们这样的母亲真难得的！"因为里面经过这许多年的辛酸刻苦，他每次赞扬他的寡母总不免有点咬牙切齿的，虽然微笑着，心里变成一块大石头，硬硬地"秤胸襟"。艾许太太又问起他弟妹，振保道："笃保这孩子倒还好的，现在进了专门学校,将来可以由我们厂里送到英国去留学。"连两个妹妹也赞到了,一个个金童玉女似的,艾许太太笑道:"你也好呀!一直从前我就说:你母亲有你真是值得骄傲的!"振保谦虚了一会,因也还问艾许先生一家的职业状况。

艾许太太见他手里卷着一份报,便问今天晚上可有什么新闻。振保递给她看,她是老花眼,拿得远远的看,尽着手臂的长度,还看不清楚,叫艾许小姐拿给她看。振保道:"我本来预备请王太太去看电影。没有好电影。"他当着人对娇蕊的态度原有点僵僵的,表示他不过是她家庭的朋友,但是艾许小姐静静窥伺着的眼睛,使他觉得他这样反而欲盖弥彰了,因又狎熟地紧凑到娇蕊跟前问道:"下次补请——嗯?"两眼光光地瞅着她,然后笑。随后又懊悔,仿佛说话起劲把唾沫溅到人脸上去了。他老是觉得这艾许小姐在旁观看。她是一无所有的年轻人,甚至于连个性都没有,竟也等待着一个整个的世界的来临,而且那大的阴影已经落在她脸上,此外她也别无表情。

像娇蕊呢,年纪虽轻,已经拥有许多东西,可是有了也不算数的,她仿佛有点糊里糊涂,像小孩一朵一朵去采上许多紫罗兰,扎成一把,然后随手一丢。至于振保,他所有的一点安全:他的前途,都是他自己一手造成的,叫他怎么舍得轻易由它风流云散呢?阔少爷小姐的安全,因为是承袭来的,可以不拿它当回事,他却是好不容易的呀!……一样的四个人在街上缓缓走着,艾许太太等于在一个花纸糊墙的房间里安居乐业,那三个年轻人的大世界却是危机四伏,在地底訇訇跳着春着。

天还没黑,霓虹灯都已经亮了,在天光里看着非常假,像戏子戴的珠宝。经过卖灯的店,霓虹灯底下还有无数的灯,亮做一片。

吃食店的洋铁格子里，女店员俯身夹取甜面包，胭脂烘黄了的脸颊也像是可以吃的。——在老年人的眼中也是这样的么？振保走在老妇人身边，不由得觉得青春的不久长。指示行人在此过街，汽车道上拦腰钉了一排钉，一颗颗烁亮的圆钉，四周微微凹进去，使柏油看上去乌暗柔软，踩在脚下有弹性。振保走得挥洒自如，也不知是马路有弹性还是自己的步伐有弹性。

艾许太太看见娇蕊身上的衣料说好，又道："上次我在惠罗公司也看见像这样一块的，桃丽嫌太深了没买。我自己都想买了的，后来又想，近来也很少穿这样的衣服的机会……"她自己并不觉得这话有什么凄惨，其余的几个人却都沉默了一会接不上话去，然后振保问道："艾许先生可还是忙得很？"艾许太太道："是呀，不然今年夏天要回家去一趟了，他实在走不开！"振保道："哪一个礼拜天我有车子，我来接你们几位到江湾去，吃我母亲做的中国点心。"艾许太太笑道："那好极了，我丈夫简直'溺爱'中国东西呢！"听她那远方阔客的口吻，决想不到她丈夫是有一半中国血统的。

和艾许太太母女分了手，振保仿佛解释似的告诉娇蕊："这老太太人实在非常好。"娇蕊望望他，笑道："我看你这人非常好。"振保笑道："嗯？怎么？——我怎么非常好？"一直问到她脸上来了。娇蕊笑道："你别生气，你这样的好人，女人一见了你就想替你做媒，可并不想把你留给自己。"振保笑道："唔，哦。你不喜欢好人。"娇蕊道："平常女人喜欢好人，无非是觉得他这样的人可以给当给他上的。"振保道："嗳呀，那你是存心要给我上当呀？"娇蕊顿了一顿，瞟了他一眼，待笑不笑的道："这一次，是那坏女人上了当了！"振保当时简直受不了这一瞟和那轻轻的一句话。然而那天晚上，睡在她床上，他想起路上碰见的艾许太太，想起他在爱丁堡读书，他家里怎样为他寄钱，寄包裹，现在正是报答他母亲的时候。他要一贯的向前，向上，第一先把职业上的地位提高。有了地位之后他要做一点有益社会的事，譬如说，办一个贫寒子弟的工科专门学校，或是在故乡的江湾弄个模范布厂，究竟怎样，还有点渺茫，但已经渺茫地感到外界的温情的反应，不止有一个母亲，一个世界到处都是他的老母，眼泪汪汪，睁眼只看见他一个人。

娇蕊熟睡中偎依着他，在他耳根底下放大了她的呼吸的鼻息，忽然之间成为身外物了。他欠起身来，坐在床沿，摸黑点了一支烟抽着。他以为她不知道，其实她已经醒了过来。良久良久，她伸手摸索他的手，轻轻说道："你放心，我一定会好好的。"她把他的手牵到她臂膊上。

她的话使他下泪，然而眼泪也还是身外物。

振保不答话，只把手摸到它去熟了的地方。已经快天明了，满城喑嚘的鸡啼。

第二天，再谈到她丈夫的归期，她肯定地说："总就在这两天，他就要回来了。"振保问她如何知道，她这才说出来，她写了航空信去，把一切都告诉了士洪，要他给她自由。振保在喉咙里"嘎"地叫了一声，立即往外跑，跑到街上，回头看那峨巍的公寓，灰赭色流线型的大屋，像大得不可想像的火车，正冲着他轰隆轰隆开过来，遮得日月无光。事情已经发展到不可救药的阶段。他一向以为自己是有分寸的，知道适可而止，然而事情自管自往前进行了，跟她辩论也无益。麻烦的就是：和她在一起的时候，根本就觉得没有辩论的需要，一切都是极其明白清楚，他们彼此相爱，而且应当爱下去。没有她在跟前,他才有机会想出诸般反对的理由。像现在,他就疑心自己做了傻瓜,入了圈套。她爱的是悌米孙,却故意的把湿布衫套在他头上,只说为了他和她丈夫闹离婚,如果社会不答应,毁的是他的前途。

他在马路上乱走,走了许多路,到一家小酒店去喝酒,要了两样菜,出来就觉肚子痛。叫了部黄包车,打算到笃保的寄宿舍里去转一转,然而在车上,肚子仿佛更疼得要紧,振保的自制力一涣散,就连身体上一点点小痛苦也禁受不起了。发了慌,只怕是霍乱,吩咐车夫把他拉到附近的医院里去,住院之后,通知他母亲,他母亲当天赶来看他,次日又为他买了藕粉和葡萄汁来。娇蕊也来了。他母亲略有点疑心娇蕊和他有些首尾,故意当着娇蕊的面劝他:"吃坏了肚子事小,这么大的人了,还不知道当心自己,害我一夜都没睡好惦记着你。我哪儿照顾得了这许多?随你去罢,又不放心。要是你娶了媳妇,我就不管了。王太太你帮着我劝劝他,朋友的话他听得进去,就不听我的话。唉!巴你念书上进好容易巴到今天,别以为有了今天了,就可以胡来一气了。人家越是看得起你,越得好好儿的往下做。王太太你劝劝他。"娇蕊装做听不懂中文,只是微笑。振保听他母亲的话,其实也和他自己心中的话相仿佛,可是到了他母亲嘴里,不知怎么,就像是沾辱了他的逻辑。他觉得羞愧,想法子把他母亲送走了。

剩下他同娇蕊,娇蕊走到床前,扶着白铁阑干,全身的姿势是痛苦的询问。振保烦躁地翻过身去,他一时不能解释,摆脱不了他母亲的逻辑。太阳晒到他枕边,随即一阵阴凉,娇蕊去把窗帘拉上了。她不走,留在那里做看护妇的工作,递茶递水,递溺盆。洋磁盆碰在身上冰冷的,她的手也一样的冷。有时他偶然朝这边看一眼,她就乘机说话,说:"你别怕……"说他怕,他最怕听,顿时变了脸色,她便停住了。隔了些时,她又说:"我都改了……"他又转侧不安,使她说不下去了。她又道:"我决不会连累你的,"又道:"你离了我是不行的,振保……"几次未说完的话,挂在半空像许多钟摆,以不同的速度滴答滴答摇,各有各的理路,推论下去,各自到达高潮,于不同的时候当当打起钟来,振保觉得一房间都是她的声音,虽然她久久沉默着。

等天黑了,她趁着房里还没点上灯,近前伏在他身上大哭起来。即使在屈辱之中她也有力量。隔着绒毯和被单他感到她的手臂的坚实。可是他不要力量,力量他自己有。

她抱着他的腰腿号啕大哭,她烫得极其蓬松的头发像一盘火似的冒热气。如同一个含冤的小孩,哭着,不得下台,不知道怎样停止,声嘶力竭,也得继续哭下去,渐渐忘了起初是为什么哭的。振保他也是,吃力的说着:"不,不,不要这样……不行的……"只顾聚精会神克服层层涌起的欲望,一个劲儿的说:"不,不,"全然忘了起初是为什么要拒绝的。

最后他到底找到了相当的话,他用力拱起膝盖,想使她抬起身来,说道:"娇蕊,你要是爱我的,就不能不替我着想。我不能叫我母亲伤心。她的看法同我们不同,但是我们不能不顾到她,她就只依靠我一个人。社会上是决不肯原谅我的——士洪到底是我的朋友。我们爱的只能是朋友的爱。以前是我的错,我对不起你。可是现在,不告诉我就写信告诉他,都是你的错了。……娇蕊,你看怎样,等他来了,你就说是同他闹着玩的,不过是哄他早点回来,他肯相信的,如果他愿意相信。"

娇蕊抬起红肿的脸来,定睛看着他,飞快地一下,她已经站直了身子，好像很诧异刚才怎么会弄到这步田地。她找到她的皮包，取出小镜子来，侧着头左右一照，草草把头发往后掠两下，用手帕擦眼睛，擤鼻子，正眼都不朝他看，就此走了。

振保一晚上都没睡好，清晨补了一觉，朦胧中似乎又有人爬在他身上哭泣，先还当是梦魇，后来知道是娇蕊，她又来了，大约已经哭了不少时。这女人的心身的温暖覆在他上面像一床软缎面子的鸭绒被，他悠然地出了汗，觉得一种情感上的奢侈。

等他完全清醒了，娇蕊就走了，一句话没说，他也没有话。以后他听说她同王士洪协议离婚，仿佛是离他很远很远的事。他母亲几次向他流泪，要他娶亲，他延挨了些时，终于答应说好。于是他母亲托人给他介绍。看到孟烟鹂小姐的时候，振保就向自己说："就是她罢。"

初见面，在人家的客厅里，她立在玻璃门边，穿着灰地橙红条子的绸衫，可是给人的第一个印象是笼统的白。她是细高身量，一直线下去，仅在有无间的一点波折是在那幼小的乳的尖端，和那突出的胯骨上。风迎面吹来，衣裳朝后飞着，越显得人的单薄。脸生得宽柔秀丽。可是，还是单只觉得白。她父亲过世，家道中落之前，也是个殷实的商家，和佟家正是门当户对。小姐今年二十二岁，就快大学毕业了。因为程度差，不能不拣一个比较马虎的学校去读书，可是烟鹂是坏学校里的好学生，兢兢业业，和同学不甚来往。她的白把她和周围的恶劣的东西隔开来了，像病院里的白屏风，可同时，书本上的东西也给隔开了。烟鹂进学校十年来，勤恳地查生字，背表格，黑板上有字必抄，然而中间总像是隔了一层白的膜。在中学的时候就有同学的哥哥之类写信来，她家里的人看了信总是说这种人少惹他的好，因此她从来没回过信。

振保预备再过两个月,等她毕了业之后就结婚。在这期间,他陪她看了几次电影。烟鹂很少说话,连头都很少抬起来,走路总是走在靠后。她很知道,按照近代的规矩她应当走在他前面,应当让他替她加大衣,种种地方伺候着她,可是她不能够自然地接受这些分内的权利,因为踌躇,因而更为迟钝了。振保呢,他自己也不是生成的绅士派,也是很吃力地学来的,所以极其重视这一切,认为她这种地方是个大缺点,好在年轻的女孩子,羞缩一点也还不讨厌。

订婚与结婚之间相隔的日子太短了,烟鹂私下里是觉得惋惜的,据她所知,那应当是一生最好的一段。然而真到了结婚那天,她还是高兴的,那天早上她还没有十分醒过来,迷迷糊糊的已经仿佛在那里梳头,抬起胳膊,对着镜子,有一种奇异的努力的感觉,像是装在玻璃试验管里,试着往上顶,顶掉管子上的盖,等不及地一下子要从现在跳到未来。现在是好的,将来还要好——她把双臂伸到未来的窗子外,那边的浩浩的风,通过她的头发。

在一品香结婚,喜筵设在东兴楼——振保爱面子,同时也讲究经济,只要过得去就行了。他在公事房附近租下了新屋,把母亲从江湾接来同住。他挣的钱大部份花在应酬联络上,家里开销上是很刻苦的。母亲和烟鹂颇合得来,可是振保对于烟鹂有许多不可告人的不满的地方,烟鹂因为不喜欢运动,连"最好的户内运动"也不喜欢。振保忠实地尽了丈夫的责任使她喜欢的,但是他对她的身体并不怎样感到兴趣。起初间或也觉得可爱,她的不发达的乳,握在手里像睡熟的鸟,像有它自己的微微跳动的心脏,尖的喙,啄着他的手,硬的,却又是酥软的,酥软的是他自己的手心。后来她连这一点少女美也失去了。对于一切渐渐习惯了之后，她变成一个很乏味的妇人。

振保这时候开始宿娼。每三个礼拜一次——他的生活各方面都很规律化的。和几个朋友一起，到旅馆里开房间，叫女人，对家里只说是为了公事到苏杭去一趟。他对于妓女的面貌不甚挑剔，比较喜欢黑一点胖一点的，他所要的是丰肥的辱屈。这对于从前的玫瑰与王娇蕊是一种报复，但是他自己并不肯这样想。如果这样想，他立即谴责自己，认为是亵渎了过去的回忆。他心中留下了神圣而感伤的一角，放着这两个爱人。他记忆中的王娇蕊变得和玫瑰一而二二而一了，是一个痴心爱着他的天真热情的女孩子，没有头脑，没有一点使他不安的地方，而他，为了崇高的理智的制裁，以超人的铁一般的决定，舍弃了她。

他在外面嫖，烟鹂绝对不疑心到。她爱他，不为别的，就因为在许多人之中指定了这一个男人是她的。她时常把这样的话挂在口边："等我问问振保看。""顶好带把伞，振保说待会儿要下雨的。"他就是天。振保也居之不疑。她做错了事，当着人他便呵责纠正，便是他偶然疏忽没看见，他母亲必定看见了。烟鹂每每觉得，当着女佣丢脸丢惯了，她怎么能够再发号施令？号令不行，又得怪她。她怕看见仆人眼中的轻蔑，为了自卫，和仆人接触的时候，没开口先就锁着眉，嘟着嘴，一脸的稚气的怨愤。她发起脾气来，总像是一时性起的顶撞，出于丫头姨太太，做小伏低惯了的。

只有在新来的仆人前面，她可以做几天当家少奶奶，因此她宁愿三天两天换仆人。振保的母亲到处宣扬媳妇不中用："可怜振保，在外面辛苦奔波，养家活口，回来了还得为家里的小事烦心，想安静一刻都不行。"这些话吹到烟鹂耳中，气恼一点点积在心头。到那年，她添了个孩子，生产的时候很吃了些苦，自己觉得有权利发一回脾气,而婆婆又因为她生的不过是个女儿,也不甘心让着她,两人便呕起气来。幸而振保从中调停得法,没有到破脸大闹,然而母亲还是负气搬回江湾了。振保对他太太极为失望,娶她原为她的柔顺,他觉得被欺骗了,对于他母亲他也恨,如此任性地搬走,叫人说他不是好儿子。他还是兴兴头头忙着,然而渐渐显出疲乏了,连西装上的含笑的绉纹,也笑得有点疲乏。

笃保毕业之后,由他汲引,也在厂内做事。笃保被他哥哥的成就笼罩住了,不成材,学着做个小浪子,此外也没别的志愿,还没结婚,在寄舍里住着,也很安心。这一天一早他去找振保商量一件事,厂里副经理要回国了,大家出份子送礼,派他去买点纪念品。振保教他到公司里去看看银器。两人一同出来,搭公共汽车。振保在一个妇人身边坐下,原有个孩子坐在他的位子上,妇人不经意地抱过孩子去,振保倒没留心她,却是笃保,坐在那边,呀了一声,欠身向这里勾了勾头,振保这才认得是娇蕊,比前胖了,但也没有如当初担忧的,胖到痴肥的程度;很憔悴,还打扮着,涂着脂粉,耳上戴着金色的缅甸佛顶珠环,因为是中年的女人,那艳丽便显得是俗艳。笃保笑道:"朱太太,真是好久不见了。"振保记起了,是听说她再嫁了,现在姓朱,娇蕊也微笑,道:"真是好久不见了。"振保向她点头,问道:"这一向都好么?"娇蕊道:"好,谢谢你。"笃保道:"您一直在上海么?"娇蕊点头。笃保又道:"难得这么一大早出门罢?"娇蕊笑道:"可不是?"她把手放在孩子肩上道:"带他去看牙医生。昨儿闹牙疼,闹得我一晚上也没睡觉,一早得带他去。"笃保道:"您在哪儿下车?"娇蕊道:"牙医生在外滩。你们是上公事房去么?"笃保道:"他上公事房,我先到别处兜一兜,买点东西。"娇蕊道:"你们厂里还是那些人罢?没大改?"笃保道:"赫顿要回国去了,他这一走,振保就是副经理了。"娇蕊笑道:"呦!那多好!"笃保当着哥哥说那么多的话,却是从来没有过,振保也看出来了,仿佛他觉得在这种局面之下,他应当负全部的谈话责任,可见娇蕊和振保的事,他全部知道。

再过了一站,他便下车。振保沉默了一会,并不朝她看,向空中问道:"怎么样?你好么?"娇蕊也沉默了一会,方道:"很好。"还是刚才那两句话,可是意思全两样了。振保道:"那姓朱的,你爱他么?"娇蕊点点头,回答他的时候,却是每隔两个字就顿一顿,道:"是从你起,我才学会了,怎样,爱,认真的……爱到底是好的,虽然吃了苦,以后还是要爱的,所以……"振保把手卷着她儿子的海军装背后垂下的方形翻领,低声道:"你很快乐。"娇蕊笑了一声道:"我不过是往前闯,碰到什么就是什么。"振保冷笑道:"你碰到的无非是男人。"娇蕊并不生气,侧过头去想了一想,道:"是的,年纪轻,长得好看的时候,大约无论到社会上去做什么事,碰到的总是男人。可是到后来,除了男人之外总还有别的……总还有别的……"

振保看着她,自己当时并不知道他心头的感觉是难堪的妒忌。娇蕊道:"你呢?你好么?"振保想把他的完满幸福的生活归纳在两句简单的话里,正在斟酌字句,抬起头,在公共汽车司机人座右突出的小镜子里看见他自己的脸,很平静,但是因为车身的摇动,镜子里的脸也跟着颤抖不定,非常奇异的一种心平气和的颤抖,像有人在他脸上轻轻推拿似的。忽然,他的脸真的抖了起来,在镜子里,他看见他的眼泪滔滔流下来,为什么,他也不知道。在这一类的会晤里,如果必须有人哭泣,那应当是她。这完全不对,然而他竟不能止住自己。应当是她哭,由他来安慰她的。她也并不安慰他，只是沉默着，半晌，说："你是这里下车罢？"

他下了车，到厂里照常办事。那天是礼拜六，下午放假。十二点半他回家去，他家是小小的洋式石库门衖堂房子，可是临街，一长排都是一样，浅灰水门汀的墙，棺材板一般的滑泽的长方块，墙头露出夹竹桃，正开着花。里面的天井虽小，也可以算得是个花园，应当有的他家全有。蓝天上飘着小白云，街上卖笛子的人在那里吹笛子，尖柔扭捏的东方的歌，一扭一扭出来了，像绣像小说插图里画的梦，一缕白气，从帐子里出来，胀大了，内中有种种幻境，像懒蛇一般地舒展开来，后来因为太瞌睡，终于连梦也睡着了。

振保回家去，家里静悄悄的，七岁的女儿慧英还没放学，女仆到幼稚园接她去了。振保等不及，叫烟鹂先把饭开上桌来，他吃得很多，仿佛要拿饭来结结实实填满他心里的空虚。

吃完饭，他打电话给笃保，问他礼物办好了没有。笃保说看了几件银器，没有合适的。振保道："我这里有一对银瓶，还是人家送我们的结婚礼。你拿到店里把上头的字改一改，我看就行了。他们出的份子你去还给他们，就算是我捐的。"笃保说好，振保道："那你现在就来拿罢。"他急于看见笃保，探听他今天早上见着娇蕊之后的感想，因为这件事略有点不近情理，他自己的反应尤为荒唐，也几乎疑心根本是个幻象。笃保来了，振保闲闲地把话题引到娇蕊身上，笃保磕了磕香烟，做出有经验的男子的口吻，道："老了，老得多了。"仿佛这就结束了女人。

振保追想恰才那一幕，的确，是很见老了。连她的老，他也妒忌她。他看看他的妻，结了婚八年，还是像什么事都没经过似的，空洞白净，永远如此。

他叫她把炉台的一对银瓶包扎起来给笃保带去,她手忙脚乱掇过一张椅子,取下椅垫,立在上面,从橱顶上拿报纸,又到抽屉里找绳子,有了绳子,又不够长,包来包去,包得不成模样,把报纸也搠破了。振保恨恨地看着,一阵风走过去夺了过来,唉了一声道:"人笨凡事难!"烟鹂脸上掠过她的婢妾的怨愤,随即又微笑,自己笑着,又看看笃保可笑了没有,怕他没听懂她丈夫说的笑话。她抱着胳膊站在一边看振保包扎银瓶,她脸上像拉上了一层白的膜,很奇怪地,面目模糊了。

笃保有点坐不住——到他们家来的亲戚朋友很少坐得住的——要走。烟鹂极力想补救方才的过失,振作精神,亲热地挽留他:"没事就多坐一会儿。"她眯细了眼睛笑着,微微皱着鼻梁,颇有点媚态。她常常给人这么一阵突如其来的亲热。若是笃保是个女的,她就要拉住他的手了,潮湿的手心,绝望地拉住不放,使人不快的一种亲热。

笃保还是要走,走到门口,恰巧遇见老妈子领着慧英回来,笃保从袴袋里摸出口香糖来给慧英,烟鹂笑道:"谢谢二叔,说谢谢!"慧英扭过身子去,笃保笑道:"哟!难为情呢!"慧英扯起洋装的绸裙蒙住了脸,露出里面的短袴,烟鹂忙道:"嗳,嗳,这真难为情了!"慧英接了糖,仍旧用裙子蒙了头,一路笑着跑了出去。

振保远远坐着看他那女儿,那舞动的黄瘦的小手小腿。本来没有这样的一个孩子,是他把她由虚空之中唤了出来。

振保上楼去擦脸,烟鹂在楼底下开无线电听新闻报告,振保认为这是有益的,也是现代主妇教育的一种,学两句普通话也好,他不知道烟鹂听无线电,不过是愿意听见人的声音。

87

振保由窗子里往外看，蓝天白云，天井里开着夹竹桃，街上的笛子还在吹，尖锐扭捏的下等女人的嗓子。笛子不好，声音有点破，微觉刺耳。

是和美的春天的下午，振保看着他手造的世界，他没有法子毁了它。

寂静的楼房里晒满了太阳。楼下无线电有个男子侃侃发言，一直说下去，没有完。

振保自从结婚以来，老觉得外界的一切人，从他母亲起，都应当拍拍他的肩膀奖励有加。像他母亲是知道他的牺牲的详情的，即是那些不知底细的人，他也觉得人家欠着他一点敬意，一点温情的补偿。

人家也常常为了这个说他好，可是他总嫌不够，因此特别努力去做分外的好事，而这一类的好事向来是不待人兜揽就黏上身来的。他替他弟弟笃保还了几次债，替他娶亲，替他安家养家。另外他有个成问题的妹妹，为了她的缘故，他对于独身或是丧偶的朋友格外热心照顾，替他们谋事、筹钱，无所不至。后来他费了许多周折，把他妹妹介绍到内地一个学校里去教书，因为听说那边的男教员都是大学新毕业，还没结婚的。可是他妹子受不了苦，半年的合同没满，就闹脾气回上海来了。事后他母亲心痛女儿，也怪振保太冒失。

烟鹂在旁看着，着实气不过，逢人便叫屈，然而烟鹂很少机会遇见人，振保因为家里没有一个活泼大方的主妇，应酬起来宁可多花两个钱，在外面请客，从来不把朋友往家里带。难得有朋友来找他，恰巧振保不在，烟鹂总是小心招待，把人家当体己人，和人家谈起振保："振保就吃亏在这一点——实心眼儿待人，自己吃亏！唉，张先生你说是不是？现在这世界上是行不通的呀！连他自己弟弟妹妹也这么忘恩负义，不要说朋友了，有事找你的时候来找你——没有一个不是这样！我眼里看得多了，振保一趟一趟吃亏还是死心眼儿。现在这时世，好人做不得呀！张先生你说是不是？"朋友觉得自己不久也要被归入忘恩负义的一群，心里先冷了起来。振保的朋友全都不喜欢烟鹂，虽然她是美丽娴静的，最合理想的朋友的太太，可以做男人们高谈阔论的背景。

烟鹂自己也没有女朋友，因为不和人家比着，她还不觉得自己在家庭中地位的低落。振保也不鼓励她和一般太太们来往，他是体谅她不会那一套，把她放在较生疏的形势中，徒然暴露她的短处，徒然引起许多是非。她对人说他如何如何吃亏，他是原有她的，女人总是心眼儿窄，而且她不过是护卫他，不肯让他受一点委屈。可是后来她对老妈子也说这样的话了，他不由得要发脾气干涉。又有一次，他听见她向八岁的慧英诉冤，他没作声，不久就把慧英送到学校里去住读。于是家里更加静悄悄起来。

烟鹂得了便秘症，每天在浴室里一坐坐上几个钟头——只有那个时候可以名正言顺的不做事，不说话，不思想，其余的时候她也不说话，不思想，但是心里总有点不安，到处走走，没着没落的，只有在白天的浴室里她是定了心，生了根。她低头看着自己雪白的肚子，白皑皑的一片，时而鼓起来些，时而瘪进去，肚脐的式样也改变，有时候是甜净无表情的希腊石像的眼睛，有时候是突出的怒目，有时候是邪教神佛的眼睛，眼里有一种险恶的微笑，然而很可爱，眼角弯弯地，撇出鱼尾纹。

振保带烟鹂去看医生，按照报纸上的广告买药给她吃，后来觉得她不甚热心，仿佛是情愿留着这点病，挟以自重。他也就不管了。

某次他代表厂方请客吃中饭,是黄梅天,还没离开办公室已经下起雨来。他雇车兜到家里去拿雨衣,路上不由得回想到从前,住在娇蕊家,那天因为下了两点雨,天气变了,赶回去拿大衣,那可纪念的一天。下车走进大门,一直包围在回忆的淡淡的哀愁里,进去一看,雨衣不在衣架上。他心里怦的一跳,仿佛十年前的事又重新活了过来。他向客室里走,心里继续怦怦跳,有一种奇异的命里注定的感觉。手按在客室的门钮上,开了门,烟鹂在客室里,还有个裁缝,立在沙发那一头。一切都是熟悉的,振保把心放下了,不知怎的蓦地又提上来,他感到紧张,没有别的缘故,一定是因为屋里其他的两个人感到紧张。

烟鹂问道:"在家吃饭么?"振保道:"不,我就是回来拿件雨衣。"他看看椅子上搁着的裁缝的包袱,没有一点潮湿的迹子,这雨已经下了不止一个钟头了。裁缝脚上也没穿套鞋。裁缝给他一看,像是昏了头,走过去从包袱里抽出一管尺来替烟鹂量尺寸。烟鹂向振保微弱地做了个手势道:"雨衣挂在厨房过道里阴干着。"她那样子像是要推开了裁缝去拿雨衣,然而毕竟没动,立在那里被他测量。

振保很知道,和一个女人发生过关系以后,当着人再碰到她的身体,那神情完全是两样的,极其明显。振保冷眼看看他们俩。雨的大白嘴唇紧紧贴在玻璃窗上,喷着气,外头是一片冷与糊涂,里面关得严严地,分外亲切地可以觉得房间里有这样的三个人。

振保自己是高高在上的,瞭望着这一对没有经验的奸夫淫妇。他再也不懂:"怎么能够同这样的一个人?"这裁缝年纪虽轻,已经有点伛偻着,脸色苍黄,脑后略有几个癞痢疤,看上去也就是一个裁缝。

振保走去拿他的雨衣穿上了，一路扣钮子，回到客厅里来，裁缝已经不在了。振保向烟鹂道："待会儿我不定什么时候回来，晚饭不用等我。"烟鹂迎上前来答应着，似乎还有点心慌，一双手没处安排，急于要做点事，顺手捻开了无线电。又是国语新闻报告的时间，屋子里充满了另一个男子的声音。振保觉得他没有说话的必要，转身出去，一路扣钮子。不知怎么有那么多的钮子。

客室里大敞着门，听得见无线电里那正直明朗的男子侃侃发言，都是他有理。振保想道："我待她不错呀！我不爱她，可是我没有什么对不起她的地方。我待她不算坏了。下贱东西，大约她知道自己太不行，必须找个比她再下贱的，来安慰她自己。可是我待她这么好，这么好——"

屋里的烟鹂大概还是心绪不宁，啪地一声，把无线电关上了，振保站在门洞子里，一下子像是噎住了气；如果听众关上无线电，电台上滔滔演说的人能够知道的话，就有那种感觉——突然的堵塞，胀闷的空虚。他立在阶沿上，面对着雨天的街，立了一会，黄包车过来兜生意，他没讲价就坐上拉走了。

晚上回来的时候，阶沿上淹了一尺水，暗中水中的家仿佛大为改变了，他看了觉得很合适。但是进得门来，嗅到那严紧暖热的气味，黄色的电灯一路照上楼梯，家还是家，没有什么两样。

他在大门口脱下湿透的鞋袜，交给女佣，自己赤了脚上楼走到卧室里，探手去摸电灯的开关，浴室里点着灯，从那半开的门里望进去，淡黄白的浴间像个狭长的立轴。灯下的烟鹂也是本色的淡黄色。当然历代的美女画从来没有采取这样尴尬的题材——她提着裤子，弯着腰，正要站起身，头发从脸上直披下来，已经换了白地小花的睡衣，短衫搂得高高地，一半压在颔下，睡袴臃肿地堆在脚面上，中间露出长长一截白蚕似的身躯。若是在美国，也许可以做很好的草纸广告，可是振保匆匆一瞥，只觉得在家常中有一种污秽，像下雨天头发窠里的感觉，稀湿的，发出蓊郁的人气。

他开了卧室的灯，烟鹂见他回来了，连忙问："脚上弄潮了没有？"振保应了一声道："马上得洗脚。"烟鹂道："我就出来了。我叫余妈烧水去。"振保道："她在烧。"烟鹂洗了手出来，余妈也把水壶提了来了。振保打了个喷嚏。余妈道："着凉了罢！可要把门关起来？"振保关了门独自在浴室里，雨还下得很大，忒啦啦打在玻璃窗上。

浴缸里放着一盘不知什么花，开足了，是娇嫩的黄，虽没淋到雨，也像是感到了雨气。脚盆就放在花盘隔壁，振保坐在浴缸的边缘，弯腰洗脚，小心不把热水溅到花朵上，低下头的时候也闻到一点有意无意的清香。他把一条腿搁在膝盖上，用毛巾揩干每一个脚趾，忽然疼惜自己起来。他看着自己的皮肉，不像是自己在看，而像是自己之外的一个爱人，深深悲伤着，觉得他白糟蹋了自己。

他趿了拖鞋出来，站在窗口往外看。雨已经小了不少，渐渐停了。街上成了河，水波里倒映着一盏街灯，像一连串射出去就没有了的白金箭镞。车辆行过，"铺拉铺拉"拖着白烂的浪花，孔雀屏似地展开了，掩了街灯的影子。白孔雀屏里渐渐冒出金星，孔雀尾巴渐长渐淡，车过去了，依旧剩下白金的箭镞，在暗黄的河上射出去就没有了，射出去就没有了。

振保把手抵着玻璃窗，清楚地觉得自己的手，自己的呼吸，深深悲伤着。他想起碗橱里有一瓶白兰地酒,取了来,倒了满满一玻璃杯,面向外立在窗口慢慢呷着。烟鹂走到他背后,说道:"是应当喝口白兰地暖暖肚子,不然真要着凉了。"白兰地的热情直冲到他脸上,他变成火眼金睛。掉过头来憎恶地看了她一眼。他讨厌那样的殷勤噜苏,尤其讨厌的是:她仿佛在背后窥伺着,看他知道多少。

以后的两个礼拜内烟鹂一直窥伺着他,大约认为他并没有什么改常的地方,觉得他并没有起疑,她也就放心下来,渐渐的忘了她自己有什么可隐藏的,连振保也疑疑惑惑起来,仿佛她根本没有任何秘密。像两扇紧闭的白门,两边阴阴点着灯,在旷野的夜晚,拚命的拍门,断定了门背后发生了谋杀案。然而把门打开了走进去,没有谋杀案,连房屋都没有,只看见稀星下的一片荒烟蔓草——那真是可怕的。

振保现在常常喝酒,在外面公开地玩女人,不像从前,还有许多顾忌。他醉醺醺回家,或是索性不回来,烟鹂总有她自己的解释,说他新添上许多推不掉的应酬。她再也不肯承认这与她有关。她固执地向自己解释,到后来,他的放浪渐渐显著到瞒不了人的程度,她又向人解释,微笑着,忠心地为他掩饰。因之振保虽然在外面闹得不像样,只差把妓女往家里带,大家看着他还是个顶天立地的好人。

一连下了一个月的雨。有一天,老妈子说他的纺绸衫洗缩了,要把贴边放下来。振保坐在床上穿袜子,很随便的样子,说道:"让裁缝拿去放一放罢。"余妈道:"裁缝好久不来了。不知下乡去了没有。"振保心里想:"哦?这么容易就断掉了吗?一点感情也没有——真是齷齪的!"他又问:"怎么?端午节没有来收账么?"

余妈道:"是小徒弟来的。"这余妈在他家待了三年了,她把小袴裤叠了放在床沿上,轻轻拍了它一下,虽然没朝他看,脸上那温和苍老的微笑却带着点安慰的意味。振保生起气来了。

那天下午他带着个女人出去玩,故意兜到家里来拿钱。女人坐在三轮车上等他。新晴的天气,街上水还没退,黄色的河里有洋梧桐团团的影子。对街一带小红房子,绿树带着青晕,烟囱里冒出湿黄烟,低低飞着。振保拿了钱出来,把洋伞打在水面上,溅了女人一身水。女人尖叫起来,他跨到三轮车上,哈哈笑了,感到一种拖泥带水的快乐。抬头望望楼上的窗户,大约是烟鹂立在窗口向外看,像是浴室的墙上贴了一块有黄渍的旧白蕾丝茶托,又像一个浅浅的白碟子,心子上沾了一圈茶污。振保又把洋伞朝水上打——打碎它!打碎它!

砸不掉他自造的家,他的妻,他的女儿,至少他可以砸碎他自己,洋伞敲在水面上,腥冷的泥浆飞到他脸上来,他又感到那样恋人似的疼惜,但同时,另有一个意志坚强的自己站在恋人的对面,和她拉着,扯着,挣扎着——非砸碎他不可,非砸碎他不可!

三轮车在波浪中行驶,水溅湿了身边那女人的皮鞋皮夹子与衣服,她闹着要他赔。振保笑了,一只手搂着她,还是去泼水。

此后,连烟鹂也没法替他辩护了。振保不拿钱回来养家,女儿上学没有学费,每天的小菜钱都成问题。烟鹂这时候倒变成了一个勇敢的小妇人,快三十岁的人了,她突然长大了起来,话也说得流利动听了,滔滔向人哭诉:"这样下去怎么得了呵!真是要了我的命——一家老小靠他一个人,他这样下去厂里的事情也要弄丢了……疯了心似的,要不就不回来,一回来就打人砸东西。这些年了,他不是这样的人呀!刘先生你替我想想,你替我想想,叫我这日子怎么过？"

烟鹂现在一下子有了自尊心，有了社会地位，有了同情与友谊。振保有一天晚上回家来，她坐在客厅里和笃保说话，当然是说的他，见了他就不开口了。她穿着一身黑，灯光下看得出忧伤的脸上略有皱纹，但仍然有一种沉着的美。振保并不冲台拍凳，走进去和笃保点头寒暄，燃上一支香烟，从容坐下谈了一会时局与股票，然后说累了要早点睡，一个人先上楼去了。烟鹂简直不懂这是怎么一回事，仿佛她刚才说了谎，很难加以解释。

笃保走了以后，振保听见烟鹂进房来，才踏进房门，他便把小柜上的台灯热水瓶一扫扫下地去，豁朗朗跌得粉碎。他弯腰拣起台灯的铁座子，连着电线向她掷过去，她疾忙翻身向外逃。振保觉得她完全被打败了，得意之极，立在那里无声地笑着，静静的笑从他眼里流出来，像眼泪似的流了一脸。

老妈子拿着笤帚与簸箕立在门口张了张，振保把灯关了。她便不敢进来。振保在床上睡下，直到半夜里，被蚊子咬醒了，起来开灯。地板正中躺着烟鹂的一双绣花鞋，微带八字式，一只前些，一只后些，像有一个不敢现形的鬼怯怯向他走过来，央求着。振保坐在床沿上，看了许久。再躺下的时候，他叹了口气，觉得他旧日的善良的空气一点一点偷着走近，包围了他。无数的烦忧与责任与蚊子一同嗡嗡飞绕，叮他，吮吸他。

第二天起床，振保改过自新，又变了个好人。

一九四四年六月

* 初载一九四四年五月、六月、七月《杂志》第十三卷第二期、第三期、第四期，收入《传奇》增订本。

散戏

闭幕后的舞台突然小了一圈。在硬黄的灯光里，只有一面可以看看的桌椅橱柜显得异常简陋。演员都忙着卸装去了，南宫嫿手扶着纸糊的门，单只地在台上逗留了一会。

刚才她真不错，她自己有数。门开着，射进落日的红光。她伸手在太阳里，细瘦的小红手，手指头燃烧起来像迷离的火苗。在那一刹那她是女先知，指出了路。她身上的长衣是谨严的灰色，可是大襟上有个钮扣没扣上，翻过来，露出大红里子，里面看不见的地方也像在那里炎腾腾烧着。她说："我们这就出去——立刻！"

此外还说了许多别的，说的是些什么，全然没有关系。普通在一出戏里，男女二人历尽千辛万苦，终于会面了的时候，剧作者想让他们讲两句适当的话，总感到非常困难，结果还是说到一只小白船，扯上了帆，飘到天边的美丽的岛上去，再不就说起受伤的金丝雀，较聪明的还可以说："看哪！月亮出来了。"于是两人便静静的看月亮，让伴奏的音乐来说明一切。

南宫嫿的好处就在这里——她能够说上许多毫无意义的话而等于没开口。她的声音里有一种奇异的沉寂；她的手势里有一种从容的韵节，因之，不论她演的是什么戏，都成了古装哑剧。

出了戏院，夜深的街上，人还未散尽。她雇到一辆黄包车，讨价四十元，她翻翻皮夹子，从家里出来得太匆忙，娘姨拦住她要钱，台灯的扑落坏了，得换一只。因此皮夹里只剩下了三十元，她便还价，给他三十。

她真是个天才艺人，而且，虽说年纪大了几岁，在台上还可以看看的。娘姨知道家里的太太是怎样的一个人么？娘姨只知道她家比一般人家要乱了一点，时常有些不三不四的朋友来，坐着不走，吃零嘴，作践房间，疯到深更半夜。主人主母的随便与不懂事，大约算是学生派。其他也没有什么与人不同之处。

有时候南宫嫿也觉得娘姨所看到的就是她的私生活的全部。其他也没有什么了。

黄包车一路拉过去，长街上的天像无底的深沟，阴阳交界的一条沟，隔开了家和戏院。头上高高挂着路灯，深口的铁罩子，灯罩里照得一片雪白，三节白的，白得耀眼。黄包车上的人无声地滑过去，头上有路灯，一盏接一盏，无底的阴沟里浮起了阴间的月亮，一个又一个。

是怎么一来变得什么都没有了呢？南宫嫿和她丈夫是恋爱结婚的，而且——是怎样的恋爱呀！两人都是献身剧运的热情的青年，为了爱，也自杀过，也恐吓过，说要走到辽远的，辽远的地方，一辈子不回来了。是怎样的炮烙似的话呀！是怎样的伤人的小动作；辛酸的，永恒的手势！至今还没有一个剧作者写过这样好的戏。报纸上也纷纷议论他们的事，那是助威的锣鼓，中国的戏剧传统里，锣鼓向来是打得太响，往往淹没了主角的大段唱词，但到底不失为热闹。

现在结了婚上十年了，儿女都不小了，大家似乎忘了从前有过这样的事，尤其是她丈夫。偶尔提醒他一下，自己也觉得难为情，仿佛近于无赖。总之，她在台下是没有戏给人看了。

黄包车夫说："海格路到了。"南宫嫿道："讲好的，静安寺路海格路。"车夫道："呵，静安寺路海格路！静安寺路海格路！加两钿罢！"南宫嫿不耐烦，叫他停下来，把钱给了他，就自己走回家去。

街上的店铺全都黑沉沉地，惟有一家新开的木器店，虽然拉上了铁栅栏，橱窗里还是灯火辉煌，两个伙计立在一张镜面髹漆大床的两边，拉开了鹅黄锦缎绣花床单，整顿里面的两只并排的枕头。难得让人看见的——专门摆样的一张床，原来也有铺床叠被的时候。

南宫嫿在玻璃窗外立了一会，然后继续往前走，很有点掉眼泪的意思，可是已经到家了。

＊初载一九四四年九月上海《小天地》第二期，收入一九八七年五月台北皇冠出版社《余韵》。

殷宝滟送花楼会

门铃响，我去开门。门口立着极美的，美得落套的女人，大眼睛小嘴，猫脸圆中带尖，青灰细呢旗袍，松松笼在身上，手里抱着大束的苍兰、百合、珍珠兰，有一点见老了，但是那疲乏仿佛与她无关，只是光线不好，或是我刚刚看完了一篇六号排印的文章。

"是爱玲罢？"她说，"不认得我了罢？"

殷宝滟，在学校里比我高两班，所以虽然从未交谈过，我也记得很清楚。看上去她比从前矮小了，大约因为我自己长高了许多。在她面前我突然觉得我的高是一种放肆，慌张地请她进来，谢谢她的花。"为什么还要带花来呢？这么客气！"我想着，女人与女人之间，而且又不是来探病。

"我相信送花。"她虔诚地说，解去缚花的草绳，把花插在瓶中。我让她在沙发上坐下，她身体向前倾，两手交握，把她自己握得紧紧地，然而还是很激动。"爱玲，像你这样可是好呀，我看到你所写的，我一直就这样说：我要去看看爱玲！我要去看看爱玲！我要有你这样就好了！"不知道为什么，她眼睛里充满了眼泪，饱满的眼，分得很开，亮晶晶地在脸的两边像金刚石耳环。她偏过头去，在大镜子里躲过苍兰的红影子，察看察看自己含泪的眼睛，举起手帕，在腮的下部，离眼睛很远的地方，细心地擦了两擦。

宝滟在我们学校里只待过半年。才来就被教务长特别注意，因为她在别处是有名的校花，就连在这教会学校里，成年不见天日，也有许多情书写了来，给了她和教务处的检查许多麻烦。每次开游艺会都有她搽红了胭脂唱歌或是演戏，颤声叫："天哪！我的孩子！"

我们的浴室是用污暗的红漆木板隔开来的一间一间，板壁上钉着红漆凳，上面洒了水与皮肤的碎屑。自来水龙头底下安着深绿荷花缸，暗洞洞地也看见缸中腻一圈白脏。灰色水门汀地，一地的水，没处可以放鞋。活络的半截门上险凛凛搭着衣服，门下就是水沟，更多的水。风很大，一阵阵吹来邻近的厕所的寒冷的臭气，可是大家抢着霸占了浴间，排山倒海啪啦啦放水的时候，还是很欢喜的。朋友们隔着几间小房在水声之上大声呼喊。

我听见个人叫"宝滟！"问她，不知有些什么人借了夏令配克的地址要演《少奶奶的扇子》。

"找你客串是不是？"

"没有的事！"

"把你的照片都登出来了！"

"现在我一概不理了。那班人……太缺乏知识。我要好好去学唱歌了。"

那边把脚跨到冷水里，"哇！"大叫起来，把水往身上泼，一路哇哇叫。宝滟唤道："喂！这样要把嗓子喊坏了！"然而她自己踏进去的时候一样也锐叫，又笑起来，在水中唱歌，义大利的"哦嗦勒弥哦！"（"哦，我的太阳！"）细喉咙白鸽似的飞起来，飞过女学生少奶奶的轻车熟路,女人低陷的平原,向上向上,飞到明亮的艺术的永生里。

贞亮的喉咙,"哦噢噢噢噢噢!哈啊啊啊啊啊!"细颈大肚的长明灯,玻璃罩里火光小小的颤动是歌声里一震一震的拍子。

"呵,爱玲,我真羡慕你!还是像你这样好——心静。你不大出去的罢?告诉你,那些热闹我都经过来着——不值得!归根究底还是,还是艺术的安慰!我相信艺术。我也有许多东西一直想写出来,我实在忙不过来,而且身体太不行了,你看我这手膀子,你看——教我唱歌的俄国人劝我休息几年,可是他不知道我是怎样休息的——有了空我就去念法文、义大利文,帮着罗先生翻译音乐史。中国到现在还没有一本像样的音乐史。罗先生他真是鼓励了我的——你不知道我的事罢?"她红了脸,声音低了下去。她举起手帕来,这一次真的擦了眼睛,而且有新的泪水不停地生出来,生出来,但是不往下掉,晶亮地突出,像小孩喝汽水,舍不得一口咽下去,含在嘴里,左腮凸到右腮,唇边吹出大泡泡。"罗先生他总是说:'宝滟,像你这样的聪明,真是可惜了的!'你知道,从前我在学校里是最不用功的,可是后来我真用了几年功,他教我真热心,使得我不好意思不用功了。他是美国留学的,欧洲也去过,法文义大利文都有点研究。他恨不得把什么都教给我。"

我房的窗子正对着春天的西晒。暗绿漆布的遮阳拉起了一半,风把它吹得高高地,摇晃着绳端的小木坠子。败了色的淡赭红的窗帘,紧紧吸在金色的铁栅栏上,横的一棱一棱,像蚌壳又像帆,朱红在日影里,赤紫在阴影里。嗯!又飘了开来,露出淡淡的蓝天白云。可以是法国或是义大利。太美丽的日子,可以觉得它在窗外渐渐流过，河流似的，轻吻着窗台，吻着船舷。太阳暗下去，船过了桥洞，又亮了起来。

"可是我说，我说他害了我，我从前那些朋友我简直跟他们合不来了！爱玲！社会上像我们这样的不多呵！想必你已经发现了。——哦，爱玲，你不知道我的事：现在我跟他很少见面了，所以我一直说，我要去找找爱玲，我要去找找爱玲，看了你所说的，我知道我们一定是谈得来的。"

"怎么不大见面了呢？"我问。

她潇洒地笑了一声。"不行嗳，他一天天瘦下去，他太太也一天天瘦下去，我呢，你看这手膀子……现在至少，三个人里他太太胖起来了！"

她愿意要我把她的故事写出来。我告诉她我写的一定没有她说的好——我告诉她的。

她和罗潜之初次见面，是有一趟，她的一个女朋友，在大学里读书的，约了她到学校里聚头，一同出去玩。宝滟来得太早了，他们正在上课。丽贞从玻璃窗里瞥见她，招招手叫她进来，老师刚到不久，咬紧了嘴唇阴暗地翻书。丽贞拉她在旁边坐下，小声说："新来的。很发噱。"

罗教授戴着黑框眼镜，中等身量，方正齐楚，把两手按在桌子上，忧愁地说："莎士比亚是伟大的。一切人都应当爱莎士比亚。"他用阴郁的，不信任的眼色把全堂学生看了一遍，确定他们不会爱莎士比亚，然而仍旧固执地说："莎士比亚是伟大的，"挑战地抬起了下巴，"伟大的，"把脸略略低了一低，不可抵抗地平视着听众，"伟大的，"肯定地低下头，一块石头落地，一个下巴挤成了两个更为肯定的。"如果我们今天要来找一个字描写莎士比亚,如果古今中外一切文艺的爱好者要来找一个字描写莎士比亚——"他激烈地做手势像乐队领班,一来一往,一来一往,整个的空气痛苦震荡为了那不可能的字。他用读古文的悠扬的调子流利快乐地说英文,渐渐为自己美酒似的声音所陶醉,突然露出一嘴雪白齐整的牙齿,向大家笑了。他还有一种轻倩的手势,不是转螺丝钉,而是蜻蜓点水一般地在空中的一个人的身上殷勤爱护地摘掉一点毛线头,两手一齐来,一摘一摘,过分灵巧地。"茱丽叶十四岁,为什么十四岁?"他狂喜地质问。"啊!因为莎士比亚知道十四岁的天真纯洁的女孩子的好处!啊!十四岁的女孩子!什么我不肯牺牲,如果你给我一个十四岁的女孩子?"他啧啧有声,做出贪嘴的样子,学生们哄堂大笑,说:"戏剧化,不坏——是有点幽默的。"

宝滟吃吃笑着一直停不了,被他注意到,就严厉起来:"你们每人念一段,最后一排第一个人开头。"

丽贞说:"她是旁听的。"教授没听见。挨了一会,教授讽刺地问:"英文会说吗?"为了赌气,宝滟读起来了。

"唔,"教授说:"你演过戏吗?"

丽贞代她回答:"她常常演的。"

"唔……戏剧这样东西,如果认真研究的话,是应当认真研究的。"仿佛前途未可乐观。

丽贞不大明白,可是觉得有争回面子的必要,防御地说:"她正在学唱歌。"

"唱歌。"教授叹了口气。"唱歌很难哪!你研究过音乐史没有?"

宝滟忧虑起来,因为她没有。下课之后,她挽着丽贞的手臂挤到讲台前面，问教授，音乐史有什么书可看。

教授对于莎士比亚的女人虽然是热烈、放肆，甚至于佻达的，对于实际上的女人却是非常酸楚，怀疑。他把手指夹在莎士比亚里，冷淡地看了她一眼，然后合上书，合上眼睛，安静地接受了事实：像她那样的女人是决不会认真喜欢音乐史的。所以天下的事情就是这样可哀：唱歌的女人永远不会懂得音乐史。然而因为尽责，他叹口气，睁开眼来，拔出钢笔，待要写出一连串的书的名字，全然不顾到面前有纸没有。宝滟慌乱地在丽贞手里夺过笔记簿，摊在他跟前。被这眼睁睁的志诚所感动，他忽然想，就算是年轻人五分钟的热度罢，到底是难得的。他说："我那儿有几本书可以借给你参考参考。"便在笔记簿上写下他的地址。

宝滟到他家去，是阴雨的冬天，半截的后门上撑出一只黄红油纸伞，是放在那里晾干的。进去是厨房，她问："罗先生在家吗？"自来水龙头前的老妈子回过头来向里边喊叫："找罗先生的。"抱着孩子的少妇走了出来，披着宽大的毛线围巾，更显得肩膀下削，有女性的感觉。扁薄美丽的脸，那是他太太。她把宝滟引了进去，楼下有两间房是他们的，并不很大，但是因为空，觉得大而阴森。罗潜之的书桌书架占据了客室的一端。他萧瑟地坐在书桌前，很冷，穿着极硬的西装大衣。他不替宝滟介绍他太太，自顾自请她坐下，把书找出来给她。宝滟胆怯地带笑翻了一翻，忸怩地问他可有浅一点的。他告诉她没有。他发现她连浅些的也看不懂，他发现她的聪明是太可惜了的，于是他自动地要为她补习。宝滟也考虑过要不要给他钱，断定他决不肯收下，而且会认为是侮辱。她很高兴，因为虽然是高尚的学问上的事情，拣着点小便宜到底是好的。

罗潜之一直想动手编译一部完美的音乐史。"回国以后老没有这个兴致。在这样低气压的空气里，什么都得拣省事的做，所以空下来也就只给人补补书。可是看见你这样热心……多少年来我没有像现在这么热心过。"宝滟非常感奋。每天晚饭后她来，他们一同工作，罗太太总在房间那边另一盏灯下走来走去忙碌着，如果罗太太不在，总有一两个小孩在那儿玩。潜之有时候嫌吵，罗太太就说："叫他们出去玩，就打架闯祸。刚才三层楼上太太还来闹过呢！"宝滟心里发笑，暗暗说："你监视些什么！你丈夫固然是可尊敬的，可是我再没有男朋友也不会看上他罢？"

宝滟常常应时按景给他们带点什么来，火腿，西瓜，代乳粉，小孩的绒线衫，她自己家里包用的裁缝，然而她从来不使他们感觉到被救济。她给他们带来的只有甜蜜，温暖，激励，一个美女子的好心。然而潜之夫妇两个时常吵架，潜之脾气暴躁，甚至要打人。

宝滟说："爱玲，你得承认，凡是艺术家，都有点疯狂的。"她用这样的怜惜的眼光看着我，使我很惶恐，微弱地笑着，什么都承认了。

这样有三年之久。潜之的太太渐渐知道宝滟并没有勾引她丈夫的意思。宝滟的清白威胁着她，使她觉得自己下贱，小气。现在她不大和他们在一起，把小孩也唤到里面房里去。有时候她又故意坐在他们视线内，心里说："怎么样？到底是我的家！"潜之的书桌上点着绿玻璃罩的台灯，鲜粉红的吸墨水纸，搁在上面的宝滟的手，映得青黄耀眼。宝滟看看那边的罗太太，怀里坐着最小的三岁的孩子，她和孩子每人咀嚼着极长极粗的一根芝麻麦芽糖，她的温柔的头发圣母似地垂在脸上，不知道她在想什么，她俯身看看小孩，看他是在好好吃着，便放了心似地又去吃她的了。

小孩也探过身来看看母亲手里的报纸包，见里面还有两块糖，便满意地又去吃他的了，再想一想，还是不能安心，又扑过身来要拿，手臂只差一点点，抓不到，屡屡用劲，他母亲也不帮助，也不阻止，只是平静地、圣母似地想着她的心思，时而拍拍她衣兜里的芝麻屑，也把孩子身上掸一掸。

宝滟不由得回过眼来看了潜之一下，很明显地是一个问句："怎么会的呢？这样的一个人……"

潜之觉得了，笑了一声，笑声从他脑后发出。他说："因为她比我还要可怜……"他除下眼镜来，他的眼睛是单眼皮，不知怎么的，眼白眼黑在眼皮的后面，很后很后，看着并不觉得深沉，只有一种异样的退缩，是一个被虐待的丫嬛的眼睛。他说了许多关于他自己的事。在外国他是个苦学生，回了国也没有苦尽甘来。他失望而且孤独，娶了这苦命的穷亲戚，还是一样孤独。

对于宝滟的世界他妒忌，几乎像报复似地，他用一本一本大而厚的书来压倒她，他给她太多的功课。宝滟并不抗议，不过轻描淡写回报他一句："忘了！"娇俏地溜他一眼，伸一伸舌头，然后又认真地抱怨："嗯嗯嗯！明明念过的嘛，让你一问又都忘了！"逼急了她就歇两天不来，潜之终于着慌起来，想尽方法笼络她，先用中文的小说启发她的兴趣。

不知道从什么时候起他开始写信给她，天天见面，仍然写极长的信，对自己是悲伤，对她是期望。她也被鼓励着写日记与日记性质的信，起头是"我最敬爱的潜之先生"。

有一天他当面递给她这样的信："……在思想上你是我最珍贵的女儿，我的女儿，我的王后，我坟墓上的紫罗兰，我的安慰，我童年回忆里的母亲。我对你的爱是乱伦的爱，是罪恶的，也是绝望的,而绝望是圣洁的。我的滟——允许我这样称呼你,即使仅仅在纸上!……"

宝滟伏在椅背上读完了它。没有人这样地爱过她。没有爱及得上这样的爱。她背着灯,无力地垂下她的手,信笺在手里半天,方才轻轻向那边一送,意思要还给他。他不接信而接住了她的手。信纸发出轻微的脆响,听着像在很远很远的地方,她也觉得是梦中,又像是自己,又像是别人,又像是骤然醒来,灯光红红地照在脸上,还在疑心是自己是别人,然而更远了。他恍惚地说:"你爱我!"她说:"是的,但是不行的。"他的手在她的袖子里向上移,一切忽然变成真的了。她说:"告诉你的:不行的!"站起来就走了,临走还开了卧室的门探头进去看看他太太和小孩,很大方地说:"睡了吗? 明天见呀!"有一种新的自由,跋扈的快乐。

他却从此怨苦起来,说:"我是没有希望的,然而你给了我希望,"要她负责的样子。他对他太太更没耐性了。每次吵翻了,他家的女佣便打电话把宝滟找来。

宝滟向我说:"他就只听我的话! 不管他拍桌拍凳跳得三丈高,只要我来 charm 他一下——我说:Darling……"

春天的窗户里太阳斜了。远近的礼拜堂里敲着昏昏的钟。太美丽的星期日,可以觉得它在窗外渐渐流了去。

这样又过了三年。

有一天她给他们带了螃蟹来,亲自下厨房帮着他太太做了。晚饭的时候他喝了酒,吃了螃蟹之后又喝了姜汤。单她跟他一起,他突然凑近前来,发出桂花糖的气味。她虽没喝酒,也有点醉了,变得很小,很服从。她在他的两只手里缩得没有了,双肩并在一起。他抓住她的肩的两只手仿佛也合拢在一起了。他吻了她——只一下子工夫。冰凉的眼镜片压在她脸上,她心里非常清楚,这清楚使她感到羞耻。耳朵里只听见"轰!轰!轰!"酒醉的大声,同时又是静悄悄,整个的房屋,隔壁房间里一点声音也没有,她准备着如果有人推门,立刻把他挣脱,然而没有。

回家的时候她不要潜之送她下楼,心头懊闷,她一直以为他的爱是听话的爱……走过厨房,把电灯一开,仆人们搭了铺板睡觉,各有各的鼾声,在灯光下张着嘴。竹竿上晾的蓝布围裙,没绞干,缓缓往下滴水,"嗒——嗒——嗒——"寂静里,明天要煨汤的一只鸡在洋铁垃圾桶里窸窸窣窣动弹着,微微地咯咯叫着。宝滟自己开了门出去,觉得一切都是亵渎。

以后决不能让它再发生了——只这一次。

然而他现在只看见她的嘴,仿佛他一切的苦楚的问题都有了答案,在长年的黑暗里瞎了眼的人忽然看见一缕光,他的思想是简单的,宝滟害怕起来。当着许多人,他看着她,显然一切都变得模糊了,只剩下她的嘴唇。她怕他在人前失礼,不大肯来了,于是他约她出去。

她在电话上推说今天有事,答应一有空就给他打电话。

"要早一点打来,"他叮嘱。

"明天早上五点钟打来——够早么?"还是镇静地开着玩笑,藏过了她的伤心。

常常一同出去,他吻够了她,又有别的指望,于是她想,还是到他家来的好。他和她考虑到离婚的问题,这样想,那样想,只是痛苦着。现在他天天同太太闹,孩子们也遭殃。宝滟加倍地抚慰他,带来了馄饨皮和她家特制的荠菜拌肉馅子,去厨房里忙出忙进。罗太太疑心她，而又被她的一种小姐的尊贵所慑服。后来想必是下了结论，并没有错疑，因为宝滟觉得她的态度渐渐强硬起来，也不大哭了。

有一天黄昏时候，仆人风急火急把宝滟请了去。潜之将一只墨水瓶砸到墙上，蓝水淋漓一大块渍子，他太太也跟着跌到墙上去。老妈子上前去挽，口中数落道："我们先生也真是！太太有了三个月的肚子了——三个月了哩！"

宝滟呆了一呆，狠命抓住了潜之把他往一边推，沙着喉咙责问："你怎么能够——你怎么能够——"眼泪继续流下来。她吸住了气，推开了潜之，又来劝罗太太，扶她坐下了，一手圈住她，哄她道："理他呢，简直疯了，越闹越不像样了，你知道他的脾气的，不同他计较！三个月了！"她慌里慌张，各种无味的假话从她嘴里滔滔流出来："也该预备起来了，我给她打一套绒线的小衣裳。喂，宝宝，要做哥哥了，以后不作兴哭了，听妈妈的话，听爸爸的话，知道了吗？"

她走了出来，已经是晚上了，下着银丝细雨，天老是暗不下来，一切都是淡淡的，淡灰的夜里现出一家一家淡黄灰的房屋，淡黑的镜面似的街道。都还没点灯，望过去只有远远的一盏灯，才看到，它霎一霎，就熄灭了。这些话她不便说给我听，因为大家都是没结过婚的。她就说："我许久没去了。希望他们快乐。听说他太太胖了起来了。"

"他呢？"

"他还是瘦，更瘦了，瘦得像竹竿，真正一点点！"她把手合拢来比着。

"哎哟！"

109

"他有肺病，看样子不久要死了。"她凄清地微笑着，原谅了他。"呵，爱玲，到现在，他吃饭的时候还要把我的一副碗筷摆在桌上，只当我在那里，而且总归要烧两样我喜欢吃的菜。爱玲，你替我想想，我应当怎样呢？"

"我的话你一定听不进去的。但是，为什么不试着看看，可有什么别的人，也许有你喜欢的呢？"

她带笑叹息了。"爱玲，现在的上海……是个人物，也不会在上海了！"

"那为什么不到内地去试试看呢？我想像罗先生那样的人，内地大概有的。"

她微笑着，眼睛里却荒凉起来。

我又说："他为什么不能够离婚呢？"

她扯着袖口，低头看着青绸里子。"他有三个小孩，孩子是无辜的，我不能让他们牺牲了一生的幸福罢？"太阳光里，珍珠兰的影子，细细的一枝一叶，小朵的花，映在她袖子的青灰上。可痛惜的美丽的日子使我发急起来。"可是宝涟，我自己就是离婚的人的小孩子，我可以告诉你，我小时候并不比别的孩子特别地不快乐。而且你即使样样都顾虑到小孩的快乐，他长大的时候或许也有许多别的缘故使他不快乐的。无论如何，现在你痛苦，他痛苦，这倒是真的。"

她想了半天。"不过你不知道，他就是离了婚，他那样有神经病的人，怎么能同他结婚呢？"

我也觉得这是无可挽回的悲剧了。

尾　声

我到老山东那里去烫头发。是我一个表姐告诉我这地方，比理发馆便宜，老山东又特别仔细。旧式衖堂房子，门口没挂招牌，想必是逃税。进门一个小天井，时而有八九岁以下的男孩出没，总有五六个，但是都很安静，一瞥即逝。

石库门房子，堂屋空空的没什么家具，靠门搁着只小煤球炉子。老山东的工作室在厢房，只设一只理发椅；四壁堆着些杂物。连只坐候的椅子都没有，想必同时不会有两个顾客。老山东五十几岁了，身材高大，微黑的长长的同字脸，看得出从前很漂亮。他太太至少比他小二十岁，也很有几分姿色，不过有点像只鸟，圆溜溜的黑眼睛，鸟喙似的小高鼻子，圆滚滚的胸脯，脂粉不施，一身黑，一只白颊黑鸟，光溜溜的鸟类的扁脑勺子，虽然近水楼台，连头发都没烫，是老夫少妻必要的自明心迹？她在堂屋忙出忙进，难得有时候到厢房门口张一张，估计还有多久，配合煮饭的时间。

老山东是真仔细，连介绍我来的表姐都说："老山东现在更慢了，看他拿两撮子头发比来比去，急死人！"放下两小绺，又另选两小绺拎起来比长短，满头这样比对下来，再有耐心也憋得人要想锐叫。忍着不到门口来张望的妻子，终于出现的时候，眼神里也仿佛知道他是因为生意清，闲着也是闲着，索性慢工出细活。

怪不得这次来，他招呼的微笑似乎特别短暂。顾客这方面的嗅觉最敏感的，越是冷冷清清，越没人上门，互为因果。

咕咚！咕咚！忽然远远的在闹市里什么地方捶了两下。打在十丈软红尘上，使不出劲来。

老山东侧耳听了听。"轰炸,"他喃喃地说。

我们都微笑,我侧过脸去看窗外,窗外只有一堵小灰砖高墙挡着,墙上是淡蓝的天。

咕咚!这次沉重些,巨大的铁器跌落的声音,但还是坠入厚厚的灰沙里,立即咽没了,但是重得使人心里一沉。

美国飞机又来轰炸了。好容易快天亮了,却是开刀的前夕,病人难免担心会不会活不过这一关。就不炸死,断了水电,势必往内陆逃难,被当地的人刨黄瓜,把钱都逼光了,丢在家里的东西也被趁火打劫的乱民抢光了。像老山东这点器械设备都是带不走的,拖着这么些孩子跑到哪去?但是同时上海人又都有一种有恃无恐的安全感。投鼠忌器,怎么舍得炸烂上海的心脏区?——日本人炸过。那是日本人。

窗外淡蓝的天仿佛有点反光,像罩着个玻璃罩子,未来的城市上空倒扣着的,调节气候,风雨不透的半球形透明屋顶。

咚!咚咚!这两下近得多。

老山东脸上如果有任何反应的话,只是更坚决地埋头工作。我苦于没事做,像坐在牙医生椅子里的人,急于逃避,要想点什么别的。

也许由飞机轰炸联想到飞行员,我忽然想起前些时听见说殷宝滟到内地去了,嫁了个空军,几乎马上又离婚了。

讲这新闻的老同学只微笑着提了这么一声,我也只笑着说"哦?"心里想她倒真听了我的话走了,不禁有点得意。

我不知道她离开了上海。《送花楼会》那篇小说刊出后她就没来过,当然是生气了。

是她要我写的,不过写得那样,伤害了她。本来我不管这些。

我总觉得写小说的人太是个绅士淑女，不会好的。但是这篇一写完就知道写得坏，坏到什么地步，等到印出来才看出来，懊悔已经来不及了。见她从此不来了，倒也如释重负。

听到她去内地的消息，我竟没想到是罗潜之看了这篇小说，她对他交代不过去，只好走了。她对他的态度本来十分矛盾，那没关系，但是去告诉了第三者，而且被歪曲了（他当然认为是），那实在使人无法忍受。

其实他们的事，也就是因为他教她看不入眼。是有这种女孩子，追求的人太多了，养成太强的抵抗力。而且女人向来以退为进，"防卫成功就是胜利。"抗拒是本能的反应，也是最聪明的。只有绝对没可能性的男子她才不防备。她尽管可以崇拜他，一面笑他一面宠惯他，照应他，一个母性的女弟子。于是爱情乘虚而入——他错会了意，而她因为一直没遇见使她倾心的人，久郁的情怀也把持不住起来。相反地，怕羞的女孩子也会这样，碰见年貌相当的就窘得态度不自然，拒人于千里之外；年纪太大的或是有妇之夫，就不必避嫌疑。结果对方误会了，自己也终于卷入。这大概是一种妇科病症，男孩似乎没有。

她的婚事来得太突然，像是反激作用，为结婚而结婚。甚至于是赌气，因为我说她老了。——是因为长期痛苦而憔悴。——在大后方，空军是天之骄子，许多女孩子的梦里情人。他对她不会像罗潜之那样。情有重于泰山，有轻于鸿毛。如果给了潜之——当然即使拖到老，拖到死，大概也不会的，但是可以想像。有了个比较，结婚就像是把自己白扔掉了。

我为了写那么篇东西，破坏了两个人一辈子唯一的爱情——连她可能也是，经过了又一次的打击。

他们不是本来已经不来往了？即使还是断不了，他们不是不懂事的青少年，有权利折磨自己，那种痛苦至少是自愿的，不像这样。

轰炸声远去了。静悄悄的，老山东的太太也没再出现过。做饭炒菜声息毫无，想必孩子们闹饿了都给镇压下去了。

我怕上理发店，并不喜欢理发馆绮丽的镜台，酒吧似的镜子前面一排光艳名贵的玻璃瓶，成叠的新画报杂志，吹风轰轰中的嗡嗡笑语。但是此地的家庭风味又太凄凉了点，目之所及，不是空空落落，就是破破烂烂，还有老山东与他太太控制得很好的面色，都是不便多看，目光略一停留在上面就是不礼貌。在这思想感觉的穷冬里，百无聊赖中才被迫正视《殷宝滟送花楼会》的后果。"是我错"，像那出流行的申曲剧名。

我没再到老山东那里去过。
　　　　　　一九八三年补写一九四四年旧作

* 初载一九四四年十一月《杂志》第十四卷第二期，收入一九八三年六月台北皇冠出版社《惘然记》。

桂花蒸 阿小悲秋

"秋是一个歌,但是'桂花蒸'的夜,像在厨里吹的箫调,白天像小孩子唱的歌,又热又熟又清又湿。"——炎樱

丁阿小手牵着儿子百顺,一层一层楼爬上来。高楼的后阳台上望出去,城市成了旷野,苍苍的无数的红的灰的屋脊,都是些后院子、后窗、后弄堂,连天也背过脸去了,无面目的阴阴的一片,过了八月节了还这么热,也不知它是什么心思。下面浮起许多声音,各样的车,拍拍打地毯,学校喧喧摇铃,工匠捶着锯着,马达嗡嗡响,但都恍惚得很,似乎都不在上帝心上,只是耳旁风。

公寓中对门邻居的阿妈带着孩子们在后阳台上吃粥,天太热,粥太烫,撮尖了嘴唇哧哧哧哧吹着,眉心紧皱,也不知是心疼自己的嘴唇还是心疼那雪白的粥。对门的阿妈是个黄脸婆,半大脚,头发却是剪了的。她忙着张罗孩子们吃了早饭上学去,她耳边挂下细细一绺子短发,湿腻腻如同墨画在脸上的还没干。她和阿小招呼:"早呀,妹妹!"孩子们纷纷叫:"阿姨,早!"阿小叫还一声"阿姐!"百顺也叫:"阿姨!阿哥!"

阿小说:"今天来晚了——断命电车轧得要死,走过头了才得

下来，外国人一定揿过铃了！"对门阿妈道："这天可是发痴，热得这样！"阿小也道："真发痴！都快到九月了呀！"刚才在三等电车上，她被挤得站立不牢，脸贴着一个高个子人的深蓝布长衫，那深蓝布因为肮脏到极点，有一点奇异的柔软，简直没有布的劲道；从那蓝布的深处一蓬一蓬发出它内在的热气。这天气的气味也就像那袍子——而且绝对不是自己的衣服，自己的脏又还脏得好些。

阿小急急用钥匙开门进去，先到电铃盒子前面一看，果然，二号的牌子掉了下来了。主人昨天没在家吃晚饭，让她早两个钟头回去，她猜着他今天要特别的疙瘩，作为补偿。她揭开水缸的盖，用铁匙子舀水，灌满一壶，放在煤气炉上先烧上了。战时自来水限制，家家有这样一个缸，酱黄大水缸上面描出淡黄龙。女人在那水里照见自己的影子，总像是古美人，可是阿小是个都市女性，她宁可在门边绿粉墙上黏贴着的一只缺了角的小粉镜（本来是个皮包的附属品）里面照了一照，看看头发，还不很毛。她梳着辫子头，脑后的头发一小股一小股恨恨地扭在一起，扭绞得它完全看不见了为止，方才觉得清爽相了。额前照时新的样式做得高高的；做得紧，可以三四天梳一梳。她在门背后取下白围裙来系上，端过凳子，踩在上面，在架子上拿咖啡，因为她生得矮小。

"百顺！——又往哪里跑？这点子工夫还惦记着玩！还不快触祭了上学去！"她叱喝。她那秀丽的刮骨脸凶起来像晚娘。百顺脸团团地，细眉细眼，陪着小心，把一张板凳搬到门外，又把一只饼干筒抱了出来，坐在筒上，凳上放了杯盘，静静等着。阿小从冰箱上的瓦罐子里拿出吃剩的半只大面包，说："哪！拿去！有本事一个人把它全吃了！——也想着留点给别人。没看见的，这点大的小孩，吃得比大人还多！"

窗台上有一只蓝玻璃杯，她把里面插着的牙刷拿掉了，热水瓶里倒出一杯水，递与百顺，又骂："样样要人服侍！你一个月给我多少工钱，我服侍你？前世不知欠了你什么债！还不吃了快走！"

百顺嘴里还在咀嚼，就去拿书包，突然，他对于他穿了一夏天的泛了灰的蓝布工人装感到十分疲倦，因此说："姆妈，明天我好穿绒线衫了。"阿小道："发什么昏！这么热的天，绒线衫！"

百顺走了，她叹了口气，想着孩子的学校真是难伺候。学费加得不得了，此外这样那样许多花头，单只做手工，红绿纸金纸买起来就吓人。窗台上，酱油瓶底下压着他做的一个小国旗，细竹签上挑出了青天白日满地红。阿小侧着头看了一眼，心中只是凄凄惨惨不舒服。

才把咖啡煮了，大银盘子端整好了，电话铃响起来。阿小拿起听筒，撇着洋腔锐声道："哈啰？……是的密西，请等一等。"她从来没听见过这女人的声音，又是个新的。她去敲敲门："主人，电话！"

主人已经梳洗过，穿上衣服了，那样子是很不高兴她。主人脸上的肉像是没烧熟，红拉拉的带着血丝子。新留着两撇小胡须，那脸蛋便像一种特别滋补的半孵出来的鸡蛋，已经生了一点点小黄翅。但是哥儿达先生还是不失为一个美男子。非常慧黠的灰色眼睛，而且体态风流，他走出来接电话，先咳嗽一声，可是喉咙还有些混浊。他问道："哈啰？"然后，突然地声音变得极其微弱："哈啰哦！"又惊又喜，销魂地，等于说："是你么？难道真的是你么？"他是一大早起来也能够魂飞魄散为情颠倒的。

然而阿小，因为这一声迷人的"哈啰哦！"听过无数遍了，她自管自走到厨房里去。昨天"黄头发女人"请客，后来想必跟了他一起回来的。因为厨房里有两只用过的酒杯，有一只上面腻着口红。女人不知什么时候走的？他那些女人倒是从来不过夜的。女人去了之后他一个人到厨房里吃了个生鸡蛋，阿小注意到洋铁垃圾桶里有个完整的鸡蛋壳，他只在上面凿一个小针眼，一吸——阿小摇摇头，简直是野人呀！冰箱现在没有电，不应当关上的，然而他拿了鸡蛋顺手就关了。她一开，里面冲出一阵甜郁的恶气。她取出乳酪、鹅肝香肠、一只鸡蛋。哥儿达除了一顿早饭在家里吃，其余两顿总是被请出去的时候多。冰箱里面还有半碗"杂碎"炒饭，他吃剩的，已经有一个多礼拜了。她晓得他并不是忘记了，因为他常常开冰箱打探情形的，他不说一声"不要了，你把它吃掉罢，"她也决不去问他"还要不要了？"她晓得他的脾气。

主人挂上电话，检视备忘录上阿妈写下的，他不在家的时候人家打了来，留下的号码；照样打了去，却打不通。他伸头到厨房里，漫声叫："阿妈，难为情呀！数目字老是弄不清楚！"竖起一只手指警戒地摇晃着。阿小两手包在围裙里，脸上露出干红的笑容。

他向她孩子吃剩的面包瞟了一眼，阿小知道他起了疑心。其实这是隔壁东家娘有多余的面包票给了她一张，她去买了来的。主人还没有作声，她先把脸飞红了。苏州娘姨最是要强，受不了人家一点点眉高眼低的，休说责备的话了。尤其是阿小生成这一副模样，脸一红便像是挨了个嘴巴子，薄薄的面颊上一条条红指印，肿将起来。她整个的脸型像是被凌虐的，秀眼如同剪开的两长条，眼中露出一个幽幽的世界，里面"沉鱼落雁，闭月羞花"。

主人心中想道："再要她这样的一个人到底也难找，用着她一天，总得把她哄得好好的。"因此并不查问，只说："阿妈，今天晚上预备两个人的饭。买一磅牛肉。"阿小说："先煨汤、再把它炸一炸？"主人点点头。阿小说："还要点什么呢？"主人沉吟着，一手支在门框上，一手撑腰；他那双灰色眼睛，不做媚眼的时候便翻着白眼，大而瞪，瞪着那块吃剩的面包，使阿小不安。他说："珍珠米，也许？"她点头，说："珍珠米。"每次都是同样的菜，好在请的是不同的女人，她想。他说："还要一样甜菜，摊两个煎饼好了。"阿小道："没有面粉。"他说："就用鸡蛋，不用面粉也行。"甜鸡蛋阿小从来没听见过这样东西，但她还是熟溜地回答："是的，主人。"

她把早饭送到房里去，看见小橱上黄头发女人的照片给收拾起来了。今天请的想必就是那新的女人，平常李小姐她们来他连照片也不高兴拿开，李小姐人最厚道，每次来总给阿小一百块钱。阿小猜她是个大人家的姨太太，不过也说不准，似乎太自由了些，而且不够好看——当然姨太太也不一定都好看。

阿小又接了个电话："哈啰？……是的密西，请等一等。"她敲门进去，说："主人，电话。"主人问是谁。她说："李小姐。"主人不要听，她便替他回掉了："哥儿达先生她在浴间里！"阿小只有一句"哈啰"说得最漂亮，再往下说就有点乱，而且男性女性的"他"分不大清楚。"对不起密西，也许你过一会再打来？"那边说"谢谢，"她答道："不要提。再会密西。"

哥儿达先生吃了早饭出去办公，临走的时候照例在房门口柔媚地叫唤一声："再会呀，阿妈！"只要是个女人，他都要使她们死心塌地欢喜他。阿妈也赶出来带笑答应："再会主人！"她进去收拾房间，走到浴室里一看，不由得咬牙切齿恨了一声。哥儿达先生把被单枕套衬衫裤大小手巾一齐泡在洗澡缸里，不然不放心，怕她不当天统统洗掉它。今天又没有太阳，洗了怎么得干？她还要出去买菜，公寓里每天只有一个钟头有自来水，浴缸被占据，就误了放水的时间，而他每天要洗澡的。

李小姐又打电话来。阿小说："哥儿达先生她去办公室！"李小姐改用中文追问他办公室的电话号码，阿小也改口说中文："李小姐是吧？"笑着，满面绯红，代表一切正经女人替这个女人难为情。"我不晓得他办公室的电话什么号头。……他昨天没有出去。……是的，在家里吃晚饭的。……一个人吃的。今天不知道，没听见他说……"

黄头发的女人打电话来，要把她昨天大请客问哥儿达借的杯盘刀叉差人送还给他。阿小说："哥儿达先生她去办公室！……是的密西。我是阿妈。……我很好，谢谢你密西。""黄头发女人"声音甜得像扭股糖，到处放交情，阿小便也和她虚情假意的，含羞带笑，仿佛高攀不上似的。阿小又问："什么时候你派来阿妈？现在我去菜场，九点半回来也许。……谢谢你密西。……不要提，再会密西。"她迫尖了嗓子，发出一连串火炽的聒噪，外国话的世界永远是欢畅、富裕、架空的。

她出去买了小菜回来。"黄头发女人"的阿妈秀琴，也是她自家的小姊妹，是她托哥儿达荐了去的，在后面拍门，叫："阿姐！阿姐！"秀琴年纪不过二十一二，壮大身材，披着长长的鬈发，也不怕热，蓝布衫上还罩着件玉绿兔子呢短大衣。能够打扮得像个大学女生，显然是稀有的幸运。就连她那粉嘟嘟的大圆脸上，一双小眼睛有点红红的睁不大开（不知是不是痧眼的缘故），好像她自己也觉得有一种鲜华，像蒙古妇女从脸上盖着的沉甸甸的五彩缨络缝里向外界窥视。

阿小接过她手里报纸包的一大叠盘子，含笑问了一声："昨天几点钟散的？"秀琴道："闹到两三点钟。"阿小道："东家娘后来到我们这里来了又回去，总天亮以后了。"秀琴道："哦，后来还到这里来的？"阿小道："好像来过的。"她们说到这些事情，脸上特别带着一种天真的微笑，好像不在说人的事情。她们那些男东家是风，到处乱跑，造成许多灰尘，女东家则是红木上的雕花，专门收集灰尘，使她们一天到晚揩拭个不了。她们所抱怨的，却不在这上头。

秀琴两手合抱在胸前，看阿小归折碗盏，嘟囔道："我们东家娘同这里的东家倒是天生一对，花钱来得个会花，要用的东西一样也不舍得买。那天请客，差几把椅子，还是问对门借的。面包不够了，临时又问人家借了一碗饭。"阿小道："那她比我们这一位还大方些。我们这里从来没说什么大请客过，请起来就请一个女人，吃些什么我说给你听：一块汤牛肉，烧了汤捞起来再煎一煎算另外一样。难末，珍珠米。客人要是第一次来的，还有一样甜菜，第二次就没有了。……他有个李小姐，实在吃不惯，菜馆里叫了菜给他送来。李小姐对他真是天地良心！他现在又搭上新的了。我看他一个不及一个，越来越不在乎了。今天这一个，连哥儿达的名字都说不连牵。"秀琴道："中国人么？"阿小点头，道："中国人也有个几等几样……妹妹你到房里来看看李小姐送他的生日礼，一副银碗筷，晓得他喜欢中国东西，银楼里现打的，玻璃盒子装着，玻璃上贴着红寿字。"秀琴看着，啧啧叹道："总要好几千？"阿小道："不止！不止！"

这时候出来一点太阳，照在房里，像纸烟的烟迷迷的蓝，榻床上有散乱的彩绸垫子，床头有无线电，画报杂志，床前有拖鞋，北京红蓝小地毯，宫灯式的字纸篓。大小红木雕花几，一个套着一个。墙角挂一只京戏的鬼脸子。桌上一对锡蜡台。房间里充塞着小趣味，有点像个上等白俄妓女的妆阁。把中国一些枝枝叶叶衔了来筑成她的一个安乐窝。最考究的是小橱上的烟紫玻璃酒杯，各式各样，吃各种不同的酒；齐齐整整一列酒瓶，瓶口加上了红漆蓝漆绿漆的蛋形大木塞。还有浴室里整套的淡黄灰玻璃梳子，逐渐的由粗齿到细齿，七八只一排平放着。看了使人心痒痒的难过，因为主人的头发已经开始脱落了，越是当心，越觉得那珍贵的头发像眼睫毛似的，梳一梳就要掉的。

墙上用窄银框子镶着洋酒的广告，暗影里横着个红头发白身子，长大得可惊的裸体美人。题着"一城里最好的"。和这牌子的威士忌同样是第一流。这美女一手撑在看不见的家具上，姿势不大舒服，硬硬地支柱着一身骨骼，那是冰棒似的，上面凝冻着冰肌。她斜着身子，显出尖翘翘的圆大乳房，夸张的细腰，股部窄窄的；赤着脚，但竭力踮着脚尖仿佛踏在高跟鞋上。短而方的"孩儿面"，一双棕色大眼睛楞楞的望着画外的人，不乐也不淫，好像小孩穿了新衣拍照，甚至于也没有自傲的意思；她把精致的乳房大腿蓬头发全副披挂齐整，如同时装模特儿把店里的衣服穿给顾客看。

她是哥儿达先生的理想，至今还未给他碰到过。碰到了，他也不过想占她一点便宜就算了。如果太麻烦，那也就犯不着；他一来是美人迟暮，越发需要经济时间与金钱，而且也看开了，所有的女人都差不多。他向来主张结交良家妇女,或者给半卖淫的女人一点业余的罗曼斯,也不想她们劫富济贫,只要两不来去好了。他深知"久赌必输,久恋必苦"的道理,他在赌台上总是看看风色,趁势捞了一点就带了走,非常知足。

墙上挂着这照片式的画,也并不猥亵,等于展览流线型的汽车,不买看看也好。阿小与秀琴都避免朝它看,不愿显得她们是乡下上来的,大惊小怪。

阿小道:"趁着有水,我有一大盆东西要洗呢,妹妹你坐一歇。——天下就有这样痴心的女人!"她边在那里记挂李小姐,弯倒腰,一壁搓洗,一壁气喘吁吁的说:"会得喜欢他!他一个男人,比十个女人还要小奸小坏,隔家东家娘多下一张面包票,我领了一只面包来,他还当是他的,一双眼睛瞄法瞄法,偷东西也偷不到他头上!他呀,一个礼拜前吃剩下来一点饭还留到现在,他不说不要了,我也不动他的。'上海这地方坏呀!中国人连佣人都会欺负外国人!'他要是不在上海,外国的外国人都要打仗去的,早打死了!——上次也是这样,一大盆衣裳泡在水里,怕我不洗似的,泡得衬衫颜色落得一塌糊涂,他这也不说什么了——看他现在愈来愈烂污,像今天这个女人,——怎么能不生病?前两个月就弄得满头满脸疖子似的东西,现在算好了,也不知塌的什么药,被单上稀脏。"

秀琴半天没搭话,阿小回头看看,她倚在门上咬着指头想心思。阿小这就记起来,秀琴的婆家那边要讨了,她母亲要领她下乡去,她不肯。便问:"你姆妈还在上海么?"秀琴亲亲热热叫了一声"阿姐",说道:"我烦死了在这里!"她要哭,水汪汪的温厚红润的眼睛完全像嘴唇了。

阿小道："我看你，去是要去的。不然人家说你，这么大的姑娘，一定是在上海出了花头。"秀琴道："姆妈也这样说呀！去是要去的，去一去我就来，乡下的日子我过不惯！姆妈这两天起劲得很在那里买这样买那样，闹死了说贵，我说你叽咕些什么，棉被枕头是你自己要撑场面，那些绣花衣裳将来我在上海穿不出去的。我别的都不管，他们打的首饰里头我要一只金戒指。这点礼数要还给我们的。你看喏，他们拿只包金的来，你看我定规朝地下一掼！你看我做得出哦？"

她的尊贵骄矜使阿小略略感到不快，阿小同她的丈夫不是"花烛"，这些年来总觉得当初不该就那么住在一起，没经过那一番热闹。她说："其实你将就些也罢了，不比往年——你叫他们哪儿弄金子去？"想说两句冷话也不行，伛偻在澡盆边，热得恍恍惚惚，口鼻之间一阵阵刺痛冒汗，头上的汗往下直流，抬手一抹，明知天热，还是诧异着。她蹲得低低的，秀琴闻得见她的黑胶绸衫上的汗味阵阵上升，像西瓜剖开来清新的腥气。

秀琴又叹息："不去是不行的了！他们的房子本来是泥地，单单把新房里装了地板……我心里烦得要死！听说那个人好赌呀——阿姐你看我怎么好？"

阿小把衣服绞干了，拿到前面阳台上去晒。百顺放学回来，不敢揿铃，在后门口大喊："姆妈！姆妈！"拍着木栅栏久久叫唤，高楼外，正午的太阳下，苍淡的大城市更其像旷野了。一直等阿小晾完了衣裳，到厨房里来做饭，方才听见了，开门放他进来，嗔道："叽哩哇啦叫点什么？等不及似的！"

她留秀琴吃饭，又来了两个客，一个同乡的老妈妈，常喜欢来同阿小谈谈天，别的时候又走不开，又不愿总是叨扰人家，自己带了一篮子冷饭，诚诚心心爬了十一层楼上来。还有个背米兼做短工的"阿姐"，是阿小把她介绍了给楼下一家洗衣服。她看见百顺，问道："这就是你自己的一个？"阿小对小孩叱道："喊'阿姨！'"慢回娇眼，却又脸红红的向朋友道歉似的说："像个瘪三哦？"

现在这时候，很少看得见阿小这样的热心留人吃饭的人，她爱面子，很高兴她今天刚巧吃的是白米饭。她忙着炒菜，老妈妈问起秀琴办嫁妆的细节。秀琴却又微笑着，难得开口，低着粉红的脸像个新嫁娘，阿小一一代她回答了，老妈妈也有许多意见。

做短工的阿姐问道："你们楼上新搬来的一家也是新做亲的？"阿小道："嗳。一百五十万顶的房子，男家有钱，女家也有钱——那才阔呢！房子，家生，几十床被窝，还有十担米，十担煤，这里的公寓房子那是放也放不下！四个佣人陪嫁，一男一女，一个厨子，一个三轮车夫。"那四个佣人，像丧事里纸扎的童男童女，一个一个直挺挺站在那里，一切都齐全，眼睛黑白分明。有钱人做事是漂亮！阿小愉快起来——这样一说，把秀琴完全倒压了，连她的忧愁苦恼也是不足道的。

阿姐又问："结了亲几天了？"阿小道："总有三天了罢？"老妈妈问："新法还是老法？"阿小道："当然新法。不过嫁妆也有，我看见他们一抬盒一抬盒往上搬。"秀琴也问："新娘子好看么？"阿小道："新娘子倒没看见。他们也不出来，上头总是静得很，一点声音都没有。"阿姐道："从前还是他们看房子的时候我看见的，好像满胖，戴眼镜。"阿小仿佛护短似的，不悦道："也许那不是新娘子。"

老妈妈捧了一碗饭靠在门框上，叹道："还是帮外国人家，清清爽爽！"阿小道："啊呀！现在这个时世，倒是宁可工钱少些，中国人家，有吃有住；像我这样，叫名三千块一个月，光是吃也不够！——说是不给吃，也看主人。像对过他们洋山芋一炒总有半脸盆，大家就这样吃了。"百顺道："姆妈，对过他们今天吃干菜烧肉。"阿小把筷子头横过去敲了他一下，叱道："对过吃得好，你到对过吃去！为什么不去？啊？为什么不去？"百顺眨了眨眼，没哭出来，被大家劝住了。阿姐道："我家两个瘪三，比他大，还没他机灵哩！"凑过去亲昵地叫一声："瘪三！"故意凶他："怎么不看见你扒饭？菜倒吃了不少，饭还是这么一碗！"阿小却又心疼起来，说："让他去罢！不尽着他吃，一会儿又闹着要吃点心了。"又向百顺催促："要吃趁现在，待会儿随你怎么闹也没有了。"

老妈妈问百顺："吃了饭不上学堂么？"阿小道："今天礼拜六。"回过头来一把抓住百顺："礼拜六，一钻就看不见你的人了？你好好坐在这里读两个钟头书再去玩。"百顺坐在饼干筒上，书摊在凳上，摇摆着身体，唱道："我要身体好，身体好！爸爸妈妈叫我好宝宝，好宝宝！"读不了两句便问："姆妈，读两个钟头我好去玩了，姆妈，现在几点啊？"

阿小只是不理，秀琴笑道："百顺一条喉咙真好听，阿姐你不送他去学说书，赚大钱？"阿小怔了一怔，红了脸，淡淡笑了一声道："他不行罢？小学毕业还早呢，虽然他不学好，我总想他读书上进呀！"秀琴道："几年级了？"阿小道："才三年级。留班呀！难为情哦！"她看看百顺，心头涌起寡妇的悲哀。她虽然有男人，也赛过没有；全靠自己的。百顺被她睃那一眼，却害怕起来，加紧速度摇摆唱念："我要身体好，身体好……"

老妈妈道："这天真奇怪，就不是闰月，平常九月里也该渐渐冷了。"百顺忽然想起，抬头笑道："姆妈，天冷的时候我要买个嘴套子，先生说嘴套子好，不会伤风！"阿小突然一阵气往上冲，骂道："亏你还有脸先生先生的！留了班还高高兴兴！你高兴！你高兴！"在他身上拍打了两下，百顺哭起来，老妈妈连忙拉劝道："算了算了，这下子工夫打了他两回了。"

阿小替百顺擤擤鼻涕，喝道："好了，不许哭了，快点读！"百顺抽抽噎噎小声念书，忽然欢叫起来："姆妈，阿爸来了！"阿爸来了姆妈总是高兴的，连他也沾光。客人们也知道，阿小的男人做裁缝，宿在店里，夫妻难得见面，极恩爱的，大家打个招呼，寒暄几句，各个告辞。阿小送到后门口，说："来白相！"百顺也跟在后面说："阿姨来白相呵！"

阿小的男人抱着白布大包袱，穿一身高领旧绸长衫，阿小给他端了把椅子坐着，太阳渐渐晒上身来，他依旧翘着腿抱着膝盖坐定在那里。下午的大太阳贴在光亮的，闪着钢锅铁灶白磁砖的厨房里像一块滚烫的烙饼。厨房又小，没地方可躲。阿小支起架子来熨衣裳，更是热烘烘。她给男人斟了一杯茶；她从来不偷茶的，男人来的时候是例外。男人双手捧着茶慢慢呷着，带一点微笑听她一面熨衣裳一面告诉他许多话。他脸色黄黄的，额发眉眼都生得紧黑机智，脸的下半部不知为什么坍了下来；刨牙，像一只手似的往下伸着，把嘴也坠下去了。

她细细告诉他关于秀琴的婚事，没有金戒指不嫁，许多排场。他时而答应一声"唔，"狡猾的黑眼睛望着茶，那微笑是很明白，很同情的，使她伤心；那同情又使她生气，仿佛全是她的事——结婚不结婚本来对于男人是没什么影响的。同时她又觉得无味，孩子都这么大了，还去想那些。男人不养活她，就是明媒正娶一样也可以不养活她。谁叫她生了劳碌命，他挣的钱只够自己用，有时候还问她要钱去入会。

男人旋过身去课子，指着教科书上的字考问百顺。阿小想起来，说："我姆妈有封信来，有两句文话我不大懂。""吴县县政府"的信封，"丁阿小女士玉展"，左角还写着"呈祥"字样。男人看信，解释给她听：

"阿小胞女。庄次。今日来字非别。因为。前日。来信通知。母在乡。一切智悉。近想女在沪。贵体康安。诸事迪吉。目下。女说。到十月。要下来。千吉。交女带点三日头药。下来。望你。收信。千定不可失误。者。乡下。近日。十分安乐。望女。不必远念。者再吾母。交女。一件。绒线衫。千定带下。不要望纪。倘有。不下来。速寄。有便之人。不可失约。余言不情。特此面谈可也。

　　　　　　九月十四日　　母王玉珍寄"

乡下来的信从来没有提到过她的男人，阿小时常叫百顺代她写信回去，那边信上也从来不记挂百顺。念完了信，阿小和她的男人都有点寂寥之感。男人默然坐着，忽然为他自己辩护似地，说起他的事业："除了做衣裳，我现在也做点皮货生意。目前的时世，不活络一点不行的。"他打开包袱，抖开两件皮大衣给她过目，又把个皮统子兜底掏出来，说："所以海獭这样东西……"叙述海獭的生活习惯，原是说给百顺听。百顺撒娇撒痴，不知什么时候已离开书本，偎在阿小身边，一只手伸到她衣服里找寻口袋，哼哼唧唧，纠缠不休。阿小非常注意地听她丈夫说话，听得出神："唔……唔……哦哦……噢……嗳……"男人下了结论："所以海里的东西真是奇怪。"阿小一时没有适当的对答，想了一想，道："现在小菜场上乌贼很多了。"男人道："唔。乌贼鱼这东西也非常奇怪，你没看见过大的乌贼，比人还大，一身都是脚爪，就像蜘蛛……"阿小皱起面皮，道："真的么！吓死人了。"向百顺道："呜哩呜哩吵点什……说什么！听不见！……发痴了！哪里来五块钱给你！"然而她随即摸出钱来给了他。

熨完了衣裳，阿小调了面粉摊煎饼，她和百顺名下的户口粉，户口糖。男人也有点觉得无功受禄，背着手在她四面转来转去，没话找话说。父子两个趁热先吃了，她还继续摊着。太阳黄烘烘照在三人脸上，后阳台的破竹帘子上飞来一只蝉，不知它怎么夏天过了还活着，趁热大叫："抓！抓！抓！"响亮快乐地。

主人回来了，经过厨房门口，探头进来柔声唤："哈啰，阿妈！"她男人早躲到阳台上去了，负手看风景。主人花三千块钱雇了个人，恨不得他一回来她就驯鸽似地在他头上乱飞乱啄，因此接二连三不断地揿铃，忙得她团团转。她在冰箱里取冰，她男人立在她身后，低声说："今天晚上我来。"阿小嫌烦似地说："热死了！"她和百顺住的那个亭子间实在像个蒸笼。——但她忽然又觉得他站在她背后，很伶仃似的；他是不惯求人的——至少对她他从来没有求告过。……她面对着冰箱银灰色的胁骨，冰箱的构造她不懂，等于人体内脏的一张爱克斯光照片，可是这冰箱的心是在突突跳着；而里面喷出的一阵阵寒浪薰得她鼻子里发酸，要出眼泪了。她并不回头，只补上一句："百顺还是让他在对过过夜好了。他们阿妈同小孩子都住在这里的。"男人说："唔。"

她送冰进房出来，男人已经去了。她下楼去提了两桶水上来，打发主人洗了个澡。门铃响，那新的女人如约来了。阿小猜是个舞女。她问道："外国人在家么？"一路扭进房去。脑后一大圈鬈发撅出来多远，电烫得枯黄虬结，与其他部份的黑发颜色也不同，像个皮围脖子，死兽的毛皮，也说不上这东西是死兽的是活的，一颤一颤，走一步它在后面跳一跳。

阿小把鸡尾酒和饼干送进去。李小姐又来了电话。阿小回说主人不在家，李小姐这次忍不住有嗔怪的意思，质问道："我早上打电话来你有没有告诉他？"阿小也生气了。——从来还没有谁对于她的职业道德发生疑问，她淡淡的笑道："我告诉他的呀！不晓得他可是忘记了呢！怎么，他后来没有打得来么？"李小姐顿了一顿，道："没有呀，"声音非常轻微。阿小心想：谁叫你找上来的，给个佣人刻薄两句！但是她体念到李小姐每次给的一百块钱，就又婉媚地替哥儿达解释，随李小姐相信不相信，总之不使她太下不来台："今天他本来起晚了，来不及的赶了出去，后来在行里间，恐怕又是忙，又是人多，打电话也不方便……"李小姐"唔，唔，"地答应着，却仿佛在那边哭泣着了。阿小道："那么，等他回来了我告诉他一声。"李小姐仿佛离得很远很远地，隐隐地道："你也不要同他说了……"可是随又转了口："过天我有空再打来罢。"她仿佛连这阿妈都舍不得撒手似的，竟和她攀谈起来。她上次留心到，哥儿达的床套子略有点破了，他一个独身汉，诸事没人照管，她意思要替他制一床新的。阿小这时候也有点嫌这李小姐婆婆妈妈讨厌，又要替主人争面子，便道："他早说了要做新的，因为这张床是顶房子时候顶来的，也不大合意，一直要重买一只大些的；如果就这只床上做了套子，尺寸又不对了。现在我替他连连，也看不出来了。"她对哥儿达突然有一种母性的卫护，坚决而厉害。

正说着，哥儿达伸头出来探问，阿小忙向李小姐道："听电梯响不晓得是不是他回来了呢！"一面按住听筒轻声告诉哥儿达。哥儿达皱了皱眉，走出来了，却向里指指，叫阿小进去把酒杯点收出来。他接过听筒，且不坐下来，只望墙上一靠，又着腰，戒备地问道："哈啰？……是的，这两天忙。……不要发痴！哪有的事。"那边并没有炸起来,连抽搭抽搭的哭声也一口气吸了进去听不见了。他便消闲下来,重又低声笑道:"不要发痴了……你好么?"正好呢喃耳语着,万一房里那一个在那里注意听。"你那股票我已经托他买了。看你的运气!这一向头痛毛病没有发么?睡得还么?……"他向电话里"嘘!嘘!"吹口气,使那边耳朵里一阵奇痒,也许他从前常在她耳根下吹口气作耍的,两人都像是旧梦重温,格格的笑起来。他又道:"那么,几时可以看见你呢?"说到幽会,是言归正传,他马上声音硬化起来,丁是丁,卯是卯的。"星期五怎么样?……这样好不好,先到我这里来再决定。"如果先到他这里来,一定就是决定不出去了,在家吃晚饭。他一只手整理着拳曲的电话线,一壁俯身去看桌上一本备忘录上阿妈写下来的,记错了的电话号码——她总是把9字写反过来。是谁打了来的呢?不会是……但这阿妈真是恼人!他粗声回答电话里:"……不,今天我要出去。我现在不过回来换件衣服就要走的。……"然而他又软了下来,电话上谈到后来应当是余音袅袅的。他道:"所以……那么,一直要到星期五!"微喟着。叮咛着:"当心你自己。拜拜,甜的!"末了一句仿佛轻轻的一吻。

阿小进去收拾阳台上一张藤桌上的杯盏,女人便倚着铁阑干。对于这年轻的舞女,这一切都是新鲜浪漫的罢?傍晚的城中起了一层白雾,雾里的黄包车紫阴阴地远远来了,特别地慢,慢慢过去一辆;车灯,脚踏车的铃声,都收敛着,异常轻微,仿佛上海也是个紫禁城。

楼下的阳台伸出一角来像轮船头上。楼下的一个少爷坐在外面乘凉,一只脚蹬着阑干,椅子向后斜,一晃一晃,而不跌倒,手里捏一份小报,虽然早已看不见了。天黑了下来,地下吃了一地的柿子菱角。阿小恨不得替他扫扫掉——上上下下都是清森的夜晚,如同深海底。黑暗的阳台便是载着微明的百宝箱的沉船。阿小心里很静也很快乐。

她去烧菜,油锅拍辣辣爆炸,她忙得像只受惊的鸟,扑来扑去。先把一张可以摺叠的旧式大菜台搬进房去,铺上台布,汤与肉先送进去,再做甜菜。甜鸡蛋到底不像话,她一心软,给他添上点户口面粉,她自己的,做了鸡蛋饼。

她和百顺吃的是菜汤面疙瘩,一锅淡绿的黏糊,嘟嘟煮着,面上起一点肥胖的颤抖,百顺先吃完了,走到后阳台上,一个人自言自语:"月亮小来!星少来!"

阿小诧异道:"瞎说点什么?"笑起来了,"什么'月亮小来,星少来'?发痴滴搭!"

她进去收拾碗盏,主人告诉她:"待会儿我们要出去。你等我们走了,替我铺了床再走。"阿小答应着,不禁罕异起来——这女人倒还有两手,他仿佛打算在她身上多花几个钱似的!

她想等临走的时候再把百顺交给对过的阿妈,太早了怕他们嫌烦。烧开了两壶水,为百顺擦脸洗脚,洗脖颈,电话铃响,她去接:"哈啰?"那边半天没有声音。她猜是个中国人打错了的,越发仿着个西洋悍妇的口吻,火高三丈锐叫一声"哈啰?"那边怯怯的说:"喂?阿妈还在吗?"原来是她男人,已经等了她半天了。"十点钟了,"他说。

阿小听听主人房里还是鸦雀无声。百顺坐在饼干筒上盹着了,下起雨来了,竹帘子上淅沥淅沥,仿佛是竹竿梦见了它们自己从前的叶子。她想:"这样子倒好,有了个藉口。"她喊醒了百顺,领他走到隔壁去,向对过阿妈解释:"下雨,不带他回去了,小人怕他滑跌跤，又喜欢伤风，跟着阿姨睡一晚罢！"回到这边来，主人还是没有动静，她火冒起来，敲门没人理，把门轻轻推开一线，屋里漆黑的，不知什么时候已经双双出去了。阿小忍着气，替他铺了床。她自己收拾回家，拿了钥匙网袋雨伞，短大衣舍不得淋湿，反摺着挽在手里，开后门下楼去。

雨越下越大。天忽然回过脸来，漆黑的大脸，尘世上的一切都惊惶遁逃，黑暗里拚铃碰隆，雷电急走。痛楚的青、白、紫、一亮一亮，照进小厨里。玻璃窗被迫得往里凹进去。

阿小横了心走过两条马路，还是不得不退回来，一步拖一步走上楼来，摸到门上的锁，开了门，用网袋包着手开了电灯，头上身上黑水淋漓。她把鞋袜都脱了，白缎鞋上绣的红花落了色，红了一鞋帮。她挤掉了水，把那双鞋挂在窗户钮上晾着。光着脚踏在砖地上，她觉得她是把手按在心上，而她的心冰冷得像石板。厨房内外没有一个人，哭出声来也不要紧，她为她自己突如其来的癫狂的自由所惊吓，心里模糊地觉得不行，不行！不能一个人在这里，快把百顺领回来罢。她走到隔壁去。幸喜后门口还没上门；厨房里还点着灯。她一直走进去，拍拍玻璃窗，哑着喉咙叫："阿姐，开开门！"对过阿妈道："咦？你还没回去？"阿小带笑道："不好走呀！雨太大，现在这断命路又没有灯，马路上全是些坑，坑里全是水——真要命！想想还是在这里过夜罢。我那瘪三睡了没有？还是让他跟我睡去罢。"对过阿妈道："你有被头在这里么？"阿小道："有的有的。"

她把棉被铺在大菜台上，下面垫了报纸，熄了灯，与百顺将就睡下。厨房里紧小的团圆暖热里生出两只苍蝇来，在头上嗡嗡飞着。雨还是哗哗大下，忽地一个闪电，碧亮的电光里又出了一个蜘蛛，爬在白洋磁盆上。

楼上的新夫妇吵起嘴来了，訇訇响，也不知是蹬脚，还是被人推撞着跌到橱柜或是玻璃窗上。女人带着哭声唎唎啰啰讲话，仿佛是扬州话的"你打我！……你打我！……你打死我啊！……"阿小在枕上倾听，心里想："一百五十万顶了房子来打架！才结婚了三天，没有打架的道理呀！……除非是女人不规矩……"她朦胧中联想到秀琴的婆家已经给新房里特别装上了地板，秀琴势不能不嫁了。

楼上闹闹停停，又闹起来。这一次的轰轰之声，一定是女人在那里开玻璃窗门，像是要跳楼，被男人拖住了。女人也不数落了，只是放声号哭。哭声渐低，户外的风雨却潮水似地高起来，呜呜叫嚣；然后又是死寂中的一阵哭闹，再接着一阵风声雨声，各不相犯，像舞台上太显明地加上去的音响效果。

阿小拖过绒线衫来替百顺盖好，想起从前同百顺同男人一起去看电影，电影里一个女人，不知怎么把窗户一推，就跨了出去；是大风雨的街头，她歪歪斜斜在雨里奔波，无论她跑到哪里，头上总有一盆水对准了她浇下来。阿小苦恼地翻了个身，在枕头那边，雨还是哗哗下，一盆水对准了她浇下来。她在雨中睡着了。

将近午夜的时候，哥儿达带了女人回来，到厨房里来取冰水。电灯一开，正照在大菜台上，百顺睡梦里唔唔呻吟，阿小醒了，只做没醒，她只穿了件汗衫背心，条纹布短裤，侧身向里，瘦小得像青蛙的手与腿压在百顺身上。头上的两只苍蝇，叮叮的朝电灯泡上撞。哥儿达朝她看了一眼。这阿妈白天非常俏丽有风韵的，卸了装却不行。他心中很觉安慰，因为他本来绝对没有沾惹她的意思；同个底下人兜搭，使她不守本分，是最不智的事。何况现在特殊情形，好的佣人真难得，而女人要多少有多少。

哥儿达捧了一玻璃盆的冰进去。女人在房里合合笑着,她喝下的许多酒在人里面晃荡晃荡,她透明透亮的成了个酒瓶,香水瓶,躺在一盒子的淡绿碎卷纸条里的贵重的礼物。门一关,笑声听不见了,强烈的酒气与香水却久久不散。厨下的灯灭了,苍蝇又没头没脑扑上脸来。

雨仿佛已经停了好一会。街下有人慢悠悠叫卖食物,四个字一句,不知道卖点什么,只听得出极长极长的忧伤。一群酒醉的男女唱着外国歌,一路滑跌,嘻嘻哈哈走过去了;沉沉的夜的重压下,他们的歌是一种顶撞,轻薄,薄弱的,一下子就没有了。小贩的歌,却唱彻了一条街,一世界的烦忧都挑在他担子上。

第二天,阿小问开电梯的打听楼上新娘子为什么半夜三更寻死觅活大闹。开电梯的诧异道:"哦?有这事么?今天他们请客,请女家的人,还找了我去帮忙哩。"还是照样请了客。

阿小到阳台上晾衣服,看见楼下少爷昨晚乘凉的一把椅子还放在外面。天气骤冷,灰色的天,街道两旁,阴翠的树,静静的一棵一棵,电线杆一样,没有一点胡思乱想。每一株树下团团围着一小摊绿色的落叶,乍一看如同倒影。

乘凉仿佛是隔年的事了。那把棕漆椅子,没放平,吱格吱格在风中摇,就像有个标准中国人坐在上头。地下一地的菱角花生壳,柿子核与皮。一张小报,风卷到阴沟边,在水门汀阑干上吸得牢牢地。阿小向楼下只一瞥,漠然想道:天下就有这么些人会作脏!好在不是在她的范围内。

一九四四年九月

* 初载一九四四年十二月南京《苦竹》第二期,收入《传奇》增订本。

等

推拿医生庞松龄的诊所里坐了许多等候的人。白漆格子里面，听得见一个男子的呼喊："嗳唷哇！嗳唷哇！庞先生——等一息，下趟，庞先生——庞先生，下趟再——"庞先生笑了，背了一串歌诀，那七字唱在庞先生嘴里成为有重量，如同琥珀念珠，有老太太屋子里的气味，古老平安托福。而庞先生在这之外加上了脊骨、神经、科学化的解释。而墙壁上又张挂着半西式的人体透视图，又是一张卫生局颁发的中医执照，配着玻璃框子，上面贴着庞先生三十多年前的一张二寸照。男子渐渐不叫痛了，冷不防还漏了一句"嗳唷哇！"

外头的太太们听着，也都笑了。一个抱着孩子的女佣拍拍孩子，怕他哭："不要哭，不要哭，等一下我们买蟹粉馒头去！"孩子并没有哭的意思，坐在她怀里像一块病态的猪油，碎花开裆裤与灰红条子毛线袜之间露出一段冻腻的小白腿。过了半天，他忽然回过头来，看住了女仆，发话了——简直使人不能相信这话是从个五六岁的小孩嘴里说出来的："不要买馒头。馒头没有什么好吃的。"富有经验似地，仿佛上过许多次的当："买蟹粉馒头，啊？"然而女仆黄着脸，斜着眼睛，很不端正地又去想她的心事了。

庞先生和他推拿着的高先生说到外面的情形:"现在真坏!三轮车过桥,警察一概都要收十块钱,不给啊?不给他请你到行里去一趟。你晓得三轮车夫的车子只租给他半天工夫,这半天之内他挣来的钱要养家活口的呢,要他到行里去一等等上两三个钟头,就是后来问明白了,没有事,放他出来了,他也吃亏不起的,所以十块就十块,你不给,后来给的还要多。"庞松龄对于沦陷区的情形讲起来有彻底的了解,慨叹之中夹着讽刺,同时却又夹着自夸,随时将他与大官们的交情轻轻点一笔,道:"不过他们也有数,'公馆'里的车他们看都不看就放过去的。朱公馆的车我每天坐的,他们从来不敢怎样——"

"招子亮嗳!"庞太太在外间接口说。庞太太自己的眼睛也非常亮,黑眼眶,大眼睛,两盏灯似地照亮了黑瘦的小脸,她瘦得厉害,驼着背编结绒线衫,身上也穿了一件紧缩的棕色绒线衫。她整天坐在诊所里,向来来去去的病人露出刨牙微笑点头,或是冷冷地,仅只露出刨牙。她这丈夫是需要一点看守的,尤其近来他特别得法,一等大人物都把他往家里叫。

女儿阿芳坐在挂号的小桌子跟前数钱。阿芳是个大个子,也有点刨牙,面如锅底,却生着一双笑眼,又黑又亮。逐日穿着件过于宽松的红黑小方格充呢袍子,自制的灰布鞋。家里兄弟姊妹多,要想做两件好衣裳总得等有了对象,没有好衣裳又不会有对象。这样循环地等下去,她总是杏眼含嗔的时候多。再是能干的大姑娘也闯不出这身衣服去。

庞太太看看那破烂的小书桌上的一只浅碗,爱惜地叫道:"松龄呀!你的汤团要冷了。"没有回答。过了一会她又叫:"松龄呀!推完这一个好来吃了。要冷了。"

庞先生答应了一声"唔,"继续和高先生说正经的:"朱先生说:'有饭大家吃。'嗳——我提出这个问题,他当时就这么回报我:'有饭大家吃。'……朱先生这个人我就佩服他有两点。哪两点呢?"庞松龄生着阔大的黄狮子脸,粗颈项,头与颈项扎实地打成一片,不论是前面是后面,看着都像个胖人的膝盖。庞松龄究竟是战前便有身分地位的人,做官的尽管人来人往,他是永远在此的,所以赞美起朱先生来也表示慎重,两眼望着地下,断言道:"哪两点呢?啊?他不论怎样忙,每天晚上,八点钟,板定要睡觉!而且一上床就睡着。白天一个人疲倦了,身体里毁灭的细胞,都可以在睡眠的时间里重新恢复过来。这些医学上的道理朱先生他都懂得。所以他能够这样忙,啊——而照样的精神饱满!"庞先生几乎是认真咬文嚼字,咂嘴咂舌,口角生香。仿佛一粒口香糖黏到牙仁上去了,很费劲地要舐它下来,因此沉默了好一会。他重新又把朱先生的优点加以慎重考虑,不得不承认道:"他还有一点:每天啊,吃过中饭以后,立下规矩,总要读两个钟头的书。第一个钟头研究的是国文——古文啰,四书五经——中国书。第二个钟头,啊,研究的是现代的学问,物理啊、地理啊、翻译的外国文啊……请的一个先生,那真是学问好的,连这先生的一个太太也同他一样地有学问——你说难得不难得?"庞松龄不住手地推着,却把话头停了一停,问外面:"阿芳啊,底下是哪个啊?"

阿芳查了查簿子,答道:"王太太。"

高先生穿着短打,绒线背心,他姨太太赶在他前面走出来,在钢钩子上取下他的长衫,帮他穿上,给他一个个地扣钮子。然后她将衣钩上吊着的他的手杖拿了下来,再用手杖一勾,将上面挂着的他的一顶呢帽勾了下来——不然她太矮了拿不到——手法娴熟非凡。是个老法的姨太太，年纪总有三十多了，瘦小身材，过了时的镂空条子黑纱夹长衫拖到脚面上，方脸，颧骨上淡淡抹了胭脂，单眼皮的眼睛下贱地仰望着，双手为他戴上呢帽。然后她匆忙地拿起桌上的一杯茶，自己先尝了一口，再递给他。他喝茶，她便伸手到他的长衫里去，把皮夹子摸出来，数钞票，放一搭子在桌上。

庞太太抬头问了一声："走啦，高先生？"

高先生和她点头，他姨太太十分周到，一路说："庞先生，再会呵！明天会，庞太太！明天会，庞小姐，包太太奚太太，明天会！"女人们都不大睬她。

庞松龄出来洗手，脸盆架子就在门口，他身穿青熟罗衫袴，一只脚踏在女儿阿芳的椅子上，端起碗来吃汤团，先把嘴里的香烟交给庞太太。庞太太接过来呼着，庞松龄吃完了，香烟又还给他。夫妻俩并没有一句话。

王太太把大衣脱了挂在钢钩上，领口的钮子也解开了，坐在里间的红木方凳上，等着推。庞太太道："王太太你这件大衣是去年做的罢？去年看着这个呢粗得很，现在看看还算好的了。现在的东西实在推扳不过。"

王太太微笑答应着，不知道怎样谦虚才是。外面的太太们，虽然有多时不曾添制过衣服了，觉得说坏说贵总没错，都纷纷附和。

粉荷色小鸡蛋脸的奚太太，轻描淡写的眼眉，轻轻的皱纹，轻轻一排前刘海，剪了头发可是没烫，她因为身上的一件淡绿短大衣是充呢的，所以更其坚决地说："现在就是这样呀，装满了一皮包的钱上街去还买不到称心的东西——价钱还在其次！"她把一只手伸到蓝白网袋里去，握住里面的皮包，带笑颠一颠。

"稍微看得上眼的，就要几万，"庞太太说："看不上眼的呢——也要几千！"

阿芳把小书桌的抽屉上了锁，走过这边来，一路把钥匙扣在胁下的钮绊上，坐到奚太太身边，笑道："奚太太，听说你们先生在里头阔得不得了呀！"

奚太太骤然被注意，脸上红起来。"是的呵，他混得还好，升了分行的行长了。不过没有法子，不好寄钱来，我末在这里苦得要死！"

阿芳笑着黑眼眶的笑，一只手按着胁下叮当的钥匙，凑过身来，低低地说："恐怕你们先生那边有了人哩！"

奚太太在蓝白网袋眼里伸出手指，手拍膝盖，叹道："我不是不知道呀，庞小姐！我早猜着他一定是讨了小。本来男人离开了六个月就靠不住——不是我说！"

"那时候要跟着一道去就好了！"阿芳体己地把头点了点，笑着秘密的黑眼眶的笑。

"本来是一道去的呀，在香港，忽然一个电报来叫他到内地去，因为是坐飞机，让他先去了我慢慢的再来，想不到后来就不好走了。本来男人的事情就靠不住，而且现在你不知道，"她从网袋里伸出手指，抓住一张新闻报，激烈地沙沙打着沙发，小声道："上面下了命令，叫他们讨呀！——叫他们讨呀！因为战争的缘故，中国的人口损失太多，要奖励生育，格咾下了命令，太太不在身边两年，就可以重新讨，现在也不叫姨太太了，叫二夫人！都为了公务人员身边没有人照应，怕他们办事不专心——要他们讨呀！"

阿芳问："你公婆倒不说什么？"

"公婆也不管他那些事，对我他们是这样说：反正家里总是你大。我也看开了，我是过了四十岁的人了——"

阿芳笑了，说："哪里，没有罢？看着顶多三十多一点。"

奚太太叹道："老了呀！"她忽然之间怀疑起来："这两年是不是老了呵？"

阿芳向她端详了一会，笑道："因为你不打扮了，从前打扮的。"

奚太太往前凑一凑，低声道："不是，我这头发脱得不成样子的缘故。也不知怎么脱得这样厉害。"一房间人都听着她说话，奚太太觉得也是应当的，怨苦中也有三分得意，网袋抓一把攒在拳头里打手势："……里边的情形你不知道，地位一高了自有人送上来的呀！真有人送上来！"

王太太被推拿，敞着衣领，头部前伸，五十来岁的人，圆白脸还带着点孩子气，嘴上有定定的微笑，小弄堂的和平。庞先生向来相信他和哪一等人都谈得来，一走就走进人家的空气里。他问："你还在那条弄堂里么？"

王太太吃了一惊，说是的。

庞先生又问："你们弄堂门口可是新开了一家药房？"

王太太的弄堂口突然模糊起来，她只记得过街楼下水湿的阴影里有个皮匠摊子，皮匠戴着钢丝边眼镜，年纪还轻着，药房却没看见。她含笑把眼睛一霎一霎，答不上来。

庞先生又道："那天我走过，看见新开了一家药房，好像是你们弄堂口。"他声音冷淡起来，由于本能的同行相妒。

王太太这时候很惶恐，仿佛都要怪她。她极力想了些话来岔开去:"上趟我们那里有贼来偷过。"然而她自己也觉得很远很远,极细小的事了。

庞太太驳诘道:"弄堂里有巡捕啦?"

王太太道:"有巡捕的。"

庞先生不再问下去了。随着他的手势,王太太的头向前一探一探,她脸上又恢复了那定定的小小的笑,小弄堂的阴暗的和平。

外面又来了个五六十岁略带乡气的太太,薄薄的黑发梳了个髻,年轻时候想必是端丽的圆脸,现在胖了,显得脓包,全仗脑后的"一点红"红宝簪子,两耳菉豆大的翡翠耳坠,与嘴里的两颗金牙,把她的一个人四面支柱起来,有了着落。她抱着个小女孩,径自走到里间,和庞先生打招呼。庞太太连忙叫:"童太太外边坐,外边坐!"拍着她旁边的椅子。

然而童太太一生正直为人,走到哪里都预期她份该有的特别优待,她依旧站在白格子旁边,说道:"庞太太,可不可以我先推一推,我这个孙囝我还要带她看牙齿去,出牙齿,昨天痛了一晚上。"

庞太太疏懒地笑道:"我也是才来,我也不接头——阿芳,底下还有几个啊?"

阿芳道:"还有不多几个了,童太太你请坐一会。"

童太太问道:"现在几点了?牙医生那里一点半就不看了。"

阿芳道:"来得及的,来得及的。"

沙发上虽然坐了人,童太太善良而有资格地躬腰说两声"对不起",便使他们自动地腾出一块地方来,让她把小孙女安顿下了。小孩平躺在倾陷的破呢沙发上,大红绒线衫与绒线裤的裤腰交叠着,肚子凸得高高地,上头再顶着绒毛钮子蓬松的圆球,睡着了像个红焰焰的小山。童太太笑道:"这下子工夫已经睡着了!"她预备脱下旗袍盖在小孩身上,正在解大襟上的钮子,包太太和她是认识的,就说:"把我的雨衣斗篷给她盖上罢!"童太太道谢,自己很当心地在一张安乐椅上坐下,与包太太攀谈。包太太长得丑,冬瓜脸,卡通画里的环眼,下坠的肉鼻子;因为从来就没有好看过,从年轻的时候到现在一直是处于女伴的地位,不得不一心一意同情着旁人。有她同情着,童太太随即悲伤起来。

"所以我现在就等庞先生把我的身体收作收作好,等时局一平定,"童太太说:"等我三个大小姐都有了人家,我就上山去了。我这病都是气出来的呀,气得我两条腿立都立不住。每天烧小菜,我烧了菜去洗手,"她虚虚捋掉手上的金戒指,"我这边洗手,他们一家门,从老头子起,小老姆、姑太太,七七八八坐满一桌子,他们中意的小菜先吃得精光。"

"老头子闯了祸,抓到县衙门里去了,把我急得个要命,还是我想法子把他弄了出来,找我的一个干女儿,走她的脚路,花了七千块钱。可怜啊——黑夜里乘了部黄包车白楞登白楞登一路颠得去,你知道苏州的石子路,又狭又难找,墨黑,可怜我不跌死是该应!好容易他放了出来了,这你想我是不是要问问他,里面是什么情形,难末他也要问问我,是怎么样把他救出来的。哦——踏进门就往小老姆房里一钻!"

大家哄然笑了。包太太皱着眉毛也笑,童太太红着眼圈也跟着笑,拍着手,喷出唾沫星子,"难我气啊,气啊,气了一晚上,一晚上没睡,第二天看见他,我就说了;我说人家为了你这事担惊受怕,你也不告诉告诉我你在里边是什么情形,你也不问问我是怎么样把你救出来的。他倒说得好:'谁叫你救我出来?拿钱不当钱，花了这么些，我在里面满好的。'啊哟我说：你在里面满写意——要不是我托了干女儿，这边一个电话打得去，也不会把你放在账房间里——格咾你满写意呀！真要坐在班房里，你有这么写意啊？包太太你看我气不气？——不然我也不会忍到如今，都为了我三个大小姐。"

包太太劝道："反正你小孩子们都大了，只要儿女知道孝顺，往后总是好的。"

童太太道："我的几个小孩倒都是好的，两个媳妇也好，都是我自己拣的，老法人家的小姐。包太太，我现在说着要离要离，也难哪！族里不是没有族长，族长的辈分比我们小，也不好出来说话。"

包太太笑起来："这么大年纪了，其实也不必离了，也有这些年了。"

童太太又叹口气："所以我那三个小姐，我总是劝她们，一辈子也不要嫁男人。——可有什么好处，用铜钿，急起来总是我着急，他从来不操心的。"

奚太太也搭上来，笑道："童太太你是女丈夫。"

童太太手捶手掌，又把两手都往前一送，恨道："来到他家这三十年，他家哪一桩事不是我？那时候才做新娘娘，每天天不亮起来，公婆的洗脸水，煨鸡蛋，样式样给它端整好。难后来添了小孩子，一个一个实在多不过，公婆前头我总还是……公婆倒是一直说我好的。"她突然寂寞起来，不开口了。给了她许多磨难，终于被她克服了的公婆长辈早已都过世了，而她仍旧每天黑早起身，在黯红漆桶似的房里摸索摸索，窸窸窣窣，手触到的是熟悉的物件，所不同的只是手指骨上一节节奇酸的冻疼。

奚太太劝道:"童太太你也不要生气。不晓得你可曾试过——到耶稣堂里听他们牧师讲讲,倒也不一定要相信。我认得有几个太太,也是气得很的,常常听牧师解释解释,现在都不气了,都胖起来了。"

包太太进去推拿,一时大家都寂静无声。童太太交手坐着,是一大块稳妥的悲哀。她红着眼睛,嘴里只是吸溜溜吸溜溜发出年老寒冷的声音,脚下的地板变了厨房里的黑白方砖地,整个的世界像是潮抹布擦过的。里间壁上的挂钟滴答滴答,一分一秒,心细如发,将文明人的时间划成小方格;远远却又听到正午的鸡啼,微微的一两声,仿佛有几千里地没有人烟。

包太太把雨衣带走了,童太太又去解她那灰呢大衫的钮扣,要给孙囡盖在身上。奚太太道:"脱了不冷么?"童太太道:"不冷不冷。"奚太太道:"还是我这件短大衣给她盖上罢。"便脱下她的淡绿大衣,童太太谢不迭,两人又说起话来。

奚太太道:"你也不要生气,跟他们住开了,图个眼不见。童太太你不知道现在的时势坏不过,里边因为打仗,中国人民死得太多的缘故呢,下了一条命令,讨了小也不叫姨太太叫二夫人——叫他们讨呀!"

童太太茫然听着,端丽的胖脸一霎时变得疤疤癞癞,微红微麻,说:"哦?哦?……现在坏真坏,哦?从前有个算命的老早说了,说我是地藏王菩萨投胎,他呢是天狗星投胎,生冤家死对头,没有好结果的。说这话的也不止这个算命的。"

奚太太道:"童太太你有空的时候到耶稣堂去一趟试试看,听他们讲讲就不气了。随便哪一个耶稣堂都行。这里出去就有一个。"

童太太点头,问道:"苏州金光寺有个悟圆老和尚,不知你可晓得？"

奚太太摇摇头。她忽然想到另一件事，迫切地伸过腰去，轻轻问："童太太你可知道有什么治脱头发的方子？我这头发，你看，前头褪得这样！"

童太太熟练地答道："用生姜片在头皮上擦擦，灵得很的。"

奚太太有训练过的科学化的头脑，当下又问："隔多少时擦一擦呢？"

童太太诧异地笑了。"隔多少时？想起来的时候末擦擦它好了。我说给你听金光寺那和尚，灵真灵。他问我：'你同你男人是不是火来火去的？'我说是的呀。他就说：'快快不要这样。前世的冤孽，今世里你再同他过不去，来生你们原旧还要做夫妻，那时候你更苦了，那时候他不会这样轻易放过你，一个钱也没有得给你！'难末我吓死了！老和尚他说：'太太你信我这一句话！'我双手合十，我说谢谢你师父，我双手把你这句话捧回去！从此我当真，大气也不呵他一口。从前我要管他的呀，他怕得我血滴子相似。难后来不怕了，堂子里走走，女人一个一个弄回家来。难现在愈加恶了——放松得太早的缘故呀！"她叹息。

奚太太听得不耐烦起来，间或答应着"唔……唔……"偶尔点个头，渐渐头也懒得点了，单点一点眼睫毛，小嘴突出来像鸟喙，有许多意见在那里含苞欲放，想想又觉得没得说头，断定了童太太是个老糊涂。

轮到女仆领的小孩被推拿，小孩呱呱哭闹，庞先生厉声喝道："不要哭，先生喜欢你！"

女仆也谄媚地跟着医生哄他："先生喜欢你！呵，呵，呵，先生喜欢你！明天你娶少奶奶，请先生吃喜酒！"

庞先生也笑了："对了，将来时局平定，你结婚的时候，不请我吃酒我要动气的呵！"

童太太打听几点钟了，着急起来，还是多付了两百块钱，拔号先看，看过了，把睡熟的小孙女儿抱了起来，身上盖的短大衣还了奚太太，又道谢，并不觉得对方的冷淡。

童太太站在当地，只穿着衬里的黑华丝葛薄棉对襟袄袴，矮脚大肚子，粉面桃腮，像百子图里古中国的男孩。她伸手摘下衣钩子上的灰呢衬绒袍，慢悠悠穿上，一阵风，把整个的屋子都包在里面了。袍挂拂到奚太太肩上脸上，奚太太厌恶地躲过了。童太太扣上钮子，胳肢窝以上的钮子却留着不扣，自己觉得仿佛需要一点解释，抱着孩子临走的时候又回头向奚太太一笑，说："到外头要把小囝遮一遮，才睡醒要冻着的。"然后道了再会。

现在被推拿的是新来的一个拔号的。奚太太立在门口看了一看，无聊地又回到原来的座位上。

这拔号的是个少爷模样，穿件麂皮外套，和庞先生谈到俄国俱乐部放映的实地拍摄的战争影片："真怕人，眼看着炮弹片子飞过来，一个兵往后一仰，脸一皱，非常痛苦的样子，把手去抓胸脯，真死了。死的人真多啊！"

庞先生睁眼点头道："残忍真残忍！打仗这样东西，真要人的命的呢，不像我这推拿，也把人痛得叽哩哇啦叫，我这是为你好的呀！"他又笑又叹息。

青年道："死的人真多，堆得像山。"

庞先生有点惋惜地叹道："本来同他们那边比起来，我们这里的战争不算一回事了！残忍真残忍。你说你在哪里看的？"

青年道："俄国俱乐部。"

庞先生道："真有这样的电影看么？多少钱一个人？"

青年道："庞先生你要看我替你买票去。"

庞先生不作声，隔了一会，问道："几点钟演？每天都有么？"

青年道："八点钟，你要买几张？"

庞先生又过了一会方才笑道："要打得好一点的。"

庞太太在外间接口道："要它人死得多一点的——"嗨嗨嗨嗨笑起来了。庞先生也陪她笑了两声。

诊所的窗户是关着的，而且十字交叉封着防空的，旧黄报纸的碎条，撕剩下的。外面是白净的阴天，那天色就像是玻璃窗上糊了层玻璃纸。

庞太太一路笑着，走来开窗，无缘无故朝外看一看，嗅一嗅，将一只用过的牙签丢出去。然后把小书桌上半杯残茶拿起来漱口，吐到白洋磁扁痰盂的黑嘴里去。痰盂便在奚太太脚下。奚太太也笑，但是庞太太只当没看见她，庞太太两盏光明嬉笑的大眼睛像人家楼上的灯，与路人完全不相干。奚太太有点感触地望到别处去，墙上的金边大镜里又看见庞太太在漱嘴，黑瘦的脸上，嘴撮得小小地，小嘴一摆一摆一摆。奚太太连忙又望到窗外去，仿佛被欺侮了似地，温柔地想起她丈夫。

"将来，只要看见了他……他自己也知道他对不起我，只要我好好地同他讲……"

她这样安慰了自己，拿起报纸来，嘴尖尖地像啄食的鸟，微向一边歪着，表示有保留，很不赞成地看起报来了。总有一天她丈夫要回来。不要太晚了——不要太晚了呵！但也不要太早了，她脱了的头发还没长出来。

白色的天，水阴阴地，洋梧桐巴掌大的秋叶，黄翠透明，就在玻璃窗外。对街一排旧红砖的衖堂房子,虽然是阴天,挨挨挤挤仍旧晾满了一阳台的衣裳。一只乌云盖雪的猫在屋顶上走过,只看见它黑色的背,连着尾巴像一条蛇,徐徐波动着。不一会,它又出现在阳台外面,沿着阑干慢慢走过来,不朝左看,也不朝右看;它归它慢慢走过去了。

生命自顾自走过去了。

一九四四年十一月

* 初载一九四四年十二月《杂志》第十四卷第三期,收入《传奇》增订本。

留情

他们家十一月里就生了火。小小的一个火盆，雪白的灰里窝着红炭。炭起初是树木，后来死了，现在，身子里通过红隐隐的火，又活过来，然而，活着，就快成灰了。它第一个生命是青绿色的，第二个是暗红的。火盆有炭气，丢了一只红枣到里面，红枣燃烧起来，发出腊八粥的甜香。炭的轻微的爆炸，淅沥淅沥，如同冰屑。

结婚证书是有的，配了框子挂在墙上，上角凸出了玫瑰翅膀的小天使，牵着泥金飘带，下面一湾淡青的水，浮着两只五彩的鸭，中间端楷写着：

"米晶尧　安徽省无为县人　现年五十九岁　光绪十一年乙酉正月十一日亥时生

淳于敦凤　江苏省无锡县人　现年三十六岁　光绪三十四年戊申三月九日申时生"

敦凤站在框子底下，一只腿跪在沙发上，就着光，数绒线的针子。米晶尧搭讪着走去拿外套，说："我出去一会儿。"敦凤低着头只顾数，轻轻动着嘴唇。米晶尧大衣穿了一半，去看着她，无可奈何地微笑着。半晌，敦凤抬起头来，说："唔？"又去看她的绒线，是灰色的，牵牵绊绊许多小白疙瘩。

米先生道："我去一会儿就来。"话真是难说，如果说："到那边去"，这边那边的！说："到小沙渡路去"，就等于说小沙渡路有个公馆。这里又有个公馆。从前他提起他那个太太总是说"她"，后来敦凤跟他说明了："哪作兴这样说的？"于是他难得提起来的时候，只得用个秃头的句子。现在他说："病得不轻呢，我得看看去。"敦凤短短应了一声："你去呀。"听她那口音，米先生倒又不便走了，手扶着窗台往外看去，自言自语道："不知下雨不下？"敦凤像是有点不耐烦，把绒线卷卷，向花布袋里一塞，要走出去的样子。才开了门，米先生却又拦着她，解释道："不是的——这些年了……病得很厉害的，又没人管事，好像我总不能不——"敦凤急了，道："跟我说这些个！让人听见了算什么呢？"张妈在半开门的浴室里洗衣裳，张妈是他家的旧人，知道底细的，待会儿还当她拉着他不许他回去看太太的病，岂不是笑话！

敦凤立在门口，叫了一声"张妈！"吩咐道："今晚上都不在家吃饭，两样素菜不用留了，豆腐你把它放在阳台上冻着，火盆上头盖点灰给它窝着，啊！"她和佣人说话，有一种特殊的沉淀的声调，很苍老，脾气很坏似的，却又有点腻搭搭，像个权威的鸨母。她那没有下颏的下颏仰得高高地，滴粉搓酥的圆胖脸饱饱地往下坠着，搭拉着眼皮，希腊型的正直端丽的鼻子往上一抬，更显得那细小的鼻孔的高贵。敦凤出身极有根底，上海数一数二有历史的大商家，十六岁出嫁，二十三岁上死了丈夫，守了十多年的寡方才嫁了米先生。现在很快乐，但也不过份，因为总是经过了那一番的了。她摸摸头发，头发前面塞了棉花团，垫得高高地，脑后做成一个一个整洁的小横卷子，和她脑子里的思想一样地有条有理。她拿皮包，拿网袋，披上大衣。包在一层层的衣服里的她的白胖的身体实朵朵地像个清水粽子。旗袍做得很大方,并不太小,不知为什么,里面总是鼓绷绷,衬里穿了钢条小紧身似的。

米先生跟过来问道:"你也要出去么?"敦凤道:"我到舅母家去,反正你的饭也不见得回来吃了,省得家里还要弄饭。今天本也没有我吃的菜,一个砂锅,一个鱼冻子,都是特为给你做的。"米先生回到客室里,立在书桌前面,高高一叠子紫檀面的碑帖,他把它齐了一齐,青玉印色盒子冰纹笔筒、水盂、铜匙子,碰上去都是冷的;阴天,更显得家里的窗明几净。

敦凤再出来,他还在那里挪挪这个,摸摸那个,腰只能略略弯着,因为穿了僵硬的大衣,而且年纪大了,肚子在中间碍事。敦凤淡淡问道:"咦?你还没走?"他笑了一笑,也不回答。她挽了皮包网袋出门,他也跟了出来。她只当不看见,快步走到对街去,又怕他在后面气喘吁吁追赶,她虽然和他生着气,也不愿使他露出老态,因此有意地拣有汽车经过的时候才过街,耽搁了一会。

走了好一截子路,才知道天在下雨。一点点小雨,就像是天气的寒丝丝,全然不觉得是雨。敦凤怕她的皮领子给潮了,待要把大衣脱下来,手里又有太多的累赘。米先生把她的皮包网袋,装绒线的镶花麻布袋一一接了过来,问道:"怎么?要脱大衣?"又道:"别冻着了,叫部三轮车罢。"等他叫了部双人的车,敦凤方才说道:"你同我又不顺路!"米先生道:"我跟你一块儿去。"敦凤在她那松肥的黑皮领子里回过头来,似笑非笑瞪了他一眼。她从小跟着她父亲的老姨太太长大,结了婚又生活在夫家的姨太太群中,不知不觉养成了老法长三堂子那一路的娇媚。

两人坐在一部车,平平驶入住宅区的一条马路。路边缺进去一块空地,乌黑的沙砾,杂着棕绿的草皮,一座棕黑的小洋房,泛了色的淡蓝漆的百叶窗，悄悄的，在雨中，不知为什么有一种极显著的外国的感觉。米先生不由得想起从前他留学的时候。他再回过头去，沙砾地上蹲着一只黑狗，卷着小小的耳朵，润湿的黑毛微微鬈曲，身子向前探着，非常注意地，也不知它是听着什么还是看着什么。米先生想老式留声机的狗商标，开了话匣子跳舞，西洋女人圆领口里腾起的体温与气味。又想起他第一个小孩的玩具中的一只寸许高的绿玻璃小狗，也是这样蹲着，眼里嵌着两粒红圈小水钻。想起那半透明暗绿玻璃的小狗，牙齿就发酸，也许他逗着孩子玩，啃过它，也许他阻止孩子放到嘴里去啃，自己嘴里，由于同情，也发冷发酸——记不清了。他第一个孩子是在外国生的，他太太是个女同学，广东人。从前那时候，外国的中国女学生是非常难得的，遇见了很快地就发生感情，结婚了。太太脾气一直是神经质的，后来更暴躁，自己的儿女一个个都同她吵翻了，幸而他们都到内地读书去了，少了些冲突。这些年来他很少同她在一起，就连过去要好的时候，日子也过得仓促糊涂，只记得一趟趟的吵架，没什么值得纪念的快乐的回忆，然而还是那些年轻痛苦，仓皇的岁月，真正触到了他的心，使他现在想起来，飞灰似的霏微的雨与冬天都走到他眼睛里面去，眼睛鼻子里有涕泪的酸楚。

　　米先生定一定神，把金边眼镜往上托一托，人身子也在衬衫里略略转侧一下，外面冷，更觉里面的温暖清洁。微雨的天气像只棕黑的大狗，毛茸茸，湿渌渌，冰冷的黑鼻尖凑到人脸上来嗅个不了。敦凤停下车子来买了一包糖炒栗子，打开皮包付钱，暂时把栗子交给米先生拿着。滚烫的纸口袋，在他手里热得恍恍惚惚。隔着一层层衣服，他能够觉到她的肩膀；隔着他大衣上的肩垫，她大衣上的肩垫，那是他现在的女人，温柔、上等的，早两年也是个美人。这一次他并没有冒冒失失冲到婚姻里去,却是预先打听好、计画好的,晚年可以享一点清福艳福,抵补以往的不顺心。可是……他微笑着把一袋栗子递给她,她倒出两颗剥来吃;映着黑油油的马路,棕色的树,她的脸是红红、板板的,眉眼都是浮面的,不打扮也像是描眉画眼。米先生微笑望着她。他对从前的女人,是对打对骂,对她,却是有时候要说"对不起",有时候要说"谢谢你",也只是"谢谢你,对不起"而已。

敦凤丢掉了栗子壳,拍拍手,重新戴上手套。和自己的男人挨着肩膀,觉得很平安。街上有人撩起袍子对着墙撒尿——也不怕冷的!三轮车驰过邮政局,邮政局对过有一家人家,灰色的老式洋房,阳台上挂一只大鹦哥,凄厉地呱呱叫着,每次经过,总使她想起那一个婆家。本来她想指给米先生看的,刚赶着今天跟他小小地闹别扭,就没叫他看。她抬头望,年老的灰白色的鹦哥在架子上蹒跚来去,这次却没有叫喊,阳台阑干上搁着两盆红瘪的菊花,有个老妈子伛偻着在那里关玻璃门。

从婆家到米先生这里,中间是有无数的波折。敦凤是个有情有义,有情有节的女人,做一件衣服也会让没良心的裁缝给当掉,经过许多悲欢离合,何况是她的结婚?她把一袋栗子收到网袋里去。纸口袋是报纸糊的。她想起前天不知从哪里包了东西来的一张华北的报纸,上面有个电影广告,影片名叫《一代婚潮》,她看了立刻想到她自己。她的结婚经过她告诉这人是这样,告诉那人是那样,现在她自己回想起来立时三刻也有点绞不清楚,只微笑叹息,说:"说起来话长,嗳。"就连后来事情已经定规了,她一个做了瘪三的小叔子还来敲诈,要去告诉米先生,她丈夫是害梅毒死的。当然是瞎说。不过仔细查考起来,他家的少爷们,哪一个没打过六零六。后来还是她舅母出面调停，花钱买了个安静。她亲戚极多，现在除了舅舅家，都很少来往了。娘家兄弟们哪是老姨太太生的，米先生同他们一直也没有会过亲，因为他前头的太太还在，不大好称呼。敦凤呢，在他们面前摆阔罢，怕他们借钱；有什么不如意的地方呢，又不愿对他们诉苦，怕他们见笑。当初替她做媒很出力的几个亲戚，时刻在她面前居功，尤其是她表嫂杨太太，疯疯傻傻的，更使她不能忍耐。杨太太的婆婆便是敦凤的舅母，这些人里，就只这舅母这表兄还可以谈谈。敦凤也是闷得没有奈何，不然也不会常到杨家去。

杨家住的是中上等的弄堂房子。杨太太坐在饭厅里打麻将，天黑得早，下午三点钟已经开了电灯。一张包钢边的皮面方桌，还是多年前的东西。杨家一直是新派，在杨太太的公公手里就作兴念英文、进学堂。杨太太的丈夫刚从外国回来的时候，那更是激烈。太太刚生了孩子，他逼着她吃水果，开窗户睡觉，为这个还得罪了丈母娘。杨太太被鼓励成了活泼的主妇，她的客室很有点沙龙的意味，也像法国太太似的有人送花送糖，捧得她娇滴滴地。也有许多老爷，得空便告诉她，他们的太太怎样的不讲理，米先生从前也是其中的一个，他在自己家里得不到一点安慰，因此特别地喜欢同女太太们周旋，说说笑笑也是好的。就因为这个，杨太太总认为米先生是她让给敦凤的。

灯光下的杨太太，一张长脸，两块长胭脂从眼皮子一直抹到下颏，春风满面的，红红白白，笑得发花，眯细着媚眼，略有两根前刘海飘到眼睛里去；在家也披着一件假紫羔旧大衣，耸耸肩膀，一手当胸扯住大衣，防它滑下去，一手抓住敦凤的手，笑道："嗳，表妹——嗳，米先生——好久不见了，好哇？"招呼米先生，双眼待看不看的，避着嫌疑；拉着敦凤，却又亲亲热热，把声音低了一低，再重复了一句"好么？"痴痴地用恋慕的眼光从头看到脚，就像敦凤这个人整个是她一手做成的。敦凤就恨她这一点。

敦凤问道："表哥在家么？"杨太太细细叹了口气道："他有这样早回来么？表妹你不知道，现在我们这个家还像个家呀？"敦凤笑道："也只有你们，这些年了，还像小两口子似的，净吵嘴。"敦凤与米先生第一次相见，就在杨家，男主人女主人那天也吵嘴来着，非常洋派地，如同一对爱人。米先生在旁边，吃了隔壁醋，有意地找着敦凤说话，引着杨太太吃醋，末了又用他的汽车送了敦凤回家，就是这样开头的……果真是为了这样细小的事开头的，那敦凤也不能承认——太伤害了她的自尊心。要说与杨太太完全无关罢，那也不对，敦凤的妒忌向来不是没有根据的，她相信。

她还记得那晚上，围着这包钢边的皮面方桌打麻将，她是输不起的，可是装得很泰然。现在她阔了，尽管可以啬刻些；做穷亲戚，可得有一种小心翼翼的大方。现在她阔了；杨家，像这艰难的时候，多数的家庭却是一天不如一天了。杨太太牌还是要打的，打牌的人却换了一批，不三不四的小伙子居多，敦凤简直看不入眼。其中有一个黑西装里连件背心都没有，坐在杨太太背后，说："杨伯母我去打电话，买肥皂要不要带你一个？"问了一遍，杨太太没理会，她大衣从肩上溜下来了，他便伸出食指在她背上轻轻一划。她似乎不怕痒，觉也不觉得。他扭过身去吐痰，她却捏着一张牌，在他背上一路划下去，说道："哪，划一道线——男女有别，啊！"大家都笑了。杨太太一向伶牙俐齿，可是敦凤认为，从前在老爷太太丛中，因为大家都是正派人，只觉得她俏皮大胆；一样的话，如今说给这班人听，就显着下流。

隔壁房间里有人吹笛子。敦凤搭讪着走到门口张了一张，杨太太的女儿月娥，桌上摊了唱本，两手掀着，低着头小声唱戏，旁边有人伴奏。敦凤问杨太太："月娥学的是昆曲吗？"米先生也道："听着幽雅得很！"杨太太笑道："不久我们两个人要登台了，演《贩马记》，她去生，我去旦。"米先生笑道："杨太太的兴致还是一样的好！"杨太太道："我不过夹在里面起哄罢了，他们昆曲研究会里一班小孩子们倒是很热心的。里头有王叔廷的小姐，还有顾宝生两个少爷——人太杂的话，我也不会让我们月娥参加的。"

牌桌上有人问："杨伯母，你几个少爷小姐的名字都叫什么华什么华，怎么大小姐一个人叫月娥？"杨太太笑道："因为她是中秋节生的。"亲戚们的生日敦凤记得最清楚，因为这些年来，越是没有钱，越怕在人前应酬得不周到，给人议论。当下便道："咦！月娥的生日是四月底呀！"杨太太格吱一笑，把大衣兜上肩来，脖子往里一缩。然后凑到敦凤跟前，濛濛地看住她，推心置腹地低声道："下地是四月里，可是最起头有她那个人的影儿，是八月十五晚上。"众人都听见了，哄笑起来，抢着说："杨伯母——""杨伯母——"敦凤觉得羞惭，为了她娘家的体面，不愿让米先生再往下听，忙道："我上去看看老太太去，"点了个头就走。杨太太也点头道："你们先上去，我一会儿也就来了。"

在楼梯上，敦凤走在前面，回过头来盯了米先生一眼，含笑把嘴一撇，想说："亏你从前拿她当个活宝似的！"米先生始终带着矜持的微笑。杨太太几个孩子出现在楼梯口，齐声叫"表姑，"就混过去了。

杨老太太爱干净，孩子们不大敢进房来，因此都没有跟进去。

房间里有灰绿色的金属品写字台、金属品圈椅、金属品文件高柜、冰箱、电话；因为杨家过去的开通的历史，连老太太也喜欢各色新颖的外国东西，可是在那阴阴的，不开窗的空气里，依然觉得是个老太太的房间。老太太的鸦片烟虽然戒掉了，还搭着个烟铺。老太太躺在小花褥单上看报，棉袍叉里露出肉紫色的绒线裤子，在脚踝上用带子一缚，成了扎脚裤。她坐起来陪他们说话，自己把绒线裤脚扯一扯，先带笑道歉道："你看我弄成个什么样子！今年冷得早，想做条丝棉裤罢，一条裤子跟一件旗袍一个价钱！只好对付着再说。"米先生道："我们那儿生一个炭盆子，到真冷的时候也还是不行。"敦凤道："他劝我做件皮袍子。我那儿倒有两件男人的旧皮袍子，想拿出来改改。"杨老太太道："那再好也没有了。从前的料子只有比现在的结实考究。"敦凤道："就怕不够。"杨老太太道："男人的袍子大，还不够你改的么？"敦凤道："我那儿的两件，腰身特别地小。"杨老太太笑道："是你自己的么？我还记得你从前扮了男装，戴一顶鸭舌头帽子，拖一条大辫子，像个唱戏的。"敦凤道："不，不是我自己的衣裳。"她腆着粉白的鼓蓬蓬的脸，夷然微笑着，理直气壮地有许多过去。

她的亡夫是瘦小的年轻人，杨老太太知道她说的是他的衣裳，米先生自然也知道，很觉得不愉快，立起来，背剪着手，看墙上的对联。门口一个小女孩探头探脑，他便走过去，蹲下身来逗她顽。老太太问小孩："怎么不知道叫人哪？不认识吗？这是谁？"女孩只是忸怩着。米先生心里想，除了叫他"米先生"之外也没有旁的称呼。老太太只管追问，连敦凤也跟着说："叫人，我给你吃栗子！"米先生听着发烦，打断她道："栗子呢？"敦凤从网袋里取出几颗栗子来，老太太在旁说道："够了，够了，"米先生说："老太太不吃么？"敦凤忙说："舅母是零食一概不吃的，我记得。"米先生还要让，杨老太太倒不好意思起来，说道："别客气了。我是真的不吃。"烟炕旁边一张茶几上正有一包栗子壳，老太太顺手便把一张报纸覆在上面遮没了。敦凤叹道："现在的栗子花生都是论颗买的了！"杨老太太道："贵了还又不好；叫名糖炒栗子，大约炒的时候也没有糖，所以今年的栗子特别地不甜。"敦凤也没听出话中的漏洞。

米先生问道："你这儿户口糖拿过没有？"老太太道："没有呀！今天报上也没看见。订一份报，也就是为着看看户口米户口糖。我们家这些事呀，我不管，真就没有人管！咳，没想到活到现在，来过这种日子！我要去算算流年了。"敦凤笑道："我正要告诉舅母呢，前天我们一块儿出去，在马路上算了个命。"老太太道："灵不灵呢？"敦凤笑道："我们也是闹着玩，看他才五十块钱。"杨老太太道："那真便宜了。他怎么说呢？"敦凤笑道："说啊……"她望了望米先生，接下去道："说我同他以后什么都顺心，说他还有十二年的阳寿。"她欣欣然，仿佛是意外之喜，这十二年听在米先生耳里却有点异样，使他身上一阵寒冷。杨老太太也是上了年纪的人，也有同样的感觉，深怪敦凤说话太不检点了，连忙打岔道："从前你常常去找的那个张铁口，现在听说红得很哪？"敦凤摇手道："现在不能找他了，特别挂号还挤不上去。"杨老太太道："现在也难得听见你说起算命了。有道是'穷算命，富烧香'！"说着，笑了起来。

这话敦凤不爱听，也不甚理会，只顾去注意米先生。米先生回到他座位上，走过炉台的时候看了看钟。半旧式的钟，长方红皮匣子，暗金面，极细的长短针，唑唑唆唆走着，也看不清楚是几点几分。敦凤知道他又在惦记着他生病的妻。

杨老太太问米先生:"外国可也有算命的?"米先生道:"有的。也有根据时辰八字的,也有的用玻璃球,用纸牌。"敦凤又摇手道:"外国算命的我也找过,不灵!很出名的一个女的。还是那时候,死掉的那个天天同我吵。这一点倒给她看了出来:说我同我丈夫合不来。我说:'那怎么样呢?'她说:'你把他带来,我劝劝他就好了。'这岂不是笑话?家里多少人劝着不中用,她给一说就好了?我说:'不行嗳,我不能把他带来。他不同我好,怎么肯听我的话呢?'她说:'那么把他的朋友带一个来。'可不是越说越离了谱子了?带他一个朋友来有什么用?明明的是拉生意。后来我就没有再去。"

杨老太太听她一提起前夫又没个完,米先生显然是很难堪,两脚交叉坐在那里,两手扣在肚子上,抿紧了嘴,很勉强地微笑着。杨老太太便又打岔说:"你们说要换厨子,本来我们这里老王说有一个要荐给你们,现在老王自己也走了,跑单帮去了。"米先生说道:"现在用人真难。"敦凤说:"那舅母这儿人不够用了罢?"杨老太太看了看门外无人,低声道:"你不知道,我情愿少用个把人,不然,净够在牌桌旁边站着,伺候你表嫂拿东西的了!现在劈柴这些粗事我都交给看弄堂的,宁可多贴他几个钱。今天不知怎么让你表嫂知道了我们贴他的钱,马上就像个主人似的,支使他出去买香烟去了——你看这是不是……?"敦凤不由得笑了,问道:"表嫂现在请客打牌,还吃饭吃点心吗?"杨老太太道:"哪儿供给得起,到吃饭的时候还不都回家去了!所以她现在这班人都是同弄堂的,就图他们这一点:好打发。"

杨老太太找出几件要卖的古董给米先生看,请他估价。又有一幅中堂，老太太扯着画卷的上端，米先生扯着下角，两人站着观看。敦凤坐在烟炕前的一张小凳上，抱着膝盖，胖胖的胳膊，胖胖的膝盖，自己觉得又变成个小孩子了，在大人之下，非常安乐。这世界在变，舅母卖东西过日子，表嫂将将就就的还在那里调情打牌，做她的阔少奶奶，可是也就惨了。只有敦凤她，经过了婚姻的冒险，又回到了可靠的人的手中，仿佛从来就没有离开过。

米先生看画，说："这一张何诗孙的，倒是靠得住，不过现在外头何诗孙的东西也很多……"老太太望着他，想道："股票公司里这样有地位的人，又这样有学问，新的旧的都来得，又知礼，体贴——真让敦凤嫁着了！敦凤这孩子，年纪也不小了，一点心眼儿都没有，说话之间净伤他的心！亏他，也就受着！现在不同了，男人就伏这个！要是从前，那哪行？可是敦凤，从前也不是没有吃过男人的苦的，还这么得福不知！米先生今年六十了罢？跟我同年。我就这么苦，拖着这一大家子人，媳妇不守妇道，把儿子呕的也不大来家了，什么都着落在我身上，怎么能够像敦凤这样清清静静两口子住一幢小洋房就好了！我这么大年纪了，难道还有什么别的想头，不过图它个逍遥自在……"

她卷起画幅，口中说道："约了个书画商明天来，先让米先生过目一下，这我就放心了。"虽然是很随便的两句话，话音里有一种温柔托赖，却是很动人的。米先生一生，从妇女那里没有得到多少慈悲，一点点好意他就觉得了，他笑道："几时请老太太到我们那儿吃饭去，我那儿有几件小玩意儿，还值得一看。"老太太笑道："天一冷，我就怕出门。"敦凤道："坐三轮车，反正快得很，等我们雇定了厨子，我来接舅母。"老太太口中答应着，心里又想，替我出三轮车钱，也是应该的；要是我自己来，总得有个人陪了来，多一个吃的，算起来也差不多。敦凤又道："三轮车这样东西，还就只两个女人一块儿坐，还等样些。两个大男人并排坐着，不知怎么总显得傻头傻脑的。一男一女坐着，总有点难为情。"老太太也笑了，说："要是个不相干的人一块儿坐着，的确有些不犯着，像你同米先生，那有什么难为情？"敦凤道："我总有点弄不惯。"她想着她自己如花似玉，坐在米先生旁边，米先生除了戴眼镜这一项，整个地像个婴孩，小鼻子小眼睛的，仿佛不大能决定它是不是应当要哭。身上穿了西装，倒是腰板笔直，就像打了包的婴孩，也是直挺挺的。敦凤向米先生很快地盯了一眼，旋过头去。他连头带脸光光的，很整齐，像个三号配给面粉制的高桩馒头，郑重托在衬衫领上。她第一个丈夫纵有千般不是，至少在人前不使她羞，承认那是她丈夫。他死的时候才二十五，窄窄的一张脸，眉清目秀的，笑起来一双眼睛不知有多坏！

米先生探身拿报纸，老太太递了过来，因搭讪道："你们近来看了什么戏没有？有个《浮生六记》，我孙女儿她们看了都说好，说里头有老法结婚，有趣得很。"敦凤摇头道："我看过了，一点也不像！我们从前结婚哪里有这样的？"老太太道："各处风俗不同。"敦凤道："总也不能相差得太多！"老太太偷眼看米先生，米先生像是很无聊，拿着张报纸，上下一瞭，又一摺，摺过来的时候，就在报纸头上看了看钟。敦凤冷冷地道："不早了吧？你要走你先走。"米先生笑道："我不忙，等你一块儿走。"敦凤不言语了。然而他仍旧不时地看钟，她瞟瞟他，他又瞟瞟她。老太太心中纳罕，看他们神情有异，自己忖量着，若是个知趣的，就该借故走出房去，让他们把话说定了再回来，可是实在懒怠动，而且他们也活该，两口子成天在一起，什么背人的话不好说，却到人家家里眉来眼去的？

说起看戏，米先生就谈到外国的歌剧话剧，巴里岛上的跳舞。杨老太太道："米先生到过的地方真多！"米先生又谈到坎博地亚王国著名的神殿，地下铺着二寸厚的银砖，一座大佛，周身镀金，飘带上遍镶红蓝宝石。然而敦凤只是冷冷地朝他看，恨着他，因为他心心念念记罣着他太太，因为他与她同坐一辆三轮车是不够漂亮的。

米先生道："那是从前，现在要旅行是不可能的了。"杨老太太道："只要等仗打完了，你们去起来还不是容易？"米先生笑道："敦凤老早说定了，再去要带她一块儿去呢。"杨老太太道："那她真高兴了！"敦凤叹了口冷气，道："唉！将来的事情哪儿说得定？还得两个人都活着——"她也模糊地觉得，这句话是出口伤人，很有份量的，自己也有点发慌，又加了一句："我意思说，也不知是你死还是我死……"她又想掩饰她自己，无味地笑了两声。

僵了一会，米先生站起来拿帽子，笑着说要走了。老太太留他再坐一会，敦凤道："他还要到别处去弯一弯，让他先走一步罢。"

米先生去了之后，老太太问敦凤："他现在上哪儿？"敦凤移到烟炕上来，紧挨着老太太坐下，低声道："老太婆病了，他去看看。"老太太道："哦！什么病呢？"敦凤道："医生还没有断定是不是气管炎。这两天他每天总要去一趟。"说到这里，她不由得鼓起脸来，两手搁在膝盖上，一手捏着拳头轻轻地捶，一手放平了前后推动，推着捶着，满腔幽怨的样子。老太太笑道："那你还不随他去了？反正知道他是真心待你的。"敦凤忙道："我当然随他去。第一我不是吃醋的人，而且对于他，根本也没有什么感情。"老太太笑道："你这是一时的气罢了。"敦凤楞起了一双眼睛，她那粉馥馥肉奶奶的脸上，只有一双眼睛是硬的，空心的，几乎是翻着白眼，然而她还是笑着的："我的事，舅母还有不知道的？我是，全为了生活。"老太太笑道："那现在，到底是夫妻——"敦凤着急道："我同舅母是什么话都说得的，要是为了要男人，也不会嫁给米先生了。"她把脸一红，再坐近些，微笑小声道："其实我们真是难得的，隔几个月不知可有一次。"话说完了，她还两眼睁睁看定了对方，带着微笑。老太太一时也想不出适当的对答，只是微笑着。敦凤会出老太太的意思，又抢先说道："当然夫妻的感情也不在乎那些，不过米先生这个人，实在是很难跟他发生感情的。"老太太道："他待你，是不错了，我看你待他也不错。"敦凤道："是呀，我为了自己，也得当心他呀，衣裳穿、脱，吃东西……总想把他喂得好好的，多活两年就好了。"自己说了笑话，自己笑了起来。老太太道："好在米先生身体结实，看着哪像六十岁的人？"敦凤又道："我先告诉舅母那个马路上的算命的，当着他，我只说了一半。说他是商界的名人，说他命中不止一个太太。又说他今年要丧妻。"老太太道："哦？……那这个病，是好不了的了。"敦凤道："唔，当时我就问：可是要死了？算命的说：不是你。你以后只有好。"老太太道："其实那个女人真是死了也罢。"敦凤低头捶着搓着膝盖，幽幽地笑道："谁说不是呢？"

老妈子进来回说：老虎灶上送了洗澡水来。老太太道："早上叫的水，到现在才送来！正赶着人家有客在这里。"敦凤忙道："舅母还拿我当客么？舅母尽管洗澡，我一个人坐一会儿。"老虎灶上一个苍老的苦力挑了一担水，泼泼洒洒穿过这间房。老太太跟到浴室里去，指挥他把水倒到浴缸里，又招呼他当心，别把扁担倚在大毛巾上碰脏了。

敦凤独自坐在房里,蓦地静了下来。隔壁人家的电话铃远远地在响,寂静中,就像在耳边:"葛儿铃……铃……葛儿铃……铃!"一遍又一遍,不知怎么老是没人接。就像有千言万语要说说不出,焦急、求恳、迫切的戏剧。敦凤无缘无故地为它所震动,想起米先生这两天神魂不定的情形。他的忧虑,她不懂得,也不要懂得。她站起身,两手交握着,自卫地瞪眼望着墙壁。"葛儿铃……铃!葛儿铃……铃!"电话还在响,渐渐凄凉起来。连这边的房屋也显得像个空房子了。

杨老太太押着挑水的一同出来,敦凤转过身来说:"隔壁的电话铃这边听得清清楚楚的。"老太太道:"这房子本来做得马虎,墙薄。"

杨老太太付水钱,预备好的一叠钞票放在炉台上,她把一张十元的添给他作为酒钱,挑水的抹抹胡须上的鼻涕珠,谢了一声走了。老太太叹道:"现在这时候,十块钱的酒钱,谁还谢呀?到底这人年高德劭。"敦凤也附和着笑了起来。

杨老太太进浴室去,关上门不久,杨太太上楼来了,踏进房便问:"老太太在那儿洗澡么?"敦凤点头说是。杨太太道:"我有一件玫瑰红绒线衫挂在门背后,我想把它拿出来的,里头热气薰着,怕把颜色薰坏了。"她试着推门,敦凤道:"恐怕上了闩了。"杨太太在烟铺上坐下了,把假紫羔大衣向上耸了一耸,裹得紧些;旁边没有男人,她把她那些活泼全部收了起来。敦凤问道:"打了几圈?怎么散得这样早?"杨太太道:"有两个人有事先走了。"敦凤望着她笑道:"只有你,真看得开,会消遣。"杨太太道:"谁都看不得我呢。其实我打这个牌,能有多少输赢?像你表哥,现在他下了班不回来,不管在哪儿罢,干坐着也得要钱哪!说起来都是我害他在家里待不住。说起来这家里事无大小全亏了老太太。"她把身子向前探着,压低了声音道:"现在的事,就靠老太太一天到晚嘀咕嘀咕省两个钱,成吗?别瞧我就知道打牌,这弄堂里很有几个做小生意发大财的人,买什么,带我们一个小股子,就值多了!"敦凤笑道:"那你这一向一定财气很好。"杨太太一仰身,两手撑在背后,冷笑道:"入股子也得要钱呀,钱又不归我管。我要是管事,有得跟她闹呢!不管又说我不管了!"她突然跳起来,指着金属品的书桌圈椅、文件高柜,恨道:"你看这个、这个,什么都霸在她房里!你看连电话、冰箱……我是不计较这些,不然哪——"

敦凤知道他们这里墙壁不厚,惟恐浴室里听得见,不敢顺着她说,得空便打岔道:"刚才楼底下,给月娥吹笛子的,是个什么人?"杨太太道:"也是他们昆曲研究会里的。月娥这孩子就是'独'得厉害,她那些同学,倒还是同我说得来些。我也敷衍着他们,几个小的功课赶不上,有他们给补补书,也省得请先生了。有许多事帮着跑跑腿,家里佣人本来忙不过来——乐得的。可是有时候就多出些意想不到的麻烦。"她坐在床沿上,伛偻着身子,两肘撑着膝盖,脸缩在大衣领子里,把鼻子重重地嗅了一嗅,潇洒地笑道:"我自己说着笑话,桃花运还没走完呢!"

她静等敦凤发问,等了片刻,瞟了敦凤一眼。敦凤曾经有过一个时期对杨太太这些事很感到兴趣,现在她本身的情形与前不同了,已是安然地结了婚,对于婚姻外的关系不由得换了一副严厉的眼光。杨太太空自有许多爱人,一不能结婚,二不能赡养,因此敦凤把脸色正了一正,表示只有月娥的终身才有讨论的价值,问道:"月娥可有了朋友了?"杨太太道:"我是不问她的事。我一有什么主张,她奶奶她爸爸准就要反对。"敦凤道:"刚才那个人,我看不大好。"杨太太道:"你说那个吹笛子的?那人是不相干的。"然而敦凤是有"结婚错综"的女人,对于她,每一个男人都是有可能性的,直到她证实了他没有可能性,她还执着地说:"我看那人不大好。你觉得呢?"杨太太不耐烦,手捧着下巴,脚在地上拍了一下道:"那是个不相干的人。"敦凤道:"当然我看见他不过那么一下子工夫……好像有点油头滑脑的。"杨太太笑道:"我知道你喜欢什么样的男人。相貌倒在其次,第一要靠得住,再要温存体贴,像米先生那样的。"敦凤一下子不作声了,脸却慢慢地红了起来。

杨太太伸出一只雪白的,冷香的手握住敦凤的手,笑道:"你这一向气色真好!……像你现在这样,真可以说是合于理想了!"敦凤在杨太太面前,承认了自己的幸福,就是承认了杨太太的恩典,所以格外地要诉苦,便道:"你哪里知道我那些揪心的事!"杨太太道:"怎么了?"敦凤低下头去,一只手捏了拳头在膝盖上轻轻搥,一只放平了在膝盖上慢慢推,专心一致推开搥着,孩子气地鼓着嘴,说道:"老太婆病了。算命的说他今年要丧妻。你没看见他那失魂落魄的样子!"杨太太半个脸埋在大衣里,单只露出一双睐嬉的眼睛来,冷眼看着敦凤,心目中想道:"做了个姨太太,就是个姨太太样子!口口声声'老太婆',就只差叫米先生'老头子'了!"

杨太太笑道:"她死了不好吗?"她那轻薄的声口,敦凤听着又不愿意,回道:"哪个要她死?她又不碍着我什么!"杨太太道:"也是的。要我是你,我不跟他们争那些名分,钱抓在手里是真的。"敦凤叹道:"人家还当我拿了他多少钱哪!当然我知道,米先生将来遗嘱上不会亏待我的,可是他不提,这些事我也不好提的——"

杨太太张大了眼睛，代她发急道："你可以问他呀！"敦凤道："那你想，他怎么会不多心呢？"杨太太怔了一会，又道："你傻呀！钱从你手里过，你还不随时的积点下来？"敦凤道："也要积得下来呀！现在这时候不比往年，男人们一天到晚也谈的是米的价钱，煤的价钱，大家都有数的。米先生现在在公司里不过挂个名，等于告退了。家里开销，单只几个小孩子在内地，就可观了，说起来省着点也是应该的。可是家里用的都是老人，什么都还是老样。张妈下乡去一趟，花头就多了，说：'太太，太太，问你要几个钱，买两匹布带回去送人。'回来的时候又给我们带了鸡来，鸡蛋啰、荞麦面、黏团子。不能白拿她的——简直应酬不起！一来就扛着个脸，往人跟前一站，'太太，太太'的。米先生也是的——一来就说：'你去问太太去！'他也是好意，要把好人给我做，……"

杨太太觑眼望着敦凤，微笑听她重复着人家嘴里的"太太，太太，"心里想："活脱是个姨太太！"

杨老太太洗了澡开门出来，唤老妈子进去擦澡盆，同时又问："怎么闻见一股热呼呼的气味？不是在那儿熨衣裳罢？"不等老妈子回答，她便匆匆的走到穿堂里察看，果然楼梯口搭了个熨衣服的架子。老太太骂道："谁叫熨的？用过了头，剪了电，都是我一个人的事！难道我喜欢这样嘀嘀咕咕，嘀嘀咕咕——时世不同了啊！"

正在嚷闹，米先生来了。敦凤在房里，从大开的房门里看见米先生走上楼梯，心里一阵欢喜，假装着诧异的样子，道："咦？你怎么又来了？"米先生微笑道："我也是路过，想着来接你。"杨太太正从浴室里拿了绒线衫出来，手插在那绒线衫玫瑰红的袖子里，一甩一甩的，抽了敦凤两下，笑道："你瞧，你瞧，米先生有多好！多周到呀！雨淋淋的，还来接！"米先生拍了一拍他身上的大衣，笑道："现在雨倒是不下了。"杨太太道："再坐一会儿罢，难得来的。"米先生脱了大衣坐下，杨太太斜眼瞅着他，慢吞吞笑道："好吗？米先生？"米先生很谨慎地笑道："我还好，你好啊？"杨太太叹息一声，答了个"好"字，只有出的气没有入的气。

敦凤在旁边听着，心里嫌她装腔作势，又嫌米先生那过份小心的口吻，就像怕自己又多了心似的。她想道："老实同你说：她再什么些，也看不上你这老头子！她真的同你有意思吗？"然而她对于杨太太，一直到现在，背后提起来还是牙痒痒的，一半也是因为没有新的妒忌的对象——对于"老太婆"，倒不那么恨——现在，她和杨太太和米先生三个人坐在一间渐渐黑下去的房间里，她又翻尸倒骨把她那一点不成形的三角恋爱的回忆重温了一遍。她是胜利的。虽然算不得什么胜利，终究是胜利。她装得若无其事，端起了茶碗。在寒冷的亲戚人家，捧了冷的茶。她看见杯沿的胭脂渍，把茶杯转了一转，又有一个新月形的红迹子，她皱起了眉毛，她的高价的嘴唇膏是保证不落色的，一定是杨家的茶杯洗得不干净，也不知是谁喝过的。她再转过去，转到一块干净的地方，可是她始终并没有吃茶的意思。

杨老太太看见米先生来了，也防着杨太太要和他搭讪，发落了熨衣服的老妈子，连忙就赶进房来。杨太太也觉得了，露出不屑的笑容，把鼻子嗅了一嗅，随随便便地站起来笑道："我去让他们弄点心，"便往外走，大衣披着当斗篷，斗篷底下显得很玲珑的两只小腿，一绞一绞，花摇柳颤地出去了。老太太怕她又借着这因头买上许多点心，也跟了出去，叫道："买点烘山芋，这两天山芋上市。"敦凤忙道："舅母真的不要费事了，我们不饿。"老太太也不理会。

婆媳两个立在楼梯口，打发了佣人出去买山芋，却又暗暗抱怨起来。老太太道："敦凤这些地方向来是很留心的，吃人家两顿总像是不过意，还有时候带点点心来。现在她是不在乎这些了，以为我们也不在乎——"杨太太笑道："阔人就是这个派头！不小气，也就阔不了了。"

敦凤与米先生单独在房间里，不知为什么两人都有点窘。敦凤虽是沉着脸，觉得自己一双眼睛弯弯地在脸上笑。米先生笑道："怎么样？什么时候回去？"敦凤道："回去还没有饭吃呢——关照了阿妈，不在家吃饭。"说着，忍不住嘴边也露出了笑容，又道："你怎么这么快，赶去又赶来了？"

米先生没来得及回答，杨老太太婆媳已经回到房中，大家说着话，吃着烘山芋。剩下两个，杨老太太吩咐佣人把最小的一个女孩叫了来，给她趁热吃。小女孩一进来便说道："奶奶快看，天上有个虹。"杨老太太把玻璃门开了一扇，众人立在阳台上去看。敦凤两手筒在袖子里，一阵哆嗦，道："天晴了，更要冷了。现在不知有几度？"她走到炉子前面，炉台上的寒暑表，她做姑娘时候便熟悉的一件小摆设，是个绿玻璃的小塔，太阳光照在上面，反映到沙发套子上绿莹莹的一块光。真的出了太阳了。

敦凤伸手拿起寒暑表，忽然听见隔壁房子里的电话铃又响了起来："葛儿铃……铃！葛儿铃……铃！"她关心地听着。居然有人来接了——她心里倒是一宽。粗声大气的老妈子的喉咙，不耐烦的一声"喂？"切断了那边一次一次难以出口的求恳。然后一阵子哇啦哇啦，听不清楚了。敦凤站在那里，呆住了。回眼看到阳台上，看到米先生的背影，半秃的后脑勺与胖大的颈项连成一片，隔着个米先生，淡蓝的天上出现一段残虹，短而直，红、黄、紫、橙红。太阳照着阳台；水泥阑干上的日色，迟重的金色，又是一刹那，又是迟迟的。

米先生仰脸看着虹，想起他的妻快死了，他一生的大部份也跟着死了。他和她共同生活里的悲伤气恼，都不算了，不算了。米先生看着虹，对于这世界的爱不是爱而是痛惜。

敦凤自己穿上大衣，把米先生的一条围巾也给他送了出来，道："围上罢，冷了。"一面说，一面抱歉地向她舅母她表嫂带笑看了一看，仿佛是说："我还不都是为了钱？我照应他，也是为我自己打算——反正我们大家心里明白。"

米先生围上围巾，笑道："我们也应该走了罢，吃也吃了，喝也喝了。"

他们告辞出来，走到弄堂里，过街楼底下，干地上不知谁放在那里一只小风炉，唼嘟唼嘟冒白烟，像个活的东西，在那空荡荡的弄堂里，猛一看，几乎要当它是只狗，或是个小孩。

出了弄堂，街上行人稀少，如同大清早上。这一带都是淡黄的粉墙，因为潮湿的缘故，发了黑，沿街种着的小洋梧桐，一树的黄叶子，就像迎春花，正开得烂漫，一棵棵小黄树映着墨灰的墙，格外的鲜艳。叶子在树梢，眼看它招呀招的，一飞一个大弧线，抢在人前头，落地还飘得多远。

生在这世上，没有一样感情不是千疮百孔的，然而敦凤与米先生在回家的路上还是相爱着。踏着落花样的落叶一路行来，敦凤想着，经过邮局对面，不要忘了告诉他关于那鹦哥。

一九四五年一月

* 初载一九四五年二月《杂志》第十四卷第五期，收入《传奇》增订本。

创世纪

　　祖父不肯出来做官，就肯也未见得有得做。大小十来口子人，全靠祖母拿出钱来维持着，祖母万分不情愿，然而已是维持了这些年了。……潆珠家里的穷，是有背景，有根底的，提起来话长，就像是"奴有一段情呀，唱拨拉诸公听。"可是潆珠走在路上，她身上只是一点解释也没有的寒酸。

　　只是寒酸。她两手插在塌肩膀小袖子的黑大衣的口袋里，低头看着蓝布罩袍底下，太深的肉色线裤，尖口布鞋，左脚右脚，一探一探。从自己身上看到街上，冷得很。三轮车夫披着方格子绒毯，缩着颈子唏溜溜唏溜溜在行人道上乱转，像是忍着一泡尿。红棕色的洋梧桐，有两棵还有叶子，清晰异常的焦红小点，一点一点，整个的树显得玲珑轻巧起来。冬天的马路，干净之极的样子，淡黄灰的地，淡得发白，头上的天却是白中发黑，黑沉沉的，虽然不过下午两三点钟时分。一辆电车驶过，里面搭客挤得歪歪斜斜，三等车窗里却戳出来一大捆白杨花——花贩叫做白杨花的，一种银白的小绒唧嘟，远望着，像枯枝上的残雪。

　　今年雨雪特别地少。自从潆珠买了一件雨衣，就从来没有下过雨。潆珠是因为一直雨天没有雨衣，积年的深刻的苦恼的缘故，把雨衣雨帽列作第一样必需品，所以拿到工钱就买了一件，想着冬天有时候还可以当做大衣穿。她在一家药房里做事，一个同学介绍的。她姊妹几个都是在学校里读到初中就没往下念了，在家里闲着。姑妈答应替她找个事，因为程度太差，嚷嚷了好些时了，也没找着。现在她有了这个事，姑妈心里还有点不大快活。祖母是，就是姑妈给她介绍的事，也还不愿意，说她那样的人，能做什么事？外头人又坏，小姐理路又不清楚——少现世了！祖母当然是不赞成——根本潆珠活在世上她就不赞成。儿孙太多了。祖父也不一定赞成，可是倒夹在里面护着孙女儿，不为别的，就为了和祖母闹别扭，表示她虽然养活了他一辈子，他还是有他的独立的意见。

每天潆珠上工，总是溜出来的。明知祖母没有不知道的，不过是装聋作哑，因为没说穿，还是不能不鬼鬼祟祟。潆珠对于这个家庭的煊赫的过去，身分地位，种种禁忌，本来只有讨厌，可是真的从家里出来，走到路上的时候，觉得自己非常渺小，只是一个简单的穷女孩子，那时候却又另有一种难堪。她也知道顾体面，对亲戚朋友总是这样说："我做事那个地方是外国人开的，我帮他们翻译，练习练习英文也好，老待在家里，我那点英文全要忘了！他们还有个打字机，让我学着打字，我想着倒也还值得。"

来到集美药房，门口拉上了铁门，里面的玻璃门上贴着纸条："营业时间：上午九时至十一时，下午三时至六时。"主人是犹太人，夫妇两个，一顿午饭要从十一点吃到三点，也是因为现在做生意不靠门市。潆珠从玻璃铁条里望进去，药房里面的挂钟，正指着三点，主人还没来。她立在门口看钟，仿佛觉得背后有个人，跳下了脚踏车，把车子格喇喇推上人行道来，她当是店主，待要回头看，然而立刻觉得这人正在看她，而且已经看了她许久了。

仿佛是个子很高的。是的，刚才好像有这样的一个人骑着自行车和她一路走着的，她走得相当快，因为冷，而且心里发烦，可是再快也快不过自行车，当然他是有心，骑得特别地慢。刚才可惜没注意。她向横里走了两步，立在玻璃窗跟前。橱窗的玻璃，有点反光，看不见他的模样，也看不见她自己。人家看中了什么呢？她简直穿得不像样。她是长长的身子，胸脯窄窄地在中间坟起，鹅蛋脸，额角上油油的，黄黄的，腮上现出淡红的大半个圆圈，圆圈的心，却是雪白的。气色太好了，简直乡气。

她两手插在袋里，分明觉得背后有个人扶着自行车站在那里。实在冷，两人都是嘘气成云。如果是龙，也是两张画上的，纵然两幅画卷在一起，也还是两张画上的，各归各。

她一动也不动，向橱窗里望去，半晌，忽然发现，橱窗里彩纸络住的一张广告，是花柳圣药的广告，剪出一个女人，笑嘻嘻穿着游泳衣。冬天，不大洗澡，和自己的身体有点隔膜了，看到那淡红的大腿小腿，更觉得突兀。潆珠脸红起来，又往横里走了两步，立到药房门口，心里恨药房老板到现在还不来，害她站在冷风里，就像有心跟人兜搭似的，又没法子说明。她头发里发出热气，微微出汗，仿佛一根根头发都可以数得清。

主人骑了脚踏车来了，他太太坐了部黄包车。潆珠让在一边，他们开了锁，一同进去。这才向橱窗外面睃了一眼，那人已经不在了。老板弯腰锁脚踏车，老板娘给了她一个中国店家的电话号码，叫她打过去。药房里暗昏昏的，一样冷得搓手搓脚，却有一种清新可爱。方砖地，三个环着玻璃橱，瓶瓶罐罐，闪着微光，琥珀，湖绿。柜顶一色堆着药水棉花的白字深蓝纸盒。正中另有个小橱，放着化妆品，竖起小小的广告卡片，左一个右一个画了水滴滴的红嘴唇，蓝眼皮，翻飞的睫毛。玻璃橱前面立着个白漆长杆磅秤。是个童话的世界，而且是通过了科学的新式童话，"小雨点的故事"一类的。高高在上的挂钟，黑框子镶着大白脸，旧虽旧了，也不觉得老，"剔搭剔搭"，它记录的是清清白白干干净净的表面上的人生，没有一点人事上的纠纷。

潆珠拨着电话，四面看看，心里很快乐。和家里是太两样了！待她好一点的，还是这些不相干的人。还有刚才那个人——真的，看中了她哪一点呢？冬天的衣服穿得这样鼓鼓揣揣，累里累堆！

电话打不通。一个顾客进来了，买了两管牙膏。因为是个中国太太，老板娘并不上前招待。潆珠包扎了货物，又收钱，机器括喇一响，自己觉得真俐落。冷……她整个地冻得绷脆的，可是非常新鲜。

顾客立在磅秤上，磅了一磅，走出去了，迎面正有一个人进来。磅秤的计数尺还在那里"噶夺噶夺"上下摇动，潆珠的心也重重地跳着——就是这个人罢？高个子，穿着西装，可是说不上来什么地方有点不上等。圆脸，厚嘴唇，略有两粒麻子，戴着钢丝边的眼镜，暗赤的脸上，钢丝映成了灰白色。潆珠很失望，然而她确实知道，就是他。门口停着一辆脚踏车。刚才她是那样地感激他呀！到现在才知道，有多么感激。

他看看剃刀片，又看看老板娘，怔了一会，忽然叫了出来道："啊咦？认得的呀！你记得我吗？"再望望老板，又说："是的是的。"他大声说英文，虽然口音很坏，说得快，也就充过去了。老板娘也道："是的是的，是毛先生。看房子，我们碰见的——"他道："——你们刚到上海来的时候。是格林白格太太罢？好吗？"老板娘道："好的。"她是矮胖身材，短脸，干燥的黄红胭脂里，

175

短鼻子高高突起,她的一字式的小嘴是没有嘴唇,笑起来本就很勉强,而且她现在不大愿意提起逃难到上海的情形,因为夫妻两个弄到了葡萄牙的护照,不算犹太人了。那毛先生偏偏问道:"你们现在找到了房子在哪里?用不着住到虹口去?"格林白格太太又笑了一笑,含糊答道:"是的是的。"一面露出不安的神色,拿眼看她丈夫。格林白格先生是个不声不响黑眉乌眼的小男子,满脸青胡子渣,像美国电影里的恶棍。他却是满不在乎的样子,拿了一份报纸,坐在磅秤前面的一张藤椅子上去。磅秤的计数尺还在那儿一上一下轻轻震荡,格林白格先生顺手就把它扳平了。

格林白格太太搭讪着拿了一盒剃刀片出来给毛先生看,毛耀球买了一盒,又问拜耳健身素现在是什么价钱,道:"我有个朋友,卖了两瓶给我,还有几瓶要出松,叫我打听打听市价。"格林白格太太转问格林白格先生,毛耀球又道:"你们是新搬到的么?这地方,很好的地方。"格林白格太太道:"是的,地段还好。"毛耀球道:"我每天都要经过这里的。"他四下里看看,眼光带到潆珠身上,这还是第一次。他笑道:"真清静,你们这里。明天我来替你们工作。"格林白格太太也笑了起来道:"有这样的事么?你自己开着很大的铺子。——不是么?你们那儿卖的是各种的灯同灯泡,唵?生意非常好,唵?"毛耀球笑道:"马马虎虎。现在这时候,靠着一爿店是不行的了。我还亏得一个人还活动,时常外面跑跑。最近我也有好久没出来了,生了一场病。医生叫我每天磅一磅。"

他走到磅秤前面,干练地说一声"对不起,"格林白格先生只得挪开他的藤椅。毛耀球立在磅秤上,高而直的背影,显得像个无依无靠的孩子,脑后的一撮头发微微翘起。一只手放在秤杆上,戴着极大的皮手套,手套很新,光洁的黄色,熊掌似的,使人想起童话里的大兽。他说:"怎么的?你们这种老式的磅秤……"他又看了潆珠一眼,格林白格太太便向潆珠道:"你去帮他磅一磅。"潆珠摆着满脸的不愿意,走了过来,把滑钮给他移到均衡的地方,毛耀球道:"谢谢!"很快地踏到地上,拿了一包剃刀就要走了。潆珠疑心他根本就没看清楚是几磅。格林白格太太敷衍地问道:"多少?"他道:"一百三十五。"他走了之后,又过了些时候,潆珠乘人不留心,再去看了一看,果真是一百三十五磅。她又有点失望。

然而以后他天天来了,总是走过就进来磅一磅。看着他这样虎头虎脑的男子汉,这样地关心自己的健康,潆珠忍不住要笑。每次都要她帮着他磅,她带着笑,有点嫌烦地教他怎样磅法,说:"喏!这样。"他答应着:"唔,唔,"只看着她的脸,始终没学会。

有一天他问了:"贵姓?"潆珠道:"我姓匡。"毛耀球道:"匡小姐,真是不过意,一次一次麻烦你。"潆珠摇摇头笑道:"这有什么呢?"耀球道:"不,真的——你这样忙!"潆珠道:"也还好。"耀球道:"你们是几点打烊?"潆珠道:"六点。"耀球道:"太晚了。礼拜天我请你看电影好么?"潆珠淡漠地摇摇头,笑了一笑。他站在她跟前,就像他这个人是透明的,她笔直地看通了他,一望无际,几千里地没有人烟——她眼睛里有这样的一种荒漠的神气。

老板娘从配药的小房间里出来了,看见他们两个人隔着一个玻璃柜,都是抱着胳膊,肘弯压着玻璃,低头细看里面的摆设,潆珠冷得踢踢踢踢跳脚。毛耀球道:"有好一点的化妆品么?"老板娘道:"这边这边。"耀球挑了一盒子胭脂,一盒粉。老板娘笑道:"送你的女朋友?"耀球正色道:"不是的。每天我给匡小姐许多麻烦,实在对不起得很,我想送她一点东西,真正一点小意思。"潆珠忙道:"不,不,真的不要。"格林白格太太笑着说他太客气了,却狠狠地算了他三倍的价钱。潆珠用的是一种劣质的口红,油腻的深红色——她现在每天都把嘴唇搽得很红了——他只注意到她不缺少口红这一点,因此给她另外买了别的。潆珠再三推却,追到门口去,一定要还给他,在大门外面,西北风里站着,她和他大声理论,道:"没有这样的道理!你不拿回去我要生气了!这样客气算什么呢?"耀球也是能言善辩的,他说:"匡小姐,你这样我真难为情了!送这么一点点东西,在我,已经是很难为情的了,你叫我怎么好意思收回来?而且我带回去又没有什么用处,买已经买了,难道退给格林白格太太?"潆珠只是翻来覆去说:"真的我要生气了!"耀球听着,这句话的口气已经是近于撒娇,他倒高兴起来,末了他还是顺从了她拿了回去了。

有一趟,他到他们药房里来,潆珠在大衣袋里寻找一张旧的发票,把市民证也掏了出来,立刻被耀球抢了去,拿在手中观看。潆珠连忙去夺,他只来得及看到一张派司照,还有"年龄:十九岁"。潆珠道:"像个鬼,这张照片!"耀球笑笑,道:"是拍得不大好。"他倚在柜台上,闲闲地道:"匡小姐,几时我同几个朋友到公园里去拍照,你可高兴去?"潆珠道:"这么冷的天,谁到公园里去?"耀球道:"是的,不然家里也可以拍,我房间里光线倒是很好的,不过同匡小姐不大熟,第一次请客就请在家里,好像太随便。我对匡小姐,实在是非常尊重的。现在外面像匡小姐这样的人,实在很少……"潆珠低着头,手执着市民证,玻璃纸壳子里本来塞着几张钱票子,她很小心地把手伸进去,把稀绉的钞票摊平了,移到上角,盖没她那张派司照。耀球望了她半晌,道:"你这个姿势真好——真的,几时同你拍照去!"潆珠却也不愿意他想她拍不起好一点的照片。她笑道:"我是不上照的。过一天我带来给你看，我家里有一张照，一排站着几个人，就我拍得顶坏！"他还没看见她打扮过呢！打扮得好看的时候，她的确很好看的。这个人，她总觉得她的终身不见得与他有关，可是她要他知道，失去她，是多大的损失。

耀球道："好的，一定要给我看的呵！一定要记得带来的呵！"她却又多方留难，笑道："贴在照相簿上呢！掮着多大的照相簿出来，家里人看着，滑稽哦？"耀球道："偷偷的撕下来好了。"他再三叮嘱，对这张照片表示最大的兴趣，仿佛眼前这个人倒还是次要。潆珠也感到一种小孩的兴奋，第二天，当真把照片偷了出来。他拿在手里，郑重地看着，照里的她，定睛含笑，簪着绢花，顶着缎结。他向袋里一揣，笑道："送给我了！"潆珠又急了，道："怎么可以？又不是我一个人的照片！真的不行呀！真的你还我！"

争执着，不肯放松，又追他追到大门外。门前过去一辆包车，靠背上插了一把红绿鸡毛帚，冷风里飘摇着，过去了。隆冬的下午，因为这世界太黯淡了，一点点颜色就显得赤裸裸的，分外鲜艳。来来往往的男女老少，有许多都穿了蓝布罩袍，明亮耀眼的，寒碜碜粉扑扑的蓝色。楼头的水管子上，滴水成冰，挂下来像钉耙。一个乡下人挑了担子，光着头，一手搭在扁担上，一手缩在棉袄袖里，两袖弯弯的，两个长筒，使人想到石挥演的《雷雨》里的鲁贵——潆珠她因为有个老同学在戏院里做事，所以有机会看到很多的话剧——那乡下人小步小步跑着，东张西望，满面笑容，自己觉得非常机警似的，穿过了马路。给他看着，上海城变得新奇可笑起来，接连几辆脚踏车，骑车的都呵着腰，缩着颈子，憋着口气在风中钻过，冷天的人都有点滑稽。道上走着的，一个个也弯腰曲背，上身伸出老远，只有潆珠，她觉得她自己是屹然站着，有一种凛凛的美。她靠在电线杆上,风吹着她长长的鬈发,吹得它更长,更长,她脸上有一层粉红的绒光。爱是热,被爱是光。

耀球说:"匡小姐,你也太这个了!朋友之间送个照片算什么呢?——我希望你是拿我当个朋友看待的——朋友之间,送个照片做纪念,也是很普通的事。"潆珠笑道:"做纪念——又不是从此不见面了!"耀球忙道:"是的,我们不过是才开头,可是对于我,每一个阶段都是值得纪念的。"潆珠掉过头去,笑道:"你真会说,我也不跟你辩,你好好的把照片还我。"她偏过身子,手在电线杆上抹来抹去,她能够觉得绒线手套指头上破了的地方,然而她现在不感到羞耻了。她喜欢这寒天,一阵阵的西北风吹过来,使她觉得她自己的坚强洁净,像个极大极大、站在高处的石像。耀球又道:"匡小姐,我有许多话要跟你说,关于我自己的事,我有许多要告诉你,如果你是这样的态度,实在叫我很难……很难开口……"

潆珠忽然有点怜惜的意思,也不一定是对于他,是对于这件事的怜惜。才开头……也不见得有结果的。她就是爱他,这事也难得很。何况她并不。才开头的一件事,没有多少希望,柔嫩可怜的一点温情,她不舍得斩断它。她舍不得,舍不得呀!呵,为什么一个女人一辈子只能有一次?如果可以嫁了再嫁,没什么关系的话,像现在,这人,她并不讨厌的,他需要她,她可以觉得他怀中的等待,那温暖的空虚,她恨不得把她的身子去填满它——她真的恨不得。

有个顾客推门走进药房去了。潆珠急促地往里张了一张,向耀球道:"我要进去了,你先把照片给我。送你,也得签个名呀!"耀球钉准一句道:"签了名给我,不能骗人的!"潆珠笑道:"不骗你。可是你现在不要跟进来了，老板娘看着，我实在……"耀球道："那么，你回去的时候，我在外面等你。"潆珠只是笑，说："快点快点，给我！"照片拿到手，她飞跑进去了。

当天的傍晚，他在药房附近和她碰头，问她索取照片，她说："下次罢，这一张，真的有点不方便，不是我一个人的。"他和她讲理，不生效力，也就放弃了，只说："那么送你回去。"潆珠想着，一连给他碰了几个钉子，也不要绝人太甚了，送就让他送罢。一路走着，耀球便道："匡小姐，我这人说话就是直，希望你不见怪。我对于匡小姐实在是非常羡慕。我很知道我是配不上你的：我家里哥哥弟弟都读到大学毕业，只有我没这个耐心，中学读了一半就出来做事，全靠着一点聪明，东闯西闯。我父亲做的是水电材料的生意，我是喜欢独立的，我现在的一爿店，全是我自己经营的。匡小姐，你同我认识久了，会知道我这人，别的没什么，还靠得住。女朋友我有很多，什么样人都有，就没有见过匡小姐你这样的人。我知道你一定要说，我们现在还谈不到这个。我不过要你考虑考虑。你要我等多少时候我也等着，当然我希望能够快一点。你怎么不说话？"潆珠望望他，微微一笑。耀球便去挽她的手臂，凑下头去，低低地笑道："都让我一个人说尽了？"潆珠躲过一边道："我在这儿担心，这路上常常碰到熟人。"耀球道："不会的，"又去挽她。潆珠道："真的，让我家里人知道了不得了的。你不能想像我家里的情形有多复杂……"耀球略略沉默了一会，道："当然，现在这世界，交朋友的确是应当小心一点，可是如果知道是可靠的人，那做做朋友也没有什么关系的，是不是？"

天已经黑了，街灯还没点上，不知为什么，马路上有一种奇异的黄沙似的明净，行人的面目见得非常清晰。虽然怕人看见，潆珠还是让他勾了她的手臂并肩走。迎着风，呼不过气来，她把她空着的那只手伸到近他那边的大衣袋里去掏手帕擤鼻子，他看见她的棕色手套，破洞里露出指头尖，樱桃似的一颗红的，便道："冷吗？这样好不好，你把你的手放在我的大衣袋里。我的口袋比你的大。"她把手放在他的大衣袋里，果然很暖和，也很妥贴。他平常拿钱，她看他总是从里面的袋里掏的，可是他大衣袋里也有点零碎钱钞，想必是单票子和五元票，稀软的，肮脏的，但这使她感到一种家常的亲热，对他反而觉得安心了。

从那天之后，姊妹们在家闲谈，她就有时候提起，有这样的一个人。"真讨厌，"她攒眉说，"天天到店里来。老板是不说话——不过他向来不说什么的，鬼鬼祟祟，阴死了！老板娘现在总是一脸的坏笑，背后提起来总说'你那个男朋友'——想得起来的！本来是他们自己的来头，不然怎么会让他沾上了！"二妹潆芬好奇地问："看上去有多大呢？"潆珠道："他自己说是二十六。……好像是。——谁记得他那些？"第三个妹子潆华便道："下回我们接你去，他不是天天送你回来么？倒要看看他什么样子。"潆芬笑道："这人倒有趣得很！"潆华道："简直发痴！"潆珠道："真是的，哪个要他送？说来说去，嘴都说破了，就是回不掉他。路上走着，认得的人看见了，还让人说死了！为他受气，才犯不着呢！——知道他靠得住靠不住？不见得我跑去调查！什么他父亲的生意做得多大，他自己怎么能干，除了他那爿店，还有别的东西经手，前天给人家介绍顶一幢房子，就赚了十五万。"潆芬不由得取笑道："真的喏，我们家就少这样一个能干人！"潆珠顿时板起脸来，旋过身去，道："不同你们说了！你们也一样的发痴！"潆芬忙道："不了，不了！"潆珠道："你们可不许对人说，就连妈，知道了也不好办，回头说：都是做事做出来的！再让他把我这份事给弄丢了，可就太冤枉！……这人据他自己说，连中学也没毕业呢，只怕还不如我。当然现在这时候，多少大学毕业生都还没有饭吃呢，要找不到事还是找不到事，全看自己能耐，顶要紧的是有冲头——可是到底，好像……"

自从潆珠有了职业，手边有一点钱，隔一向总要买些花生米之类请请弟妹们，现在她们之间有了这秘密，她又喜欢对她们诉说，又怕她们泄漏出去，更要常常的买了吃的回来。这一天，她又带了一尊蛋糕回来，脱下大衣来裹住了纸匣子，悄悄地搬到三楼，和妹妹们说："你看真要命，叫他少到店里来，他今天索性送了个蛋糕来，大请客。格林白格太太吃了倒是说好，原来他费了一番心，打听他们总是哪家买点心的，特为去定的。后来又捧了个同样的蛋糕在门口等着我，叫我拿回来请家里的弟弟妹妹，说：'不然就欠周到了。'我想想，要是一定不要，在街上拉呀扯的，太不像样，那人的脾气又是这样的，简直不让人说不，把蛋糕都要跌坏了！"切开了蛋糕，大家分了，潆华嘴里吃着人家的东西，眼看着姐姐烦恼的面容，还是忍不住要说："其实你下回就给他个下不来台，省得他老是黏缠个不完！"潆珠道："我不是没有试过呀！你真跟他发脾气，他到底没有什么不规则的地方，反而显得你小气，不开通。你跟他心平气和的解释罢，左说右说，他的话来得个多，哪里说得过他？"

蛋糕里夹着一层层红的果酱，冷而甜。她背过身去面向窗外拿着一块慢慢吃着，心里静了下来，又有一种悲哀。几时和他决裂这问题，她何尝不是时时刻刻想到的。现在马上一刀两断，还可以说是不关痛痒，可就是心里久久存着很大的惆怅。没有名目的。

等等罢。这才开头的,索性等它长大了,那时候杀了它也是英雄的事,就算为家庭牺牲罢,也有个名目。现在么,委曲也是白委曲了。

旧历年,他又送礼。送女朋友东西,仿佛是耶诞节或是阳历年比较适当,可是他们认识的时候已经在阳历年之后了。潆珠把那一盒细麻纱手绢,一盒丝袜,一盒糖,全都退了回去。她向格林白格太太打听了毛耀球的住址,亲自送去的。他就住在耀球商行后面的一个衖堂里。她猜着他午饭后不会在家的,特地拣那个时候送去。在楼底下问毛先生,楼底下说他住在二楼,他大约是三房客。她上楼去,一个老妈子告诉她毛先生出去了,请她进去坐,她说不必了,可是也想看看他的生活情形,就进去了。似乎是全宅最讲究的一间房,虽然相当大,还是显得挤,整套的深咖啡木器,大床大柜梳妆台,男性化的只是那随便,棕绿毛绒沙发椅上也没罩椅套,满是泥痕水渍。潆珠也没好意思多看,把带来的礼物放在正中的圆台上,注意到台面的玻璃碎了个大裂子,底下压了几张明星照片。她问老妈子:"毛先生现在不在前面店里罢?"老妈子道:"不会在店里的,店一直要关到年初五呢。"潆珠考虑着,新年里到人家家里来,虽然小姐们用不着丢钱,近来上海的风气也改了,小姐家也有给赏钱的了,可是这老妈子倒不甚计较的样子,一路送她下去,还说:"小姐有空来玩,毛先生家里人不住在一起,他喜欢一个人住在外面,亏得朋友多,不然也冷静得很。"潆珠走到马路上,看看那爿店,上着黄漆的排门,二层楼一溜白漆玻璃窗,看着像乳青,大红方格子的窗棂,在冬天午后微弱的太阳里,新得可爱。她心里又踏实了许多。

耀球第二天又把礼物带了来,逼着她收下,她又给他送了回去。末了还是拿了他的。现在她在她母亲前也吐露了心事。她父亲排行第十,他们家乡的规矩,"十少爷"嫌不好听,照例称作"全少爷",少奶奶就是"全少奶奶"。全少奶奶年纪还不到四十,因为忧愁劳苦,看上去像个淡白眼睛的小母鸡。听了她的话,十分担忧,又愁这人来路不正,又愁门第相差太远,老太爷老太太跟前通不过去,又愁这样的机会错过了将来要懊悔,没奈何,只得逐日查三问四,眼睁睁望着漎珠。妹妹们也帮着向同学群中打听,发现有个朋友的哥哥从前在大沪中学和毛耀球同过学,知道他父亲的确是开着个水电材料店,有几家分店,他自己也很能干。有了这身分证,大家都放了心。漎珠见她母亲竟是千肯万肯的样子,反而暗暗地惊吓起来,仿佛她自己钻进了自己的圈套,赖不掉了。

她和毛耀球一同出去了一次,星期日,看了一场电影之后,她不肯在外面吃晚饭,恐怕回来晚了祖母要问起。他等不及下个礼拜天,又约她明天下了班在附近喝咖啡。明天是祖母的生日。她告诉他:"家里有事,"磨缠了半天,但还是答应了他。对别人,她总是把一切都推在毛耀球惊人的意志力与口才上:"你不知道他的话有那么多!对他说'不'简直是白说吗!逼得我没法子!"

讲好了他到药房里来接她,可是那天下午,药房里来了个女人,向格林白格太太说:"对不起,有个毛耀球,请问你,他可是常常到这儿来?我到处寻他呀!我说我要把他的事到处讲,嗳——要他的朋友们评评这个理!"格林白格太太瞪眼望着她,转问漎珠:"什么?她要什么?"漎珠站在格林白格太太身后,小声道:"不晓得是个什么人。"那女人明知格林白格太太不懂话,只管滔滔不绝说下去道:"你这位太太,你同他认识的,我要你们知道知道毛家里他这个人!不是我今天神经病似的凭空冲得来讲人家坏话,实在是，事到如今——"她从线呢手笼里抽出手帕，匆匆抖了一抖。仓促间却把手笼凑到鼻尖揩了一揩，背着亮，也看不清她可是哭了。她道："我跟他也是舞场里认识的，要正式结婚，他父亲是不答应的，那么说好了先租了房子同居，家里有他母亲代他瞒着。就住在他那个店的后面，已经有两年了。慢慢的就变了心，不拿钱回家来，天天同我吵，后来逼得我没法子说：'走开就走开！'我一赌气搬了出来，可是，只要有点办法，我还是不情愿回到舞场里去的呀！拖了两个月，实在弄不落了，看样子不能不出来了，难我忽然发现肚里有小囝了。同他有了孩子，这事体又两样。所以我还是要找他——找他又见不到他——"她那粗哑的喉咙，很容易失去了控制，显得像个下等人，越说越高声，突然一下子哽住了，她抬起手笼挡着脸，把头左右摇着，面颊挨在手背上擦擦干。一张凹脸，鬈发梳得高高的，小扇子似的展开在脸的四周，更显得脸大。她背亮站着，潆珠只看见她矮小的黑影，穿着大衣，抗着肩膀，两鬓的鬈发里稀稀漏出一丝丝的天光。潆珠的第一个感觉是惶恐，只想把身子去遮住她，不让人看见，护住她，护住毛耀球。人家现在更有得说了！母亲第一个要骂出来："这样的一个人怎么行？"征求大家的意见，再热心的旁边人也要说："我看不大好！"

这时候，格林白格先生也放下报纸走过来了，夫妻两个皱眉交换了几句德国话，格林白格太太很严重地问潆珠："她找谁？怎么找到这儿来了？"潆珠嗫嚅道："她找那个毛先生。"那女人突然转过来向着潆珠，大声道："这位小姐，你代我讲给外国人听。几时看见他，替我带个话——不是我现在还希罕他，实在是，我同他已经到了这个地步了，也叫没有办法了，不然的话，这种人我理也不要理他，没良心的！真也不懂为什么，有的女人还会上他的当！已经有一次了，我搬出来没两天，他弄了个女朋友在房间里，我就去捉奸。就算是没资格跟他打官司，闹总有资格闹的！不过现在我也不要跟他闹了，为了肚里的孩子，我不能再跟他闹了——女人就是这点苦呀！"

格林白格太太道："这可不行，到人家这儿来哭哭啼啼的算什么？你叫她走！"潆珠只得说道："你现在还是走罢，外国人不答应了！"那女人道："我是本来要走了——大家讲起来都是认识的，客客气气的好……话一定要给我带到的，不然我还要来。"她还在擦眼泪，格林白格太太把手放在她肩膀上一阵推，一半用强，一半劝导着，说："好了，好了，现在你去，噢，你去罢，噢！"格林白格先生为那女人开了门，让她出去。

格林白格太太问潆珠道："她是毛先生的妻么？"潆珠道："不。"他们夫妻俩又说了几句德国话，格林白格太太便沉下脸来向潆珠道："这太过分了，弄个人来哭哭啼啼的！我也不知道你们是怎么一回事！"潆珠要辩白也插不进嘴去，她哗栗剥落说下去道："——跟一个顾客随便说话是可以的，让他买点东西送给你也是可以的，偶尔跟他出去一两趟，在我们看来也是很平常，不过我不知道你们，也许你们当桩事，尤其你家里是很旧式的，讲起来这毛先生是从我们这儿认识的，我们不能负这个责任！"潆珠红着脸道："我也没跟他出去过——"格林白格太太道："那很好。今天晚上他要送你回去？"潆珠道："他总在外面等着的……"格林白格太太道："你打个电话给他，就告诉他这回事，告诉他你认为是很大的侮辱，不愿意再看见他。"

潆珠这时候彻底地觉得，一切的错都在自己这一边，一切的理都在人家那边。她非常服从地拿起电话。没有表轨声。她揿了掀，听听还是没有一点声音。抬头看到里面的一个配药的小房间，太阳光射进来，阳光里飞着淡蓝的灰尘，如同尘梦，便在当时，已是恍惚得很。朱漆橱上的药瓶，玻璃盅，玫瑰漏斗，小天平秤，看在眼里都像有一层雾。……电话筒里还是沉寂。

不知为什么，和他来往，时时刻刻都像是离别。总觉得不长久，就要分手了。她小时候有一张留声机片子，时常接连听个七八遍的，是古琴独奏的《阳关三叠》绷呀绷的，小小的一个调子，再三重复，却是牵肠挂肚。……药房里的一把藤椅子，拖过一边，倚着肥皂箱，藤椅的扶手，太阳把它的影子照到木箱上，弯弯的藤条的影子，像三个穿门，重重叠叠望进去，倒像是过关。旁边另有些枝枝直竖的影子，像栅栏，虽然看不见杨柳，在那淡淡的日光里，也可以想像，边城的风景，有两棵枯了半边的大柳树，再过去连这点青苍也没有了。走两步又回来，一步一回头，世上能有几个亲人呢？而这是中国人的离别，肝肠寸断的时候也还敬酒饯行，作揖万福，尊一声"大哥"，"大姐"，像是淡淡的……潆珠那张《阳关三叠》的唱片，被她拨弄留声机，磕坏了，她小时候非常顽劣，可是为了这件事倒是一直很难受。唱片唱到一个地方，调子之外就有格蹬格蹬的嘎声，直叩到人心上的一种痛楚。后来在古装电影的配音里常常听到《阳关三叠》，没有那格蹬格蹬，反而觉得少了一些什么。潆珠原不是多愁善感的人，只因她是第一个孩子，一出世的时候很娇贵，底下的几个又都是妹妹，没一个能夺宠的，所以她到七八岁为止，是被惯坏了的。人们尊重她的感情与脾气，她也就有感情，有脾气。一等到有了弟弟，家里谁都不拿她当个东西了，由她自生自灭，她也就没那么许多花头了，呆呆地长大，长到这么大了，高个子，腮上红喷喷，简直有点蠢。

家里对她，是没有恩情可言的，外面的男子的一点恩情，又叫人承受不起。不能承受。断了的好。可是，世上能有几个亲人呢？

她把电话放回原处，隔了一会，再拿起来，刚才手握的地方与嘴里呼吸喷到的地方已经凝着气汗水，天还是这样冷。耳机里面还是死寂。

格林白格太太问道："打不通？"她点点头，微笑道："现在的电话就是这样！"格林白格太太道："这样罢，本来有两瓶东西我要你送到一个地方去的，你晚一点五点钟去，就不必回来了。等他来接你，我会同他说话的。"潆珠送货，地方虽不甚远，她是走去走来的，到家已经六点多了。从后门进去，经过厨房，她母亲在那里烧菜，忙得披头散发的。潆珠道："怎么没个人帮忙？"全少奶奶举起她那苍白笔直的小喉咙，她那喉咙，再提高些也是叽叽喳喳，鬼鬼祟祟。她道："新来的拿跷，走了！你这两天不大在家，你不知道——听了衖堂里人的话，说人家过年拿了多少万的赏钱头钱，这就财迷心窍，嫌我们这儿太苦啰，又说一天到晚扫不完的猫屎——那倒也是的，本来老太爷那些猫，也是的！可是单拣今天走，知道老太太过寿，有意的讹人！今天的菜还是我去买的，赤手空拳要我一个人做出一桌酒席来，又要好看，又要吃得，又还要够吃……你给我背后围裙系一系，散了下来半天了，我也腾不出手来。"潆珠替她母亲系围裙，厨房里乌黑的，只有白泥灶里红红的火光，黑黑的一只水壶，烧着水，咕噜咕噜像猫念经。

潆珠上楼，楼上起坐间的门半开着，听见里面叫王妈把蛋糕拿来，月亭少奶奶要走了，吃了蛋糕再走。随即看见王妈捧了蛋糕进去。潆珠走到楼梯口，踌躇了一会。刚赶着这个时候进去，显得没眼色，不见得有吃的分到她头上。想想还是先到三层楼上去，把蓝布罩衫脱了再进去拜寿。

她没进去，一只白猫却悄悄进去了。昏暗的大房里，隐隐走动着雪白的狮子猫，坐着身穿织锦缎的客人，仿佛还有点富家的气象。然而匡老太太今年这个生日，实在过得勉强得很。本来预备把这笔款子省下来，请请自己，出去吃顿点心，也还值得些，这一辈子还能过几个生日呢？然而老太爷的生日，也在正月底，比她早不了几天。他和她又是一样想法。他就是不做生日，省下的钱他也是看不见的，因为根本，家里全是用老太太的钱——匡家本来就没有多少钱，所有的一点又在老太爷手里败光了。老太太是有名的戚文靖公的女儿，带来丰厚的妆奁，一直赔贴到现在，也差不多了——老太爷过生日，招待了客人，老太太过生日，也不好意思不招待，可是老太太心里怨着，面上神色也不对。她以为她这是敷衍人，一班小辈买了礼物来磕头，却也是敷衍她，不然谁希罕吃他们家那点面与蛋糕，十五六个人一桌的酒席？见她还是满面不乐，都觉得捧场捧得太冤了，坐不住，陆续辞去。剩下的只有侄孙月亭和月亭少奶奶，还有自己家里姑奶奶，姑奶奶的两个孩子，还有个寡妇沈太太，远房亲戚，做看护的，现在又被姑奶奶收入她的麾下，在姑奶奶家帮闲看孩子。匡老太太许多儿女之中，在上海的惟有这姑奶奶和最小的儿子全少爷。

老太太切开蛋糕，分与众人，另外放开一份子，说："这个留给姑奶奶。"姑奶奶到浴室里去了。老太太又叫："老王，茶要对了。"老妈子在门外狠声恶气杵头杵脑答道："水还没开呢！"老太太仿佛觉得有人咳嗽直咳到她脸上来似的，皱一皱眉，偏过脸去向着窗外。

老太太是细长身材，穿黑，脸上起了老人的棕色寿斑，眉睫乌浓，苦恼地微笑着的时候，眉毛睫毛一丝丝很长地仿佛垂到眼睛里去。从前她是个美女，但是她的美没有给她闯祸，也没给她造福，空自美了许多年。现在，就像赍志以殁，阴魂不散，留下来的还有一种灵异。平常的妇人到了这年纪，除了匡老太太之外总没有别的名字了，匡老太太却有个名字叫紫微。她辈份大，一直从前，有资格叫她名字的人就很少，现在当然一个个都去世了，可是她的名字是紫微。

月亭少奶奶临走丢下的红封，紫微拿过来检点了一下，随即向抽屉里一塞。匡老太爷匡霆谷问了声："多少？"紫微道："五百。"霆谷道："还是月亭少奶奶手笔顶大。"紫微向沈太太皱眉笑道："今年过年，人家普通都给二百，她也是给的五百。她尽管阔气不要紧，我们全少奶奶去回拜，少了也拿不出手啰！照规矩，长一辈的还要加倍啰！"沈太太轻轻地笑道："其实您这样好了：您把五百块钱收起一半，家里佣人也不晓得的；就把这个钱贴在里头给他家的佣人，不是一样的？"一语未完，他家的老妈子凶神似地走了进来，手执一把黑壳大水壶，离得远远地把水浇过来，注入各人的玻璃杯里。沈太太虽能干，也吓噤住了。

紫微喝了口茶，和沈太太搭讪着说："月亭他们那儿的莲子茶，出名的烧得好。"沈太太道："少奶奶这样一个时髦人，还有耐性剥莲子么？"紫微摇头道："少奶奶哪会弄这个——"全少爷岔上来便道："再好些我也不吃他们的。我年年出去拜年，从来不吃人家的莲子茶，脏死了——客人杯子里剩下来的再倒回去，再有客人来了，热一热再拿出来，家家都是这样的！"他耸着肩膀，把手伸到根根直竖的长头发里一阵搔，鼻子里也痒，他把鼻子尖歪了一歪，抽了口气。紫微向沈太太道："他就是这样怪脾气。"沈太太笑道："全少爷是有洁癖的。"全少爷道："我就是这点疙瘩。人家请我吃饭，我总要到他们厨房里去看看，不然不放心。所以有许多应酬都不大去了。"全少爷名叫匡仰彝，纪念他的外祖父戚文靖公戚宝彝。他是高而瘦，飘飘摇摇，戴一副茶晶眼镜。很气派的一张长脸，只是从鼻子到嘴一路大下来，大得不可收拾，只看见两肩荷一口。有一个时期他曾经投稿到小报上，把洪杨时代的一本笔记每天抄一段，署名"发立山人"。

仰彝和他父亲匡霆谷一辈子是冤家对头。仰彝恨他父亲用了他母亲的钱，父亲又疑心母亲背地里给儿子钱花。匡霆谷矮矮的，生有反骨，脑后见腮，两眼上插，虽然头已经秃了，还是一脸的孩子气的反抗，始终是个顽童身分。到得后来，人生的不如意层出不穷，他的顽劣也变成沉痛的了。他一手抄在大襟里，来回走着，向沈太太道："我这个莲子茶今年就没吃好！"言下有一种郑重精致的惋惜。沈太太道："今年姑奶奶那儿是姑奶奶自己亲自煮的，试着，没用碱水泡。"霆谷问道："煮得还好么？"沈太太道："姑奶奶说太烂了。"霆谷道："越烂越好，最要紧的就是把糖的味道给煮进去。……我今年这个莲子茶就没吃好！"他伸出一只手虬曲作势，向沈太太道："岂但莲子茶呀，说起来你都不相信——今年我们等到两点钟才吃到中饭，还是温吞的！到现在还没个热手巾把子！这家里简直不能登了！……还有晚上没电灯这个别扭！"紫微道："劝你早点睡，就是不肯！点着这么贵的油灯，蜡烛，又还不亮，有什么要紧事，非要熬到深更半夜的？"霆谷道："有什么要紧事，一大早要起来？"

紫微不接口了，自言自语道："今天这顿晚饭还得早早的吃，十点钟就没有电了。还得催催全少奶奶。"沈太太道："这一向还是全嫂做菜么？"紫微又把烧饭的新近走了那回事告诉了她。沈太太道："还亏得有全嫂。"紫微道："所以呀，现在就她是我们这儿的一等大能人嗳！——真有那么能干倒又好了！我有时候说说她，你没看见那脸上有多难看！"沈太太连忙岔开道："您这儿平常开饭，一天要多少钱？"紫微道："六百块一天。"霆谷道："简直什么菜都没有。"沈太太道："那也是！人有这么多呢。"紫微道："现在这东西简直贵得……"她蹙紧眉头微笑着，无可奈何地望着人，眼角朝下拖着，对于这一切非常愿意相信而不能够相信。沈太太道："可不是！"紫微道："这样下去怎么得了呵！就这样子苦过，也不知道能够维持到几时！"仰彝驼着背坐着，深深缩在长袍里，道："我倒不怕。真散伙了，我到城隍庙去摆个测字摊，我一个人总好办。"他这话说了不止一回了，紫微听了发烦，责备道："你法子多得很呢！现在倒不想两个出来！"仰彝冷冷地笑道："本来这是没办法中的办法呀。真要到那个时候，我两个大点的女儿，叫她们去做舞女，那还不容易！"紫微道："说笑话也没个分寸的！"

门一开，又来了客，年老的侄孙湘亭，湘亭大奶奶，带着女儿小毛小姐。湘亭夫妇都是近六十的人了，一路从家里走了来，又接着上楼梯，已经见得疲乏，爬下磕头，与老太太拜寿，老太爷道喜，紫微霆谷对于这一节又是非常认真的，夫妻俩断不肯站在一起，省掉人家一个头，一定要人家磕足两个。这仿佛是他们对于这世界的一种报复。行过礼，大家重新入座，紫微见湘亭喘息微微，便问："你们是走来的么？外头可冷？"湘亭笑道："走着还好，坐在黄包车上还要冷呢。"湘亭大奶奶也笑道："还好，路不很远。小毛每天去教书，给人家补课，要走许多路呢，几家子跑下来，一天的工夫都去了。现在又没有无轨电车了。坐黄包车罢，那真是……只够坐车子了！"紫微道："真是的，现在做事也难嗳！我们家那些，在内地做事的，能够顾他们自己已经算好的了！三房里一个大的成亲，不还是我拿出钱来的么？……不够嗳！在外头做事是难！"沈太太道："女人尤其难。一来就要给人吃豆腐。"

霆谷照例要问湘亭一句："有什么新闻吗？"随后又告诉他："听说已经在××打了？我看是快了！"在家里他虽然火气很大，论到世界大局，他却是事理通达，心地和平的。

仰彝见他父亲背过脸去和湘亭说话，便向沈太太轻轻嘲戏道："哦？沈太太你这样厉害的人，他们还敢吗？"沈太太剪得短短瘪瘪的头发，满脸的严父慈母，一切女护士的榜样。脸上却也隐约地红了一红，把头一点一点，笑道："外头人心有多坏，你们关起门来做少爷的大概不知道。不是我说，女人赚两个钱不容易，除非做有钱人的太太。最好还是做有钱人的女儿，顶不费力。"湘亭大奶奶笑道："我就喜欢听你说话这个爽快透彻！"沈太太笑道："我就是个爽快。所以姑奶奶同我还合得来呢！"紫微心里过了一过，想着她自己当初也是有钱人的女儿，于她并没有什么好处似的。

老妈子推门进来说："有个人来看皮子。"紫微皱眉道："前两天叫他不来，偏赶着今天来。"向老妈子道："你去告诉全少奶奶，到三层楼上去开箱子。"一面嘟囔着，慢慢地立起身来，到里面卧室里去拿钥匙。霆谷跟在她后面，踱了出去。

屋里众人，因为卖东西不是什么光鲜的事，都装作不甚注意，继续谈下去。仰彝道："女人出去做事就是这样：长得好的免不了要给人追求。所以我那个大女儿，先说要找事的时候我就说了：将来有得麻烦呢！"沈太太听他口气里很得意似的，便问："是呀，听说你们大小姐有了朋友了？"仰彝不答她的话，只笑了一声道：

"总之麻烦！"沈太太道："你们大小姐的确是好相貌，眼看着这两年越长越好了。"仰彝道："那倒不要说，像她们这样人走出去，是同他们外头平常看见的做事的人有点两样！有点两样的！"

姑奶奶从浴室里走了出来，问道："老太太呢？"仰彝道："上楼去有点事。你快来代表陪客罢！"姑奶奶见到湘亭夫妇，便道："咦！你们刚来？我倒是要同湘亭谈谈！明志一直对我说的：'你们家那些亲戚，还就只湘亭，还有点老辈的规模。'他常常同我说起的，对你真是很器重。"姑奶奶生平最崇拜她的丈夫。她出名的是"一人之下，万人之上"。她姑爷在金融界是个发皇的人物，已经算得半官派了，姑奶奶也有相当资格可以模仿宋美龄，旗袍的袖口窄窄地齐肘弯，梳着个溜光的髻，稀稀几根前刘海，薄施脂粉。蛋形的小脸，两撇浓眉，长长的像青龙偃月刀，漆黑的眼珠子，眼神极足，个子不高，腰板笔直，身材骠壮。她坐了下来，笑道："嗳，我倒是正要找湘亭谈谈！"

湘亭只是陪笑，听她谈下去。她道："——一直没有空。我向来是，不管有什么应酬，我一定要照我的课程表上，到时候睡觉的。八点钟起来，一早上就是归折东西，家里七七八八，我还要临帖，请了先生学画竹子，有时候一个心简直静不下来。下午更是人来得不断，亲戚人家这些少奶奶，一来就打牌，还算是陪着我的。我向来是不顾情面的，她们托我介绍事，或是对明志商量什么，我就老实说：明志他是办大事的，我尊重他的立场。总替他回掉了。可是她们还是来，在我那儿说说话吃顿饭都是好的！这就滴滴答答，把些秘密告诉我，又是哪个外头有了人，不养家了，要我出面讲话；又是哪个的孩子要我帮助学费——你不晓得，帮了他的学费还有呕气的事在后头呢，你想都想不到的，才叫气人呢!等会我仔细讲给你听,我倒愿意听听你的意见——所以我气起来说:从此我不管这些闲事了!明志的朋友们总是对他说:'你太太真是个人才,可惜了儿的,应当做出点事业来。'说我'应当做出点事业来'。"仰彝笑道:"我真佩服你,兴致真好!"湘亭大奶奶道:"本来一个人做人是应当这样的。"沈太太道:"都像我们姑太太这样就好了。"

正说着,潆珠掩了进来,和湘亭夫妇招呼过了,问:"奶奶不在么?"仰彝道:"在你们楼上开箱子呢。"姑奶奶见了潆珠,忽然注意起来,扭过身去,觑着眼从头看到脚,带着微笑。潆珠着慌起来,连忙去了。姑奶奶问了仰彝一声:"她还没磕过头?"湘亭大奶奶和湘亭商量说:"我们可要走了?"仰彝道:"就要开饭了,吃了饭走。"姑奶奶也道:"再坐会儿,再坐会儿。"湘亭笑道:"真要走了,晚上路上不方便。"仰彝便立起身来道:"我上去看看,老太太怎么还不下来。"

三层楼的箱子间里,电灯没装灯泡,全少奶奶掌着蜡烛,一手扶着箱子盖。紫微翻了些皮子出来,那商人看了道:"灰鼠不时新了,卖不出价。老太太要有灰背的拿出来,那倒可以卖几个钱了!"又道:"银鼠人家不大要。"霆谷在旁边伸手捏了捏,插上来便道:"这件有点发黄了,皮板子又脆。"看到一件貂皮袍子,商人又嫌"旧了,没有枪毛"。霆谷便附和道:"而且大毛貂现在也不时髦。"商人道:"就是呀。还有这件貂不能够反穿——开缝的,只能穿在里头,能反穿就值钱了。"他只肯出一万五,紫微嫌太少,他道:"这价钱出得不错了,拿家去还要刷油,还要好好收拾一下呢。不赚老太太多少钱!"霆谷道:"那是!他们拿回去还要隔些日子才能够卖掉呢!现在这个钱,嗨嗨,搁些日子是推扳不起的。"紫微赌气把貂皮收过了，拿出一件猞猁女袄。商人道："这件皮子倒是好，可惜尺寸太小，卖不上价。"霆谷道："那他这话倒也是不错！这样小的衣裳你叫他拿去卖给谁？"商人把它颠来倒去细看，道："皮子真是很好的，就是什么都不够做，配又不好配。"霆谷便埋怨起来："从前时新小的，拚命要做得小，全给裁缝赚去了！我记得这件的皮统子本来是很大的！"

紫微恨道："你这不是岂有此理！我卖我的东西，要你说上这许多！人家压我的价钱，你还要帮腔！"霆谷道："咦？咦？没看见你这么小气——也值得这么急扯白咧的！也不怕人见笑！真是的，我什么东西没见过！有好的也不会留到现在了！"紫微越发生气，全少奶奶也不便说什么，还是那商人两面说好话，再三劝住了，讲定了价钱成交。霆谷送了那商人下去，还一路说着："就图你这个爽气！本来我们这儿也不是那些生意人家，只认得钱的。——真是，谁卖掉东西！我不过是见得多了，有一句说一句……"商人连声答应道："老太爷说的是。"

紫微接过蜡烛，看着全少奶奶整理箱笼，一一锁好。烛光里，忽然摇摇晃晃有个高大的黑影落在朱漆描金箱子上，是仰彝。紫微不耐烦道："别挡着人家的亮呀——你几时上来的？"仰彝笼着手笑道："我们老太爷真是越过越'拨聋'了！"他看紫微面色铁青，便没有往下说。紫微取回钥匙，扣在胁下的钮绊上。仰彝连忙接过蜡台，一路照着母亲下楼。紫微忍不住又把刚才老夫妻的争吵说给他听，仰彝十分同情，跟到母亲卧房里，紫微开柜子收钱，他乘机问她要了五千块钱零花。他趸了出去，紫微正在那里锁柜子，姑奶奶伸头进来笑道："我过年时候给妈送过来的糖，可要拿点出来给湘亭他们尝尝。"又拨过头去，向外房的客人们笑道："苏州带来的。我们老太太别的嗜好没有,闷来的时候就喜欢吃个零嘴。"紫微搬过床头前的一个洋铁罐子,装了些糖在一只茶碟子里,多抓了些"胶切片",她不喜欢吃"胶切片",只喜欢松子核桃糖。女儿和她相处三十多年,这一点就再也记不得!然而,想起她的时候给她带点糖来,她还是感激的,只是于感激之余稍稍有点悲哀。姑奶奶端了碟子出去,又指着几上的一盆红梅花向众人道:"这是我送老太太过生日的。我就知道老太太喜欢红梅花!我这个礼送得还不俗罢?"

紫微一出来,霆谷便走开了,避到隔壁书房里去,高声叫老妈子生火炉。姑奶奶去打电话告诉家里她不回去吃饭了,听见她父亲的叫喊,便道:"不就要开饭了么,那边还生什么火炉?"仰彝笑道:"你不知道,又在那儿犯别扭呢。"紫微冷着脸,只是一言不发。沈太太道:"你们平常两间房里都有火么?这上头倒不省!"紫微叹了口气,道:"我们两个人不能登在一起的嗳!在一间房里共着个火,多说两句话,就要吵嘴!"沈太太,湘亭,湘亭大奶奶一齐笑了起来。紫微道:"真的,人家再不要好的,这些年下来,总是个伴。我们是,宁可一个人在一间房里守着个小煤炉——"她顿住了,带笑"唉"了一声,转口道:"要叫他们开饭了。"

她向门口走去,恰巧潆珠进来了,潆珠低声道:"奶奶,给奶奶拜寿。"便磕下头去。紫微只顾往前走,嗔道:"就知道挡事!看你样子也像个大人了——板门似的,在哪儿都挡事!"潆珠立起来,满脸通红,待要闪身出去,紫微又堵着门,在那里叫老妈子告诉全少奶奶马上开饭。潆珠今天到底下了决心和那男人断绝往来,心里乱糟糟的正不知是什么感觉,总仿佛她所做的事是不错的,可是痛苦的,家里人如果知道了应当给她一点奖励与支持,万万想不到会这样地对她。站在人前，一下子工夫，她脸上几次红了又白，白了又红。

她走了，湘亭夫妇也站起来要走，紫微又留他们吃饭，道："也没什么吃的，真是便饭了。一个烧饭的她知道我们今天有客，有心拿跷，走了，所以是全少奶奶做饭。她一个人，也忙不出多少样数来。"小毛小姐道："我们来的时候看见全表婶在厨房里。"紫微笑道："我们少奶奶呀，但凡有一点点事，就忙得头不梳，脸不洗的，弄得不像样子。"仰彝笑道："现在是不行了，从前我总说她是我所见过的最标准的一个美人。"大家都笑了起来，仰彝又道："现在是不行了！看她在那儿洗碗，脸就跟墙一个颜色，手里块抹布也是那个颜色。从前不是这样的。我第一次看见她是在舅舅家。妈，你还记得？"他的毛毛的大喉咙忽然变成小小的，恋恋的，他伛偻着，筒着手，袍褂里的身体也缩小了像个小孩，坐在那里，两脚从太高的椅子上挂下来。紫微道："我哪还一个个的记得你们那些？"仰彝道："那时候他们替我说的是他家的侄小姐，一捉堆几个女孩子在那里，叫我自己留心着。我说那个大扁脸的我不要！后来又说媒，这回就说的是她。我说：哦，就是那个小的；矮得很的嘛，拖着辫子多长的……"

紫微笑道："那时候倒是，很有几个人家要想把女儿给你呢！"她别过头来向沈太太道："小时候很聪明的嗳！先生一直夸他，说他作文章口气大，兄弟里就他像外公。都说他聪明，相貌好。不知道怎么的……变得这样了嘛！"仰彝只是微笑，茶晶眼镜没有表情，脸上其他部份惟有凄凉的谦虚。紫微道："大起来反而倒……一点也不怎么了嘛！一个个都变得……"她望着他，不认得他了。他依旧蹙着眉头无可奈何地微笑着，一双眼睛却渐渐生冷起来。

湘亭夫妇要走，辞别了紫微，又到书房去向霆谷告辞。霆谷的火炉还没生起来。一肚子没好气，搓着手说："这会子更冷了！你们还要走回去啊？……这一向也没什么新闻！"

姑奶奶把两个孩子叫沈太太送了回去，她自己打过电话，问知家里没什么要紧事，她预备吃了晚饭回家。开出饭来，圆台面上铺了红桌布，挨挨挤挤一桌人，漾珠脸色灰白，也坐在下首，夹在弟妹中间。她很快就吃完了，她临走把她的凳子拖开了，让别人坐得舒服些，大家把椅子稍微挪了一挪，就又没有一点空隙。家族之中仿佛就没有过她这样的一个人。

姑奶奶吃了饭便走了，怕迟了要关电灯。全少奶奶正在收拾碗盏，仰彝还坐在那里，帮着她们把剩菜拨拨好，拨拨又吃一口，又用筷子掏掏。只他夫妇两个在起坐间里，紫微却走了进来，向全少奶奶道："姑奶奶看见我们厨房里的煤球，多虽不多，还是搬到楼上来的好，说现在值钱得很哩！让人拿掉点也没有数。我看就堆在你们房里好了。今天就搬。"全少奶奶答应着，紫微在圆桌面旁边站了一会，两手扶着椅背，又道："我听姑奶奶说，漾珠有了朋友了，在一个店里认识的。"她看她儿媳两个都吃了一惊似的，便道："你不要当我喜欢管你们的事——我真怕管！你们匡家的事，管得我伤伤够够了！能够装不知道我就装不知道了，这姑奶奶偏要来告诉我！告诉了我，我再不问，回头出了什么乱子，人家说起来还是怪到我身上，不该像你们一样的糊涂。"全少奶奶定了定神，道："是本来就要告诉妈的，先没打听仔细，现在知道了，原来大家都是认得的，漾芬有个同学的哥哥，跟那人同过学。是还靠得住的！那人家里倒是很好，父亲做生意做得很大的，人是没有什么好看,本来也不是图他好看——漺珠这一点倒是很有主见的。"她急于洗刷一切,急得眼睛都直了。她一张小方脸,是苍白的,突出的大眼睛,还要白,仿佛只看见眼白。紫微道:"唔。本来你们也想得很周到的,还要问我做什么?——仰彝自然也赞成的了。"仰彝笑道:"我?我不管。现在世界文明了,我们做老子的还管得了呀?……这种人也真奇怪,看见了就会做朋友的!"全少奶奶嫌他天上一句地下一句,怕老太太生气,忙道:"这个人倒是说了许多回了,要到我们这儿来拜望,见见上人。因为还没同妈说过,我说等等罢——"仰彝笑道:"还是不要人家上门来的好,把人都吓坏了!"紫微道:"本来也不必了,又不图人家的人才,已经打听明白了嘛,人家有钱。阔女婿也是你们的,上了当也是你们的女儿——我随你们去噢!"

紫微进房去了,全少奶奶慢慢地把红桌布掀了过来,卷作一卷,低声道:"说明白了也好……"仰彝把桌上的潮手巾把子拿起来擦嘴又擤鼻子,笑道:"我家这个大女儿小时候算命倒是说她比哪个都强,就是胆子大,别看她不声不响的,胆子泼得很!现在这文明世界,倒许好!"

全少奶奶自己又发了会楞,把东西都丢在桌上,径自上三层楼来。女孩子的房里,漺华坐在床上,泡脚上的冻疮,脚盆里一盆温热的紫色药水,发出淡淡的腥气,她低着头看书,膝上摊着本小说,灯不甚亮,她把脸栖在书上。漺芬坐在靠窗的方桌前,漺珠站着,挨着对过的一张床,把一只腿跪在床上,拿着件大衣,在下摆上摸摸捏捏,把手伸到破了的里子里。她母亲便问:"做什么?"漺珠微笑道:"里头有个铜板。"漺芬笑道:"一个铜板现在好值许多钱呢!"漺华头也不抬,道:"这天真冷,刚刚还滚烫的,一下子就冷了！"潆芬道："外头还要冷呢，你看窗子上的气汗水！"她在玻璃窗上轻轻一抹，又把身子往下一伏，向外张看，道："可是有月亮？好像看见金黄的，一晃。"全少奶奶在床沿坐下，望着潆珠，潆珠被她母亲一看，越发地心不在焉，寻找铜板，手指从大衣袋的破洞里钻了出来。全少奶奶道："尽掏它做什么？你看，给你越挣越破了！……奶奶知道你的事了，姑妈去告诉的。后来问到我，我就说：大家都是认得的；确实知道是很好的人家，潆珠她倒是很明白的，也不是挑他好看的。——说穿了就没有事了。奶奶是那个脾气，过过就好了。"潆珠把大衣向床上一丢，她顺势扑倒在床，哭了起来。虽然极力地把脸压在大衣上，压在那肮脏的，薄薄的白色小床上，她大声的呜咽还是震动了这间房，使人听了很受刺戟，寒冷赤裸，像一块揭了皮的红鲜鲜的肌肉。妹妹们一时寂静无声，全少奶奶道："你疯了？哭什么？你这孩子的脾气越来越大了，奶奶今天说了你两句，自己的奶奶，有什么难为情的？今天她是同爷爷吵了嘴，气出在你身上，算你倒楣。快不要哭了，哭出病来了！你这样难过，是你自己吃亏噢！"潆珠还是大哭，全少奶奶渐渐的也没有话了，只坐在床边，坐在那里仿佛便是安慰。

忽然之间电灯灭了。潆华在黑暗里仿佛睡醒似地，声音从远处来，惺忪烦恼地叫道："真难过！我一本书正看完！"潆芬道："看完了倒不好？你情愿看了一半？"潆华道："不是嗳，你不知道，书里两个人，一个女的死了，男的也离开北京，火车出了西直门，又在那儿下着雨。……书一完，电灯又黑了，就好像这世界也完了……真难过！"

房间里静默了一会，潆珠的抽噎也停了。全少奶奶自言自语道："还要把煤球搬上来。"她高声叫老妈子。老妈子擎着个小油灯上楼来，全少奶奶便和她一同下去，来到厨房里。全少奶奶监督着老妈子把桌肚底下堆着的煤球一一挪到蒲包里，油灯低低地放在凳上，灯光倒着照上来，桌上的瓶瓶罐罐都成了下巴滚圆的，显得肥胖可爱。一只新的砂锅，还没用过的，灯光照着，玉也似的淡黄白色，全少奶奶不由得用一只手指轻轻摸了一摸，冰凉之中也有一种温和，松松的质地。地下酱黄的大水缸盖着木头盖；两只洋铁筒叠在一起做成个小风炉。泥灶里的火早已熄去，灶头还薰着一壶水，半开的水，发出极细微的唏嘘，像一个伤风的人的睡眠。余外都是黑暗。全少奶奶在这里怨天怨地做了许多年了。这些年来，就这厨房是真的，污秽，受气是真的，此外都是些空话，她公公的夸大，她丈夫的风趣幽默，不好笑的笑话，她不懂得，也不信任。然而现在，她女儿终身有靠了，静安寺路上一爿店，这是真的。全少奶奶看着这厨房也心安了。

玻璃窗上映出油灯的一撮小黄火，远远地另有一点光，她还当是外面哪家独独有电灯，然而仔细一看，还是这小火苗的复影。除了这厨房就是厨房，更没有别的世界。

楼上潆珠在黑暗中告诉两个妹妹，今天店里怎么样来了个女人，怎样哭，怎样闹，说她是同毛耀球同居的。潆珠道："我还没同妈说呢，妈一定要生气，要大反对了。好在我也决定了——这不行，弄了这样一个女人在里头，怎么可以！"潆芬潆华都是极其兴奋，同声问道："这女人什么样子？好看么？"潆珠放出客观，洒脱的神气，微笑答道："还好……"想了一想，又补上一句道："嗳，相当漂亮的呵！"她真心卫护那女人，她对于整个的恋爱事件是自卫的态度。

她又说道："今天我本来打电话给他的，预备跟他明说，叫他以后不要来找我了。电话没打通。后来咖啡馆里我也没去。不过以后要是再看见了他——哼！你放心，他不会没有话说的！我都知道他要讲些什么！还不是说：他同这女人的事，还是从前，他还没碰见我的时候。现在当然都两样啰！从前他不过是可怜她，那时候他太年轻了，一时糊涂。现在断虽断了，还是缠绕不清，都是因为没有正式结婚的缘故，离起来反而难。……哼，他那张嘴还不会说么？"就这样说着，她已经一半原谅了他。同时她相信，他可以说得更婉转，更叫人相信。

果然。

现在他们不能在药房里会面了，可是她还是让他每天送她回去。关于从前那个女人，家里她母亲她妹妹都代她瞒着。于是他们继续做朋友，虽然又是从头来过——漾珠对他冷淡了许多。

礼拜天，他又约她看电影。因为那天刚巧下雨，漾珠很高兴她有机会穿她的雨衣，便答应了。米色的斗篷，红蓝格子嵌线，连着风兜，遮盖了里面的深蓝布罩袍，泛了花白的；还有她的鬈发，太长太直了，梢上太干，根上又太湿。风帽的阴影深深护着她的脸，她觉得她是西洋电影里的人，有着悲剧的眼睛，喜剧的嘴，幽幽地微笑着，不大说话。

天还是冷，可是这冷也变成缠绵的了，已经是春寒。不是整大块的冷，却是点点滴滴，<u>丝丝缕缕</u>的。从电影院出来，他们在咖啡馆里坐了一会，漾珠喝了一杯可可，没吃什么东西，夸那儿的音乐真好。毛耀球说他家里有很好的留声机片子，邀她去坐一会。她本来说改天去听，出了咖啡馆，却又不愿回家，说不去不去，还是去了。

到了他房间里，老妈子送上茶来，耀球帮着她卸下雨衣，拿自己的大手绢子擦了擦上面的水。潆珠也用手帕来揩揩她的脸。她的鬓脚原是很长，潮手绢子一抹，丝丝的两缕鬓发粘贴在双腮，弯弯的一直到底，越发勾出了一个肉嘟嘟的鹅蛋脸。她靠着小圆台坐着，一手支着头，留声机就放在桌上，非常响亮地唱起了《蓝色的多瑙河》。耀球问她"可嫌吵？"潆珠笑着摇头，道："我听无线电也是这样，喜欢坐得越近越好，人家总笑我，说我恨不得坐到无线电里头去！"坐得近，就仿佛身入其中。华尔滋的调子，摇摆着出来了，震震的大声，惊心动魄，几乎不能忍受的，感情上的蹂躏。尤其是现在，黄昏的房间，渐渐暗了下来，唱片的华美里有一点凄凉，像是酒阑人散了。潆珠在电影里看见过的，宴会之后，满地绊的彩纸条与砸碎的玻璃杯，然而到后来，也想不起这些了。嘹亮无比的音乐只是回旋，回旋如意，有一种黑暗的热闹，简直不像人间。潆珠怕了起来，她钉眼望着耀球的脸，使她自己放心，在灰色的余光里，已经看不大清楚了。耀球也看着她，微笑着，有他自己的心思。潆珠喜欢他这时候的脸，灰苍苍的，又是非常熟悉的。

她向他说："几点钟了？不早了罢？"他听不见，凑过来问："唔？"随即把一只手掌搁在她大腿上。她一怔，她极力要做得大方，矫枉过正了，半天也没有表示，假装不觉得。后来他慢慢地摩着她的腿，虽然隔了棉衣，她也紧张起来。她站起来，还是很自然的，说了一句："听完了这张要走了，"拢拢头发，向穿衣镜里窥探了一下，耀球也立起来，替她开灯。灯光照到镜子里，照见她的脸。因为早先吃喝过，嘴上红腻的胭脂蚀掉一块，只剩下一个圈圈，像给人吮过的，别有一种诱惑性。

耀球道："反面的很好呢，听了那个再走。"音乐完了，他扳了扳，止住了唱片。忽然他走过来，抱住了她，吻她了。漾珠一只手抵住他肩膀，本能地抗拒着，虽然她并没有抗拒的意思。他搂得更紧些，他仿佛上上下下有许多手，漾珠觉得有点不对，这回她真地挣扎了，抽脱手来，打了他一个嘴巴子。她自己也像挨了个嘴巴似地，热辣辣地，发了昏，开门往下跑，一直跑出去。在夜晚的街上急急走着，心里渐渐明白过来，还是大义凛然地，浑身炽热，走了好一段路，方才感到点点滴滴丝丝缕缕的寒冷。雨还在下。她把雨衣丢在他那儿了。

　　姑奶奶有一天到匡家来——差不多一个月之后了——和老太太说了许多话，老太太听了正生气呢，仰彝推门进来，紫微见他穿着马裤呢中装大衣，便问："你这个时候到哪儿去？"仰彝道："我去看电影去。"姑奶奶道："这个天去看电影？刚刚我来的时候是雨夹雪。"仰彝道："不下了，地下都干了。"他向紫微摊出一只手，笑着咕哝了一句道："妈给我四百块钱。"紫微嘴里蝎蝎螫螫发出轻细的诧异之声，道："怎么倒又……怎么上回才……"然而他多高多高站在她跟前，伸出了手，这么大的一个儿子了，实在难为情，只得从身边把钱摸了出来。仰彝这姊姊向来是看不起他的，他偏不肯在姊姊面前替母亲争口气！紫微就恨他这一点，此刻她连带地也恨起女儿来。姑奶奶可是完全不觉得，粉光脂艳坐在那里，笑嘻嘻和仰彝说道："嗳，我问你！可是有这个话，你们大小姐跟她那男朋友还在那儿来往，据说有一次到他家去，这人不规矩起来，她吓得跑了出来，把雨衣丢在人家家里，后来又打发了弟弟妹妹一趟两趟去拿回来——可是有这样的事？"仰彝道："你听哪个说的？"姑奶奶道："还不是他们小孩子们讲出来的。——真是的，你也不管管！"仰彝道："我家这些女儿们，我说话她还听？反而生疏了！其实还是她们娘说——娘说也不行，她们自己主意大着呢！在我们这里，反正弄不好的了！"

就在那天傍晚，潆珠叫潆芬陪了她去找毛耀球，讨回她的衣裳。明知这一去，是会破坏了最后那一幕的空气。她与他认识以来，还是末了那一趟她的举止最为漂亮，久后思想起来，值得骄傲与悲哀。

到了那里，问毛先生可在家，娘姨说她上去看看。然后把她们请上楼去。毛耀球迎出房来，笑道："哦，匡小姐！好吗？怎么样，这一向好吗？常常出去玩吗？"他满脸浮光，笑声很不愉快，潆珠知道他对她倒是没有什么企图了，大约人家也没有看得那么严重。潆珠在楼梯口立住了脚，板着脸道："毛先生，我有一件雨衣忘了在你这儿了。"他道："我还当你不来了呢！当然，现在一件雨衣是很值几个钱的——不过当然，你也不在乎此……"潆珠道："请你给我拿了走。"耀球道："是了，是了。前两趟你叫人来取，我又没见过你家里的人，我知道他是谁？以后你要是自己再来，叫我拿什么给你呢？所以还是要你自己来一趟。怎么，不坐一会儿么？"潆珠接过雨衣便走，妹妹跟在后面，走到马路上，经过耀球商行，橱窗里上下通明点满了灯，各式各样，红黄纱罩垂着排须，官款描花八角油纸罩，乳黄瓜楞玻璃球，静悄悄的只见灯不见人，像是富贵人家的大除夕，人都到外面祭天地去了。这样的世界真好，可是潆珠的命里没有它，现在她看了也不怎么难过了。她和妹妹一路走着，两人都不说，脚下踩着滑塌塌灰黑的冰渣子，早上的雨雪结了冰，现在又微微的下起来了。快到家，遇见个挑担子的唱着"臭……干！"卖臭干总是黄昏时分，听到了总觉得是个亲热的老苍头的声音。潆珠想起来，妹妹帮着跑腿，应当请请她了，便买了臭豆腐干，篾绳子穿着一半，两人一路走一路吃，又回到小女孩子的时代，全然没有一点少女的风度。油滴滴的，又滴着辣椒酱，吃下去，也把心口暖和暖和，可是濛珠滚烫地吃下去，她的心不知道在那里。

全少奶奶见濛珠手上搭着雨衣，忙问："拿到了？"濛珠点头。全少奶奶望望她，转过来问濛芬："没说什么？"濛芬道："没说什么。"全少奶奶向濛珠道："奶奶问起你呢，我就说：刚才叫买面包，我让她去买了，你快拿了送上去罢。"把一只罗宋面包递到她手里。濛珠上楼，走到楼梯口，用手帕子揩了揩嘴，又是油，又是胭脂，她要洗一洗，看浴室里没有人，她进去把灯开了。脸盆里泡着脏手绢子，不便使用，浴缸的边沿却搁着个小洋磁面盆，里面浅浅的有些冷水。她把面包小心安放在壁镜前面的玻璃板上。镜上密密布满了雪白的小圆点子，那是她祖父刷牙，溅上去的。她祖父虽不洋化，因为他们是最先讲求洋务的世家，有些地方他还是很道地，这些年来都用的是李士德宁牌子的牙膏，虽然一齐都刷到镜子上去了。这间浴室，濛珠很少进来，但还是从小熟悉的。灯光下，一切都发出清冷的腥气。抽水马桶座上的棕漆片片剥落，漏出木底。濛珠弯腰凑到小盆边，掬水擦洗嘴唇，用了肥皂，又当心地把肥皂上的红痕洗去。在冷风里吃了油汪汪的东西，一弯腰胸头难过起来，就像小时候吃坏了要生病的感觉，反倒有一种平安。马桶箱上搁着个把镜，面朝上映着灯，墙上照出一片淡白的圆光。

忽然她听见隔壁她母亲与祖母在那儿说话——也不知母亲是几时进来的。母亲道："今天她自己去拿了来了。叫濛芬陪了去的。拿了来了。没怎么样。她一本正经的，人家也不敢怎么样嗳！"

祖母道："都是她自己跟你说的，你知道她到底是怎么样！"母亲辩道："不然我也不信她的，潆珠这些事还算明白的。——先不晓得嗳！不都是认识的吗？以为那人是有来头的。不过总算还好，没上他的当。"祖母道："不是吗，我说的——我早讲的吗！"母亲道："不是嗳，先没看出来！"祖母道："都糊涂到一窠子里去了！仰彝也是的，看他那样子，还稀奇不了呢，这样的糊涂老子，生出的小孩还有明白的？我又要说了：都是他们匡家的坏种！"静了一会，她母亲再开口，依然是那淡淡的，笔直的小喉咙，小洋铁管子似的，说："还亏她自己有数嗳，不然也跟着坏了！……这人也还是存着心，所以弟弟妹妹去拿就拿不来。她有数嗳，所以叫妹妹一块儿去。"因又感慨起来，道："这人看上去很好的嘛！怎么知道呢？"

她一味的护短，祖母这回真的气上来了，半晌不作声，忽然的说道："——你看这小孩子糊涂不糊涂：她在外头还讲我都是同意的！今天姑奶奶问，我说哪有的事。我哪还敢多说一句话，我晓得这般人的脾气嗳，弄得不好就往你身上推。都是一样的脾气——是他们匡家的坏种嗳！我真是——怕了！而且'一代管一代'，本来也是你们自己的事。"全少奶奶早听出来了，老太太嘴里说潆珠，说仰彝，其实连媳妇也怪在内。老太太常时在人前提到仰彝，总是说："小时候也还不是这样的，后来一成了家就没长进了。有个明白点的人劝劝他，也还不至于这样。"诸如此类的话，吹进全少奶奶耳朵里，初时她也气过，也哭过，现在她也学的，不去理会了。平常她像个焦忧的小母鸡，东瞧西看，这里啄啄，那里啄啄，顾不周全；现在不能想像一只小母鸡也会变成讽刺含蓄的，两眼空空站在那里，至多卖个耳朵听听，等婆婆的口气稍微有个停顿,她马上走了出去。像今天,婆婆才住口,她立刻接上去就说:"哦,面包买了来了,我去拿进来。"说的完全是不相干的,特意地表示她心不在焉。

正待往外走,潆珠却从那一边的浴室里推门进来了。老太太房里单点了只台灯,潆珠手里拿了只面包走过来,觉得路很长,也很暗,台灯的电线,悠悠拖过地板的正中,她小心地跨过了。她把面包放到老太太身边的茶几上,茶几上台灯的光忽地照亮了潆珠的脸,潆珠的唇膏没洗干净,抹了开来,整个的脸的下半部,从鼻子底下起,都是红的,看了使人大大惊惶。老太太怔了一怔,厉声道:"看你弄得这个样子!还不快去把脸洗洗!"潆珠不懂这话,她站在那里站了一会,忽然她兜头夹脸针扎似地,火了起来,满眼掉泪,泼泼洒洒。这样也不对,那样也不对;书也不给她念完,闲在家里又是她的不是,出去做事又要说,有了朋友又要说,朋友不正当,她正当,凛然地和他绝交,还要怎么样呢?她叫了起来:"你要我怎么样呢?你要我怎么样呢?"一面说,一面蹬脚。她祖母她母亲一时都楞住了,反倒呵叱不出。全少奶奶道:"奶奶又没说你什么!真的这丫头发了疯了!"慌忙把她往外推,推了出去。

紫微一个人坐着,无缘无故地却是很震动。她孙女儿的样子久久在眼前——下半个脸通红的,满是胭脂,鼻子,嘴,蔓延到下巴,令人骇笑,又觉得可怜的一副脸相。就是这样地,这一代的女孩子使用了她们的美丽——过一日,算一日。

紫微年轻时候的照片,放大,挂在床头的,虽然天黑了,因为实在熟悉的缘故,还看得很清楚。长方的黑框,纸托,照片的四角阴阴的,渐渐淡入,蛋形的开朗里现出个鹅蛋脸,元宝领,多宝串。提到了过去的装扮,紫微总是谦虚得很,微笑着,用抱歉的口吻说:"从前都兴的些老古董嗳!"——从前时新的不是些老古董又是什么呢?这一点她没想到。对于现在的时装,紫微绝对不像一般老太太的深恶痛绝。她永远是虚心接受的,虽然和自己无关了,在一边看着,总觉得一切都很应当。本来她自己青春年少时节的那些穿戴,与她也就是不相干的。她美她的。这些披披挂挂尽管来来去去,她并没有一点留恋之情。然而其实,她的美不过是从前的华丽的时代的反映,琤亮的红木家具里照出来的一个脸庞,有一种秘密的,紫黝黝的艳光。红木家具一旦搬开了,脸还是这个脸,方圆的额角,鼻子长长的,笔直下坠,乌浓的长眉毛,半月形的呆呆的大眼睛,双眼皮,文细的红嘴,下巴缩着点——还是这个脸,可是里面仿佛一无所有了。

当然她不知道这些。在一切都没有了之后,早已没有了,她还自己伤嗟着,觉得今年不如去年了,觉得头发染与不染有很大的分别,觉得早上起来梳妆前后有很大的分别。明知这分别绝对没有哪个会注意到,自己已经老了还注意到这些,也很难为情的,因此只能暗暗地伤嗟着。孙女们背地里都说:"你不知道我们奶奶,要漂亮得很呢!"因为在一个钱紧的人家,稍微到理发店去两趟(为染头发),大家就很觉得。儿孙满堂,吃她的用她的,比较还是爷爷得人心。爷爷一样的被赡养,还可以发脾气,就不是为大家出气,也是痛快的。紫微听见隔壁房里报纸一张张不耐烦的窸窣。霆谷在那里看报。几种报都是捯送的,要退报贩不准退,再叽咕也没有用。每天都是一样的新闻登在两样的报上——也真是个寂寞的世界呀!

窗外的雪像是又在下。仰彝去看电影了。想起了仰彝就皱起了眉……又下雪了。黄昏的窗里望出去，对街的屋顶上积起了淡黄的雪。紫微想起她小时候，无忧无虑的。无忧无虑就是快乐罢？一直她住在天津衙门里，到十六岁为止没出过大门一步。渐渐长高，只觉得巍巍的门槛台阶桌子椅子都矮了下去。八岁的时候，姊姊回娘家，姊夫留着两撇胡子，远远望上去，很害怕的。她连姊姊也不认识了，仿佛更高大，也更远了。而且房间里有那么许多人。紫微把团扇遮着脸，别过头去，旁边人都笑了起来："哟！见了姊夫，都知道怕丑啰！"越这么说，越不好意思把扇子拿开。姊夫给她取了个典雅的号，现在她卡片的下端还印着在。

从前的事很少记得细节了，都是整大块大块，灰鼠鼠的。说起来，就是这样的——还不就是这样的么？八岁进书房，交了十二岁就不上学了，然而每天还是有很多的功课，写小楷，描花样，诸般细活。一天到晚不给你空下来，防着你胡思乱想。出了嫁的姐姐算是有文才的，紫微提起来总需要微笑着为自己辩护："她喜欢写呀画的，我不喜欢弄那些，我喜欢做针线。"其实她到底喜欢什么，也说不上来，就记得常常溜到花园里一座洋楼上，洋楼是个二层楼，重阳节，阖家上去登高，平时也可以赏玩风景，可以看到衙门外的操场，在那儿操兵。大太阳底下，微微听见他们的吆喝，兵丁当胸的大圆"勇"字，红缨白凉帽，军官穿马褂，戴圆眼镜，这些她倒不甚清楚，总之，是在那儿操兵。很奇异的许多男子，生在世上就为了操兵。

八国联军那年，她十六岁，父亲和兄长们都出差在外，父亲的老姨太太带了她逃往南方。一路上看见的，还是一个灰灰的世界，和那操场一样，不过拉长了，成为颠簸的窄长条，在轿子骡车前面展开，一路看见许多人逃难的逃难，开客店的开客店，都是一心一意的。她们投奔了常熟的一个亲戚。一直等到了常熟，老姨太太方才告诉她，父亲早先丢下话来，遇有乱事，避难的路上如果碰到了兵匪，近边总有河，或是井，第一先把小姐推下水去，然后可以自尽。无论如何先把小姐结果了，"不能让她活着丢我的人！"父亲这么说了。怕她年纪小小不懂事，自己不去寻死，可是遇到该死的时候她也会死的。唉唉，几十年来的天下大事，真是哪一样她没经过呀！拳匪之乱，相府的繁华，清朝的亡，军阀起了倒了，一直到现在，钱不值钱了，家家户户难过日子，空前的苦厄……她记录时间像个时辰钟，人走的路它也一样走过，可是到底与人不同，它是个钟。滴答滴答，该打的时候它也铛铛打起来，应当几下是几下。

　　义和团的事情过了，三哥把她们从常熟接了回来，这以后，父亲虽然没有告老，也不大出去问事了，长驻在天津衙门里。戚宝彝一生做人，极其认真。他唯一的一个姨太太，丫头收房的，还特意拣了个丑的，表示他不好色。紫微的母亲是续弦，死了之后他就没有再娶。亲近些的女人，美丽的，使他动感情的，就只有两个女儿罢？晚年只有紫微一个在身边，每天要她陪着吃午饭，晚上心闲，教她读《诗经》，圈点《纲鉴》。他吃晚饭，总要喝酒的，女儿一边陪着，也要喝个半杯。大红细金花的"烫杯"，高高的，圆筒式，里面嵌着小酒盏。老爹爹讲书，在堂屋里，屋顶高深，总觉得天寒如水，紫微脸上暖烘烘的，坐在清冷的大屋子中间，就像坐在水里，稍微动一动就怕有很大的响声。桌上铺着软漆布，耀眼的绿的蓝的图案。每人面前一碗茶，白铜托子，白茶盅上描着轻淡的藕荷蝴蝶。旁边的茶几上有一盆梅花正在开，香得云雾沌沌，因为开得烂漫，红得从心里发了白。老爹爹坐在那里像一座山，品蓝摹本缎袍上面，反穿海虎皮马褂，阔大臃肿，肩膀都圆了。他把自己铺排在太师椅上，脚踏棉靴，八字式搁着。疏疏垂着白胡须，因为年老的缘故，脸架子显得迷糊了，反倒柔软起来，有女子的温柔。剃得光光的，没有一点毫发的红油脸上，应当可以闻得见薰薰的油气。他吐痰，咳嗽，把人呼来叱去惯了，嘴里不停地哼儿哈儿的。说话之间"什娘的！"不离口，可是同女儿没什么可说的，和她只有讲书。

她也用心听着，可是因为她是个女儿的缘故，她知道她就跟不上也没关系。他偶然也朝她看这么一眼，眼看他最小的一个女儿也长大了，一枝花似的，心里很高兴。他的一生是拥挤的，如同乡下人的年画，绣像人物搬演故事，有一点空的地方都给填上了花，一朵一朵临空的金圈红梅。他是个多事的人，他喜欢在他身上感到生命的重压，可是到底有七十多岁了，太疲倦的时候，就连接受感情也是吃力的。所以他对紫微也没有期望——她是不能爱，只能够被爱的，而且只能被爱到一个程度。然而他也很满足。是应当有这样一个如花的女儿点缀晚景，有在那里就是了。

老爹爹在家几年，边疆上一旦有了变故，朝廷又要他出山，风急火急把他叫了去。紫微那时候二十二岁。那年秋天，父亲打电报回来，家里的电报向来是由她翻译的，上房只有小姐一个知书识字。这次的电文开头很突兀："匡令有子年十六……"紫微晓得有个匡知县是父亲的得意门生，这神气像是要给谁提亲，不会是给她，年纪相差得太远了。然而再译下去，是一个"紫"字。她连忙把电报一撂，说："这个我不会翻。"走到自己房里去，关了门，相府千金是不作兴有那些小家气的娇羞的，因此她只是很落寞，不闻不问。其实也用不着装，天生的她越是有一点激动，越是一片白茫茫，从太阳穴，从鼻梁以上——简直是顶着一块空白走来走去。

电报拿到外头账房里，师爷们译了，方知究竟。这匡知县，老爹爹一直夸他为人厚道难得，又可惜他一生不得意，听说他有个独养儿子在家乡读书，也并没有见过一面，就想起来要结这门亲。紫微再也不能懂得，老爹爹这样的钟爱她，到临了怎么这样草草的把她许了人——她一辈子也想不通。但是她这世界里的事向来是自管自发生的，她一直到老也没有表示意见的习惯。追叙起来，不过拿她姐姐也嫁得不好这件事来安慰自己。姊妹两个容貌虽好，外面人都知道他们家出名的疙瘩，戚宝彝名高望重，做了亲戚，枉教人说高攀，子弟将来出道，反倒要避嫌疑，耽误了前程。万一说亲不成，那倒又不好了。因此上门做媒的并不甚多。姐姐出嫁也已经二十几了，从前那算是非常晚的了。嫁了做填房，虽然夫妻间很好，男人年纪大她许多，而且又是宦途潦倒的，所以紫微常常拿自己和她相比，觉得自己不见得不如她。

戚宝彝在马关议和，刺客一枪打过来，伤了面颊。有这等样事，对方也着了慌，看在他份上，和倒是议成了。老爹爹回朝，把血污的小褂子进呈御览，无非是想他们夸一声好，慰问两句，不料老太后只淡淡的笑了一笑，说："倒亏你，还给留着呢！"这些都是家里的二爷们在外头听人说，辗转传进来的，不见得是实情。紫微只晓得老爹爹回家不久就得了病，发烧发得人糊涂了的时候，还连连的伏在枕上叩头，嘴里喃喃奏道："臣……臣……"他日挂肚肠夜挂心的，都是些大事；像他自己的女儿，再疼些，真到了要紧关头，还是不算什么的。然而他为他们扒心扒肝尽忠的那些人，他们对不起他。紫微站在许多哭泣的人中间，忍不住也心酸落泪,一阵阵的气往上堵。他们对不起他,连她自己,本来在婚事上是受了屈的,也像是对不住他——真的,真的,从心里起的对不住他呀!

穿了父亲一年的孝,她嫁到镇江去——公公在镇江做官。公公对她父亲是感恩知己的,以此特别的尊重她,把她只当师妹看待。恩师的女儿,又是这样美的,这样的美色照耀了他们的家,像神仙下降了。紫微也想着,父亲生前与公公的交情不比寻常,自己一过去就立志要做贤人做出名声来。公公面前她格外尽心。公公是节俭惯了的,老年人总有点馋,他却舍不得吃。紫微便拿出私房钱来给老太爷添菜,鸡鸭时鲜,变着花样。闲常陪着他说起文靖公的旧事,文靖公也是最克己的,就喜欢吃一样香椿炒蛋,偶尔听到新上市的香椿的价钱,还吓了一跳,叫以后不要买了。后来还是管家的想办法哄他是自己园里种的,方才肯吃。饭后他总要"走趟子",在长廊上来回几十遍,活血。很会保养的哟。最后得了病,总是因为高年的人,受伤之后又受了点气。怎样调治的,她和兄弟们怎样的轮流服侍,这样说着,说着,紫微也觉得父亲是个最伟大的人,她自己在他的一生也占着重要的位置,好像她也活过了,想起来像梦。和公公谈到父亲,就有这种如梦的惆怅,渐渐瞌睡上来了。可是常常这梦就做不成,因为她和她丈夫的关系,一开头就那么急人,仿佛是白夏布帐子里点着蜡烛拍蚊子,烦恼得恍恍惚惚,如果有哭泣,也是呵欠一个接一个迸出来的眼泪。

结婚第二天,新娘送茶的时候,公公就说了:"他比你小,凡事要开导他。"紫微在他家,并没有人们意想中的相府千金的架子,她是相信"大做小,万事了"的——其实她做大也不会,做小也不会。可是她的确很辛苦地做小伏低过。还没满月有一天,她到一个姨娘的院子里,特意去敷衍着说了会子话,没晓得霆谷和她是闹过意见的。回到新房里,霆谷就发脾气,把陪嫁的金水烟筒银水烟筒一顿都拆了,踏踏扁,掼到院子里去。告到他父亲面前去,至多不过一顿打,平常依旧是天高皇帝远,他只是坐没有坐相,吃没有吃相,在身边又呕气,不在身边又担心。有一次他爬到屋顶上去,摇摇摆摆行走,怎么叫他也不下来。紫微气得好像天也矮了下来了,纳不下一口闷气,这回真的去告诉,公公罚他跪下了。紫微正待回避,公公又吩咐"你不要走",叫霆谷向她赔礼。拗了半天,他作了个揖,紫微立在一边,把头别了过去,自己觉得很难堪,过了一会,趁不留心还是溜了。他跪了大半天,以后有两个月没同她说话。

连她陪嫁的丫头婆子们也不给她个安静。一直跟着她,都觉得这小姐是最好伺候的,她兼有《红楼梦》里迎春的懦弱与惜春的冷淡。到了婆家,情形比较复杂了,不免要代她生气,赌气,出主意,又多出许多事来。这样乱糟糟地,她生了一男一女两个孩子。有一年回娘家,两个孩子都带着,雇了民船清早动身,坐大厅前上轿。行李照例是看都看不见,从一个偏门搬运出去的,从家里带了去送人的肴肉巧果糖食,都是老妈子们妥为包扎,盖了油纸,少奶奶并不过目的。奶娘抱了孩子在身后跟着,一个老妈子略微擎起了胳膊,紫微把一只手轻轻搭在她手背上,借她一点力,款款走出来。公公送她,一直送出大厅,霆谷与家下众人少不得也簇拥着一同出来了。院子里分两边种着两棵大榆树,初春,新生了叶子,天色寒冷洁白,像磁,不吃墨的。小翠叶子点上去,凝聚着老是不干。公公交了春略有点咳嗽,因此还穿了皮马褂。他逗着孙子,临上轿还要抱一抱,孩子却哭了起来。他笑道："一定是我这袖子卷着，毛茸茸的，吓了他了！"把袖口放了下来，孩子还是大哭，不肯给他抱。他怀里掏出一只金壳"问表"，那是用不着开开来看，只消一揿，就会叮叮报起时刻的。放在小孩耳边给他听，小孩只是哭个不停。清晨的大院子里，哭声显得很小，钟表的叮叮也是极小的。没敲完，婆子们就催她上轿走了，因为小孩哭得老太爷不得下台了。

小孩子坐在她怀里，她没有把脸去揾他稀湿的脸，因为她脸上白气氤氲搽了粉。早上就着酱瓜油酥豆吃的粥，小口小口吃的，筷子赶着粥面的温吞的膜，嘴里还留着粥味。孩子渐渐不哭了，她这才想起来，怕不是好兆头，这些事小孩子最灵的。果然，回娘家不到半个月，接到电报说老太爷病重。马上叫船回来，男孩子在船上又哭了一夜，一夜没给她们睡好。到镇江，老太爷头天晚上已经过去了。

这下子不好了——她知道是不好了。霆谷还在七里就往外跑，学着嫖赌。亡人交在她手里的世界，一盆水似的泼翻在地，捯掇不起来。同娘家的哥哥们商量着，京里给他弄个小官做，指望他换了个地方到北方，北京又有些亲戚在那里照管弹压着他，然而也不中用，他更是名正言顺地日夜在外应酬联络了。紫微给他还了几次债，结果还是逼他辞了官，搬到上海来。霆谷对她，也未尝不怕。虽然嫌她年纪大，像个老姐姐似的，都说她是个美人，他也没法嫌她。因为有点怕，他倒是一直没有讨姨太太。这一点倒是……

她当家，经手卖田卖房子，买卖股票外汇，过日子情形同亲戚人家比起来，总也不至于太差。从前的照片里都拍着有：花园草地上，小孩蹒跚走着，戴着虎头锦帽；落日的光，迷了眼睛；后面看得见秋千架的一角，老妈子高高的一边站着，被切去半边脸。紫微呢，她也打牌应酬，酒席吃到后来，传递着蛋形的大银粉盒，女人一个个挨次的往脸上拍粉，红粉扑子微带潮湿……

这也就是人生一世呵！她对着灯，半个脸阴着。面前的一只玻璃瓶里插着过年时候留下来的几枝洋红果子，大颗的，灯光照着，一半红，一半阴黑。……从前有一个时期，春柳社的文明戏正走红，她倒是个戏迷呢，珠光宝气，粉装玉琢的，天天坐在包厢里，招得亲戚里许多人都在背后说她了。说她，当然她也生气的。那时候的奶奶太太的确有同戏子偷情的，茶房传书递简，番菜馆会面，借小房子，倒贴，可是这种事她是没有的。因为家里一直呕气，她那时候还生了肺病，相当厉害的，可是为了心里不快乐而生了肺痨死了，这样的事也是没有的。拖下去，拖下去，她的病也不大发了，活到很大的年纪了，现在。

她喜欢看戏，戏里尽是些悲欢离合，大哭了，自杀了，为父报仇，又是爱上了，一定要娶，一定要嫁……她看着很稀奇，就像人家看那些稀奇的背胸相连的孪生子，"人面蟹"，"空中飞人"，"美女箱遁"，吃火，吞刀的表演。

现在的话剧她也看，可是好的少。文明戏没有了之后，张恨水的小说每一本她都看了。小说里有恋爱，哭泣，真的人生里是没有的。现在这般女孩子，像她家里这几个，就只会一年年长大，歪歪斜斜地长大。怀春，祸害，祸害，给她添出许多事来。像书里的恋爱，悲伤，是只有书里有的呀！

楼下的一架旧的小风琴，不知哪个用一只手指弹着。《阳关三叠》的调子，一个字一个字试着，不大像。古琴的曲子搬到嘶嘶的小风琴上，本来就有点茫然。——不知是哪个小孩子在那儿弹。

她想找本书看看，站起来，向书架走去，缠过的一双脚，脚套里絮着棉花，慢慢迈着八字步，不然就像是没有脚了，只是远远地底下有点不如意。脚套这样东西，从前是她的一个外甥媳妇做得最好，现在已经死了。辈份太大，亲戚里头要想交个朋友都难，轻易找上门去，不但自己降了身分，而且明知人家需要特别招待的，也要体念人家，不能给人太多的麻烦。看两本小说都没处借。这里一部《美人恩》，一部《落霞孤鹜》，不全的，还有头本的《春明外史》，有的是买的，有的还是孙女们从老同学那里借了来的。虽然匡家的三代之间有点隔阂，这些书大概是给拖到浴室里，辗转地给老太太捡了来了。她翻了翻，都是看过了多少遍的。她又往那边的一堆里去找，那都是仰彝小时的教科书，里面有一本《天方夜谭》，买了来和西文的对比着读的。她扑了扑灰，拿在手中观看。几个儿子里，当时她对他抱着最大的希望，因为正是那时候，她对丈夫完全地绝望了。仰彝倒是，一直很安顿地在她身边，没有钱，也没法作乱，现在燕子窠也不去了，赌台也许久不去了。仰彝其实还算好的，再有个明白点的媳妇劝劝他，又还要好些。偏又是这样的一个糊涂虫——养下的孩子还有个明白的？都糊涂到一家去了！

楼下的风琴忽然又弹起来了，《阳关三叠》，还是那一句。是哪个小孩子——一直坐在那里么？一直静静的坐在那里？寂静中，听见隔壁房里霆谷筒上了钢笔套，把毛笔放到笔架上。霆谷是最不喜欢读书写字的人，现在也被逼着加入遗老群中，研究起碑帖来了。

老妈子进来叫吃晚饭。上房的一桌饭向来是老太爷老太太带着全少爷先吃，吃过了，全少奶奶和小孩子们再坐上来吃。今天因为仰彝去看电影还没回来，只有老夫妇两个。荤菜就有一样汤，霆谷还在里面捞了鱼丸子出来喂猫。紫微也不朝他看，免得烦气。

过到现在这样的日子，好不容易苦度光阴，得保身家性命，单是活着就是桩大事，几乎是个壮举，可是紫微这里就只一些疙里疙瘩的小噜苏。

吃完饭，她到浴室里去了一趟，回到房中，把书架上那本《天方夜谭》顺手拿了。再走过去，脚底下一绊，台灯的扑落褪了出来。她是养成了习惯，决不会蹲下身来自己插上扑落的，宁可特为出去一趟把佣人喊进来。走到外边房里，外面正在吃饭，坐了一桌子的人。仰彝大约才回来，一手扶着筷子，一手擎着说明书在看，只管把饭碗放在桌上，却把头极力地低下去，嘴凑着碗边连汤带饭往里划，吃了一脸。墨晶眼镜闪着小雨点，马裤呢大衣的肩上也有斑斑的雨雪，可见外面还在那儿下个不停。全少奶奶喂着孩子，几个大的儿女坐得笔直的，板着脸扒饭，黑沉沉罩着年轻人特有的一种严肃。潆珠脸上，胭脂的痕迹洗去了，可是用肥皂擦得太厉害，口鼻的四周还是隐隐的一大圈红。灯光下看着，恍惚得很，紫微简直不认识他们。都是她肚里出来的呀！

老妈子进房点上了台灯，又送了杯茶进来。紫微坐下来了，把书掀开。发黄的纸上，密排的大号铅字，句句加圈，文言的童话，没有多大意思，一翻翻到中间，说到一个渔人，海里捞到一只瓶，打开了塞子，里面冒出一股烟，越来越多，越来越多，出不完的烟，整个的天都黑了，他害怕起来了。紫微对书坐着，大概有很久罢，她伸手去拿茶，有盖的玻璃杯里的茶已经是冰冷的。

一九四四年未完稿

*初载一九四五年三月、四月、五月、六月《杂志》第十四卷第六期，第十五卷第一期、第二期、第三期，收入《张看》。

郁金香

金香很吃力的把两扇沉重的老式拉门双手推到墙里面去。门这边是客厅。墙上挂着些中国山水画，都给配了镜框子，那红木框子沉甸甸的压在轻描淡写的画面上，很不相称，如同薄纱旗袍上滚了极阔的黑边。那时候女太太们刚兴着用一种油漆描花，上面洒一层闪光的小珠子，也成为一种兰闺韵事。这里的太太就在自己鞋头画了花，沙发靠垫上也画了同样的花。然而这一点点女性的手触在这阴暗的大客厅里简直看不到什么。

门那边，陈宝初陈宝余兄弟俩在那里吃早饭。两人在他们姊夫家里住了一暑假，姊姊姊夫是太太老爷，他们便被称作大舅老爷二舅老爷，虽然都还是年纪很轻的大学生，宝初今年刚毕业。这一天，宝余只管把熏鱼头肉骨头抛到桌子底下喂狗吃，宝初便道："你不要去引那个狗了！把这地方糟蹋得这样子！"宝余笑道："你看这小家伙多有意思！"他见那丫头金香走了过来，越发高兴起来了，撕了一块油鸡逗的那狗直往桌上蹦，笑道："金香你看你看！"金香一眼瞥见宝初的脸色有点不快，便道："哟！这狗得洗澡了！"一面又去拿扫帚畚箕，说道："我来扫扫，是不能再给它吃了！"她一说，宝余就歇了手，讪讪的自去吃粥。

金香扫了地,又去捉狗,说:"去洗澡去。"这狗是个黑白花的叭儿狗,脸是白的,头上有些黑毛丝丝缕缕披下来,掩没了上半个脸,活像个小女孩子,瞪着大眼珠子在那前溜海后面偷偷的看人。

金香把狗抱在怀中,宝余便凑上前去捞捞狗的下颔,笑道:"你看我们多美啊,前溜海儿……还带着这眼神儿,就跟你一样,就苦脸上没搽胭脂。"金香抽身待走,却被宝余一只手指钩住了狗的领圈。她道:"二舅老爷,你别瞎闹了。"宝余道:"怎么,你不搽胭脂的么?"金香道:"谁搽胭脂呢?"然而她的确是非常红的"红颜",前溜海与浓睫毛有侵入眼睛的趋势,欺侮得一双眼睛总是水汪汪。圆脸,细腰身,然而同时又是胖胖的。穿着套花布的短衫长裤,淡蓝布上乱堆着绿心的小白素馨花。她搭讪着就把狗抱走了,自言自语道:"狗儿天不洗就要虼蚤多了!"宝余赶在她后面失惊打怪的叫了声:"喏,真的,这多么虼蚤!"金香倒给他吓了一跳,一回头,他便在她背上摸了一把,道:"喏,在这儿!在这儿!"金香恨道:"二舅老爷真是!"宝余涎着脸笑道:"真是怎么?真是好,是罢?"金香早走了,也没听见。

宝初先一直没做声。虽说是自己的兄弟,究竟是异母的。两人同是庶出,宝初的母亲死得早,那时候宝余的母亲还只有一个女儿,就把宝初拨给她,归她抚养了。后来又添了宝余。在这样的环境里长大的宝初,本来就是个静悄悄的人,今年这一夏天过下来,更沉郁了些,因为从读书到找事,就像是从做女儿到做媳妇,对于人世的艰难知道得更深了一些。今天他实在有点看不过去了,金香一走他就说宝余:"二弟,你真是的,总这样子跟金香油嘴滑舌的——叫人看不起!让姊夫听见了,不大好。"宝余笑道:"你怎么啦?你总是看不得我跟金香说话,一来就这么一篇大道理!"他回到桌子上,心不在焉的又捧起饭碗,用筷子把一碟子酱菜掏呀掏,戳呀戳的,兜底翻了个过。宝初道:"你这叫什么话?你也不想,我们住在姊姊家,总得处处留神点!"宝余道:"姊姊是我自己姊姊,给你这么说着反而显得生分了!"宝初不言语了。

这里金香去到厨房里拎开水给狗洗澡,却见外老太太也在厨下,在那里调面粉。金香笑道:"老太太自己大清早起就在厨房里忙啰?"金香还是从前那个太太的人,自从老爷娶了填房,她便成为阮公馆里的遗少了,她是个伶俐人,不免寸步留心,格外巴结些。阮太太的母亲本是老姨太太,只有金香一个人赶着她叫老太太。

这老姨太太生得十分富泰,只因个子矮了些,总把头仰得高高的。一张整脸,原是整大块的一个,因为老是往下挂搭着,坠出了一些裂缝,成为单眼皮的小眼睛与没有嘴唇的嘴。她出身是北京的小家碧玉,义和团杀二毛子的时候她也曾经受过惊吓,家里被抢光了,把她卖到陈府,先做丫头,后来收了房。

几十年了,她还保留着一种北方小户人家的情味,如同《儿女英雄传》里的张大妈。张大妈一看天色不大好,就说:"咱们弄些什么吃的,过阴天儿哪!"她也有同类的借口,现在对金香就说:"我今天早上起来,嘴里发淡,想做点鸡汤面鱼儿吃!"她把调面的碗放到龙头底下加水,不料橡皮管子滑脱了,自来水拍啦拍啦乱溅,金香道:"哟,老太太溅了鞋上了!"老姨太无法看见自己脚上的鞋,因为肚子腆出来太远。金香疾忙蹲下身去为她揩擦了一番。

水开了，金香拎着一壶水挟着狗上楼去，不料她自己身上忽然痒起来了，脚背上，裤腰上，她慌了手脚，知道是狗身上的跳蚤，放下了狗，连忙去换衣裳。来到下房里，一间下房里横七竖八都是些床铺箱笼，让虼蚤跳到床上去，那就遗患无穷。她转念一想，便把那壶热水，给狗洗澡的，权且倒在红漆脚盆里，脱下的衣服都泡在水里。门虽然关着，她怕万一有人推门进来，便立在门背后。刚把一件汗背心从头上褪了下来，她的一套干净衫裤搭在床栏杆上，去取时，已经不在那里了。她叫了声"咦？"忽然听见门外噗嗤一笑。她吓得脸上一红一白，忙去抵住了门，叫道："嗳哟，二舅老爷——你把我的衣服还我！"宝余道："不要你叫我二舅老爷！"金香道："你是二舅老爷吗，叫我叫什么呢？谢谢你，先还了我再说罢！"宝余胆子也小，就不敢使劲把门顶开再看她那么一看，只说："不行，你先好好的叫我一声再还你！"金香哀求道："二舅老爷！请你还我！"宝余道："告诉你叫你别叫二舅老爷吗！"金香摆了一会，把声音一变，道："你再不还我，我要嚷了！"宝余笑道："我知道你不敢嚷嚷！"金香赌气自把盆里的湿衣服捞出来绞干了，胡乱穿在身上。

宝余究竟年轻，其实他也和她一样的面红耳赤，心惊肉跳的。当下也就走开了，一路嘟囔着："我倒看你怎么嚷嚷！"正遇见宝初迎面走来，宝初见他那神魂颠倒的样子，因问："你这是干吗？"一眼看见他手里的衣服，就认得了，道："这不是金香的衣裳吗？"宝余还有点梦梦糊糊的，带着迷惘的微笑，道："可不是！谁叫她强——她不好好叫我一声我真不还她呢！"宝初劈手夺过衣服，道："你越闹越不成话了！"宝余如梦方醒，略有点诧异，睁大了眼睛，只说了声"喝！"便扬长而去。

宝初敲敲门，道："金香！"金香听得出他的声音，便把门开了，她两只手努力牵着扯着，不给那衣服黏在身上。宝初道："怎么啦？湿的衣裳怎么能穿？"金香满面绯红，接过一叠衣服，低声道："正要换，二舅老爷把我抢走了。"她那声音本就是像哭哑了嗓子似的那一种"澄沙"喉咙，声音一低，更使人心里起一阵凄迷的荡漾。宝初没说什么，就走了。

阮太太一醒就揿铃叫人。老姨太照例来到女儿床前觑见，阮太太照例沉着脸冷冷的叫一声"妈"。阮太太面色苍白，长长的脸，上面剖开两只炯炯的大眼睛。她是一个无戏可演的繁漪，仿佛《雷雨》里的雨始终没有下来。

老姨太道："今天怎么醒得这么早？"阮太太道："还说呢！早上想睡一会儿总不行，刚才金香也不知跟谁在那里叽抓叽抓的？"抢了金香的衣服那件事情老姨太也略有风闻，她只"嗯……啊……"的应了一声，没敢答应。这时候伺候老姨太的荣妈给她送了牙签进来。她慢慢的剔牙，一只手笼着嘴，仿佛和谁在耳语似的，带着秘密的眼色。阮太太顿时起了疑心，问道："她到底是跟谁在那儿闹呀？"老姨太道："我刚才在楼底下做面鱼儿吃，倒没听见呀！"阮太太便道："荣妈你去给我把金香叫来！"一面说，一面坐起身来，趿上拖鞋。把金香叫了来大骂，金香先没则声，后来越骂越厉害，道："你这丫头一定是在那里作嫁了！——你到底在那里嚷嚷什么？"金香哭道："哪儿？是二舅老爷。……"阮太太越发着恼，不但恼她的兄弟跟底下人胡闹，偏这么不争气，偏去想她丈夫的前妻的丫头——而且给人说一句现成话：他本是丫头养的，"贱种"——连她都骂在里头！她有苦说不出，只索喝道："你这个死丫头！自己那样疯，还要说二舅老爷！你就少给我惹惹他们罢！下回你再敢招惹舅老爷们，我马上把你赶出去！"金香哭得呜呜的，还在那里分辩，被老姨太做好做歹把她推了出去，说道："得了得了，去吧，下回少跟舅老爷们说话，下回别理他们！"

阮太太气的心口疼，点了根香烟倚在床上吸着，说道："我倒要问问二弟看，是怎么回事！"老姨太道："宝余出去了，他们哥俩刚拿着游泳衣说是到虹口游泳去了。"阮太太一只脚踏在床上穿丝袜。她因为瘦，穿袜子再也拉不挺，袜统管永远嫌太肥了，那深色丝袜皱出一抹一抹的水墨痕。她蹙着眉道："妈，你也应该管管他们了！我也觉得来着，二弟有时候也是爱说废话！"老姨太怯怯的咳嗽了一声，叹道："嗳！他一年到头用功念书，回来说两句笑话都不让他说呀？不太憋闷了么？"阮太太怒道："妈就是这样！你不说我跟他说！"老姨太深恐她措词太严厉，忙道："得了得了，你也别生气了，我回头跟他说得了！"

老姨太怕女儿，怕儿子，也怕荣妈。荣妈是个大家风范的女仆，高个子，腰板挺得笔直，因为是旗人；一张忠心耿耿的长脸，像个棕色的马。老姨太做了她的主人，一辈子于心有愧。那天荣妈背地里和老姨太说："刚才姑奶奶告诉我，叫我给这金香找人家儿。"老姨太道："她认真要想把她给了？我们姑奶奶也是——刚过门，把他们那边的老人全开发了。等会让人家说，连个丫头也容不住！"荣妈道："可不是吗！——还说呢！这丫头，给人家，人家也不敢要。人都知道她跟少爷们疯疯傻傻的。老姨太，您也是得说说二少爷——跟金香那么拉拉扯扯，叫人看着也是不像样子！您不想，自从老太爷过世，那么些年，该多苦呢！好容易这时候靠着姑老爷，就是我们少爷们，也全仗着姑老爷照应他们。将来也还得仗着姑老爷照应他们。这样子要让姑老爷知道了。他准不乐意！"荣妈诉说着，老姨太就得受着。她连连点头，一摆手道："你别罗嗦了，我知道，我回头是要跟他说的！"

宝初宝余一直到晚饭后方可回来。他们姊夫也有应酬，出去了。阮太太老姨太都在洋台上乘凉。宝余洗了个澡上楼来，穿堂里静悄悄黑魆魆的，下房里却有灯。他心里想可会是金香一个人在里面。若是别人，他就说是要拖鞋便了。当下把门一推，原来金香因为看见宝初回来了，她操作了一天，满脸油汗，见不得人，偷空便去拿一块冷毛巾擦了把脸，又把她的棉花胭脂打潮了一角，揉了些在手掌心上，正待拍到脸上去。她在黯淡的灯光下伛偻着对准窗台上的一面小镜子，镜子两只脚站不稳，老是要分开成为一字式，虽然用根细绳子拴了，还是有点一溜一溜的。她又退后一步，刚把她的脸全部嵌在那鹅蛋形的镜子里，忽然被宝余在后面抓住她两只手，轻轻的笑道："这可给我捉到了！你还赖，说是不搽胭脂吗？"金香手掌心上红红的，两颊却是异常的白，这时候更显得惨白了。她也不做声，只是挣扎着，宝余的衬衫上早着了嫣红的一大块。宝余那里顾得到那些，只看见她手臂上勒着根发丝一般细的暗紫赛璐珞镯子，雪白滚圆的胳膊仿佛截掉一段又安上去了，有一种魅丽的感觉，仿佛《聊斋》里的。宝余伏在她臂湾里一阵嗅，被她拼命一推，跌到了一个老妈子的床上去，铺板都差一点打翻了，他一只白皮鞋带子没系好，咕咚一声滑落到地下去。接着便听见有一个李妈在外面叫道："金香，你去把澡盆洗一洗，大舅老爷要洗澡呢！"一语未完，把门一开，却万万想不到屋里是这个情形。宝余连忙爬起来穿鞋，金香低着头立刻跑了出去，前溜海蓬蓬松松全部扫到两边去了。

面临洋台的起坐间里开着无线电，正播送着话剧化的《王熙凤大闹宁国府》。灯光明亮的房间里热热闹闹满是无线电人物的声音，人却被撵到外面的黑暗里去了。里面外面各讲各的。宝初陪着阮太太老姨太坐在那老式大洋房的洋台上。那栏干，每一根石柱上顶着个和尚头似的石球，完全像武侠小说里那种飞檐走壁的和尚阴森森凝立着的黑影。每次见到总有点感到突兀。究竟不是自己的家，这奇异的地方。在这里听着街上的汽车喇叭声也显得非常飘渺，恍如隔世。

荣妈拿了把芭蕉扇来要宝初给她写个"荣"字在上面，然后她就着门口的灯光，用蚊烟香一点一点烙出这个字来。

宝初向阮太太说道："刚才我们碰见阎小姐同她母亲。她母亲非常热络，一定叫我们明天上她家去吃饭。"阎小姐和他们是先后同学，她毕业以来，参预了好几种社会福利事业，兼管接送外宾，逐日在飞机场献花，等于生活在中国的边疆上，非常出头露面。她生着乌黑的眼珠子，上小下大的粉团脸，脸的四周仿佛剪齐，有点荷叶边式。见了人总是热烈而又庄重地拉手，谈上几分钟，然后又握手道别。

老姨太在旁说道："可就是那个——那个阎小姐？说起来我们还有点亲戚呢！"阮太太道："是谁家？"老姨太道："喏，是那个阎裕衡的女儿。"阮太太道："哦，我听见说阎裕衡新近进了外交部了呀！"她顿了一顿，接上去便道："那个阎太太别是对你们有意思呢？"宝初微笑道："不见得吧？"他已经在那里懊悔提起这件事，一只手搁在藤椅扶手上，只管把那上面的藤条一圈一圈的拆下来。老姨太道："小姐多少岁了？"阮太太对于小姐的岁数并不感到兴趣，只说："要给阎裕衡做女婿，要出去做事，有阎裕衡这样的丈人给荐荐，那还不容易么？靠你姊夫好了——给托了一暑假也没找到事,结果还是塞在自己徐州分行里。"

老姨太却又担忧起来,同宝初道:"哎,真的,那事是你去就,是罢?"阮太太道:"还是让他去好。二弟他那个孩子脾气,离开家哪行?"老姨太听了,方才放心。又道:"那这个阎家小姐……"宝初忙接口道:"那阎小姐要给二弟倒挺合式的,不知二弟的意思怎么样?"阮太太笑道:"那你呢?你也得自己留神点了,现在人都讲究自由恋爱了,单靠人介绍是不行的!"宝初笑道:"我想,对于这婚姻的事,现在真还谈不到了,我总想等我对于事业上有点成就才能讲这一点。"

正说着,宝余来了。宝初便笑道:"你来正好,妈要给你讨媳妇儿呢!"阮太太道:"刚才你大哥说有一个阎小姐,我说挺好的——那样的人家哪儿找去?"宝余才坐下来又站了起来,走到栏干边朝外望着,淡笑了一声道:"啊,那阎小姐!满脸像要做外交官太太那样子——我不要,我够不上!"老姨太发急道:"你这叫什么话呢?你爸爸当时不是保加利亚国的第一任公使馆的一等秘书,你还是养在保加利亚国呢!"宝余并不答理,径自走到屋里去拨无线电。阮太太跟了进来,冷眼看着他,半晌方道:"哼!你洗了澡没换衣服啊?"宝余茫然道:"换了。"阮太太指着他领口上一大块胭脂迹子,冷笑道:"才换了衣服这儿衬了什么?"宝余低下头去看看自己,不禁紫涨了脸,马上一溜烟跑了。

李妈来请宝初去洗澡。老姨太向来只有和佣人们在一起话最多,这时候恰又引起了谈兴,因把她生命史上最光荣的一页叙述与李妈听。宝初宝余的父亲放洋到保加利亚,就是带了她去的。她摇着扇子道:"啫!我那时候才十七岁!坐的那个船,那才大呢!是德国船,上上下下什么都是德国人,连西崽也是德国人,那伺候的真好!

——我那不是年青火气重,其实人家也不是有意的:上船的时候有一个西崽抢着来搀我,我可不好意思叫他搀,不知怎么一来他整个的撞了我怀里了,我摔起来给他一个嘴巴子,差点儿把人家打的掉了海里去了!那公使馆里房子讲究着呢,开跳舞会,那舞厅真不像现在上海这些——又高又大,连那顶上都有一排玻璃窗,我带着老妈子们扒在窗口往下看——那时候就是不开通:看见男男女女搂之抱之的,都臊死了!其实那赛金花不也就是跟他们那么混混!我们叫没她那么脸皮厚!——不过那也不行,就是我肯去我们老爷也不让去。那时候到底年青,记性好,还学法文呢,把字母全记住了——"当即悠悠的背诵起来,声音略有点幽默冷:"啊,倍,赛,呔……"

阮太太回到洋台上来,盘问李妈二舅老爷刚才可是跟金香在一起。宝余自己心虚,换了衬衫之后一直没出来乘凉,阮太太后来差人去请二舅老爷吃西瓜,他只得来了。阮太太若无其事,先谈着一些别的,忽然和颜悦色的问道:"你们明天到阎家去是吃晚饭还是吃中饭啊?"宝余道:"我不高兴去。"老姨太道:"为什么呢?人家好好的请你们嚛!"

宝余撅着嘴道:"我不高兴去嚛!等会废话又多了!"阮太太道:"你就是这么没长进!人家好好的小姐你就挑精拣肥的,成天的跟丫头们打打闹闹,我的脸都给你丢尽了!"宝余道:"姊姊就是这样!我说我不愿意上阎家去又惹出你这一套来!"阮太太冷笑道:"你还当我不知道呢!你以为我不看见就不知道啦?两个人揪着在床上打,给人家说的成什么话?刚才你衬衫上衬的什么,你自己心里该明白!你姊夫要是知道了不是连我都要看不起了!"

老姨太忙道："姊姊说的都是好话，你明天去吃顿饭又怕什么呢？"宝余无奈，紧蹙双眉道："好好好，我去我去就得了！"

次日，他独自到阎家去赴宴，宝初就没去。那天晚上阮太太夫妇与老姨太都围着无线电听舞台上马连良的转播。宝初不懂戏，听了一会，便下楼来到自己的房间里，没想到有人在里面。他和宝余的两张床都推到屋角里去了，桌椅也挪开了，腾出一块空地来，金香蹲在地下钉被。通客厅的两扇高大的栗色的门暗沉沉的拉上了，如同一面墙。地下铺着的一床被面，是玫瑰色的绸，在灯光下闪出两朵极大的荷花，像个五尺见方的红艳的池塘，微微有些红浪。金香赤着脚踏在上面，那境界简直不知道是天上人间。

宝初呆了一呆，金香一抬头看见了他，微笑着，连忙就站起身来，她有一双圆口布鞋放在旁边地板上，她穿上了鞋，走去把窗台上晾着的几张市民证防疫证拿给他看，皱着眉笑道："大舅老爷，这是在你衣服口袋里的，我洗的时候没看见，连衣裳给扔了水里了！这一张是电车月季票罢？"

金香却又有点不好意思，道："我也一半是猜的。"宝初低声道："你真聪明。"金香道："从前我们太太有时候一高兴，也教我认两个字——闹着玩儿。"她自谦地一笑，却有一种悲凉的意味。她把那张月季票按在窗台上慢慢的抹平了，道："这上头小照都掉下来了——"宝初把那一叠文件拿在手里翻着，并没有照片夹在里面。那一张半边脸上打了个蓝色印戳子的二寸照片，是不是给她留了下来呢？她继续说道："字也糊涂了。我给你晒干还能用罢？"宝初道："不要紧，反正我也不要用了，我后天就走了。"金香不禁怔住了，轻轻的道："你走？你上哪儿去呀？"宝初道："姊夫给我在徐州的银行里找了个事。"金香沉默了一会，倒淡淡的一笑道：

"呵，怪不得呢，太太叫我给你钉被，我想这热天要棉被干吗？"

说着，她就又去钉被，这回没脱鞋，双膝跪在那玫瑰红的被面上。宝初不由主的也跟过来，也在她旁边跪下了，仿佛在红毡上。金香别过头去望了望房门口，轻轻道："你快起来，快起来！"他把她的手握住了，她便低下头去，凑到她缚在腕上的一条手绢子上拭泪。是红泪，因为她脸上的胭脂的缘故。

宝初到底听了她的话，起来了，只在一边徘徊着，半响方道："我想……将来等我……事情做得好一点的时候，我我……我想法子……那时候……"金香哭道："那怎么行呢？"

其实宝初话一说出了口听着便也觉得不像会是真的，可是仍旧嘴硬，道："有什么不行呢？我是说，等我能自主了……你等着我，好么？你答应我。"金香摇摇头，极力的收了泪，脸色在两块胭脂底下青得像个青苹果。她又摇了摇头，道："不是我不肯答应你，我知道不成呀！——哟，你看我糊里糊涂，那么大一根针给我戳了那儿去了？"越是心慌越找不到，她把棉被一处处捏过来，道："可别扎了棉花里头去了，那可危险！"宝初便也蹲下身来帮着她找，两人把一床被掀来掀去半天也没找到。"就让这根针给扎死了也好，也一点都不介意"，他心里未免有这样的意念。

然而临走那天她觑空又同他说了一声："针找到了。"别在她胸前的布衫上。意思他可以放心了，他听了反而有点失望，感到更深一层的空拒。可是，不都怪他自己么？他也很知道她为什么回得他那么坚决——只是因为他不够坚决的缘故。

坐在黄包车上，扶着个行李卷，膝下压着个箱子，他腾出一只手来伸到裤袋里去，看有没有零碎票子付车钱。一摸，却意外地摸出一只白缎子糊的小夹子，打开来，里头两面都镶着玻璃纸

233

罩子，他的市民证防疫证都给装在里面。那白缎子大概是一双鞋面的零头，缎子的夹层下还生出短短一截黄纸绊带。设想得非常精细，大约她认为给男人随身携带的东西没有比这更为大方得体的了，可是看上去实在有一点寒酸可笑。也不大合用，与市民证刚刚一样大，尺寸过于准确了，就嫌太小，宝初在火车站上把那些证书拿出来应用过一次之后就没有再笛进去了，因为太麻烦。但总是把它放在手边，混在信纸信封之类的东西一起。那市民证套子隔一个时期便又在那乱七八糟的抽屉中出现一次，被他无意中翻了出来，一看见，心里就是一阵凄惨。然而怎么着也不忍心丢掉它。这样总有两三年，后来还是想了一个很曲折的办法把它送走了。有一次他在图书馆里借了本小说看，非常厚的一本，因为不大通俗，有两页都没有剪开。他把那市民证套子夹在后半本感伤的高潮那一页，把书还到架子上。如果有人喜欢这本书，想必总是比较能够懂得的人。看到这一页的时候的心境，应当是很多怅触的。看见有这样的一个小物件夹在书里，或者会推想到里面的情由也说不定。至少……让人家去摔掉它罢！当时他认为自己这件事做得非常巧妙，过后便觉得十分无聊可笑了。

他渐入中年，终于也结了婚。金香是早已嫁了。姊姊姊夫对于宝初这个太太也还赞成，可是为了一桩小事到底还是把姊姊给得罪了。姊姊向来有一个毛病，喜欢托人捎带物件，而且范围很广，不像一般的太太们限于从香港带丝袜呢绒。她虽然终日在家不过躺躺靠靠，总想把普天下的人支使得溜转。她一直常叫宝初从徐州带东西来，已经不大满意他了，说他不会做事。他结婚之后她一定要荐一个老妈子给他带去。宝初觉得很不值得这么许多麻烦，他太太呢，也怕是非，不愿意让一个亲戚那边的人窥见他们家庭生活的一切琐屑，省一点，费一点，都叫人议论。那老妈子其实也不怎么想去，因为听说内地住家要挑水的。然而阮太太全都怪在宝初身上，十分不乐。宝初那时候在徐州分行里做到会计科主任的位置，就再也升不上去了。他早就应当知道他这样的人是一辈子也阔不起来的。

有一年放春假，他单身一个人到上海来看牙齿，有两只牙齿蛀坏了需要拔。宝余和阎小姐结了婚以后，阎小姐不大看得起老姨太，因此老姨太至今还住在女儿家里。宝初来探看了老姨太两次，然而他还是宁可另外耽搁在一个朋友那里。老姨太新装了一副假牙，宝初去找的就是和她同一个牙医生。牙医生住在一个公寓里，要乘电梯上去。这一天他去，已经有一个小大姐抱着一只狗立在电梯里。宝初不由得多看了她两眼，比当初的金香还要年纪小些，不过十五六岁：一双倒挂瓜子眼，一脸惫赖的神气。照规矩仆役不可乘电梯，那开电梯的便向她蹙额叱道："去去去！"那小大姐并不答言，只发出一股狗的气味。这时候正有一群娘姨大姐买了菜回来，嘻嘻哈哈乘机一拥而入，开电梯的虽然咕哝着，也就顺便把她们带了上去了。人声嘈杂，宝初仿佛听见人唤了声"金香"，他震了一震，简直疑心是他自己自言自语，叫出声来了。挤得密密层层的，实在无法看见，又不便过分的伸头探脑。但是回想到刚才那些人走进电梯，仿佛就是很普通的一群娘姨大姐，并没有哪一个与众不同的。可见如果是她，也已经变了许多了，沉到茫茫的人海里去，不可辨认了。那么，不看见也罢。电梯门上挖出个小圆窗户，窗上镶着一枝铁梗子的花。只一瞥，便隐没了。再上一层楼，黑暗中又现出一个窗洞，一枝花的黑影斜贯一轮明月。一明，一暗；一明，一暗。

电梯在三楼停了，又在四楼停了，里面的人陆续出空，剩下的看来看去没有一个可以是金香的。

他离开上海前一天又到姊姊家去了一次。那天晚上宝余的太太也在那里，她和从前做阎小姐的时候并没有什么两样，只是更觉得体态松腴，更像个雪人了。雪白的脸上嵌着两颗乌黑的眼核，腮上淡淡的抹红了两块。应酬起人来依旧是那么庄重而又活泼。宝初看看她，觉得也还不差，和他自己的太太一样，都是好像做了一辈子太太的人。至于当初为什么要娶她们为妻，或是不要娶她们为妻，现在来都也无法追究了。

他有点惘惘的，但是忽然一注意，听见阮太太说要添一个佣人，老姨太道："真的，你不会叫那个金香来？她做事倒挺好的。"老姨太一直对金香很有好感，因为"那孩子嘴甜"。阮太太酸溜溜的道："她不是嫁的挺好吗？做老板娘了！"老姨太道："哪儿？我那天去看牙，看见她的呀！托我给找事；她就在牙医生下头有一家子，说那人家人多，挺苦的。说她那男人待她不好，也不给她钱，她赌气出来做事了，还有两个孩子要她养活。"阎小姐含笑问道："是不是就是从前爱上了宝余的那个金香？"

宝初只听到这一句为止。他心里一阵难过——这世界上的事原来都是这样不分是非黑白的吗？他去站在窗户跟前，背灯立着，背后那里女人的笑语啁啾一时都显得朦胧了，倒是街上过路的一个盲人的磬声，一声一声，听得非常清楚。听着，仿佛这夜是更黑，也更深了。

* 初载一九四七年五月十六日至三十一日上海《小日报》，未收集。

多少恨

前　言

一九四七年我初次编电影剧本，片名《不了情》，当时最红的男星刘琼与东山再起的陈燕燕主演。陈燕燕退隐多年，面貌仍旧美丽年轻，加上她特有的一种甜味，不过胖了，片中只好尽可能的老穿着一件宽博的黑大衣。许多戏都在她那间陋室里，天冷没火炉，在家里也穿着大衣，也理由充足。此外话剧舞台上也有点名的泼旦路珊演姚妈，还有个老牌反派（名字一时记不起来了）演提鸟笼玩鼻烟壶的女父——似是某一种典型的旗人——都是硬里子。不过女主角不能脱大衣是个致命伤。——也许因为拍片辛劳，她在她下一部片子里就已经苗条了，气死人！——寥寥几年后，这张片子倒已经湮没了，我觉得可惜，所以根据这剧本写了篇小说《多少恨》。

在美国，根据名片写的小说归入"非书"（non-books）之列——状似书而实非——也是有点道理。我这篇更是仿佛不充分理解这两种形式的不同处。例如小女孩向父亲唠唠不休说新老师好，父亲不耐烦；电影观众从画面上看到他就是起先与女老师邂逅，彼此都印象很深，而无从结识的男子；小说读者并不知道，不构成"戏剧性的反讽"——即观众暗笑，而剧中人懵然——效果全失。

我当时没看出来，但是也觉得写得差。离开大陆的时候，文字不便带出来，都是一点一滴的普通信件的长度邮寄出来的，有些就涮下来了。

前两年在报上看到有人袭用《不了情》片名，大概别人也都不知道已经有过这么张片子，不禁怃然。想不到最近痖弦先生有朋友在香港影印了图书馆里我这篇旧作小说，寄了来。影片本身早已消失得无影无踪，根据它的"非书"倒还顽健，不远千里找上门来，使人又笑又叹。

——卅年后记

——我对于通俗小说一直有一种难言的爱好；那些不用多加解释的人物，他们的悲欢离合。如果说是太浅薄，不够深入，那么，浮雕也一样是艺术呀。但我觉得实在很难写，这一篇恐怕是我能力所及的最接近通俗小说的了，因此我是这样的恋恋于这故事。——

现代的电影院本是最大众化的王宫，全部是玻璃，丝绒，仿云母石的伟大结构。这一家，一进门地下是淡乳黄的；这地方整个的像一只黄色玻璃杯放大了千万倍，特别有那样一种光闪闪的幻丽洁净。电影已经开映多时，穿堂里空荡荡的，冷落了下来，便成了宫怨的场面，遥遥听见别殿的箫鼓。

迎面高高竖起了下期预告的五彩广告牌，下面簇拥掩映着一些棕榈盆栽，立体式的圆座子，张灯结彩，堆得像个菊花山。上面涌现出一个剪出的巨大的女像，女人含着眼泪。另有一个较小的悲剧人物，渺小得多的，在那广告底下徘徊着。是虞家茵，穿着黑大衣，乱纷纷的青丝发两边分披下去，脸色如同红灯映雪。她那种美看着仿佛就是年轻的缘故，然而实在是因为她那圆柔的脸上，眉目五官不知怎么的合在一起，正如一切年轻人的愿望，而一个心愿永远是年轻的，一个心愿也总有一点可怜。她独自一个人的时候，小而秀的眼睛里便露出一种执著的悲苦的神气。为什么眼睛里有这样的悲哀呢？她能够经过多少事呢？可是悲哀会来的，会来的。

她看看表，看看钟，又踌躇了一会，终于走到售票处，问道："现在票子还能够退吗？"卖票的女郎答道："已经开演了，不能退了。"她很为难地解释道："我因为等一个朋友不来——这么半天了，一定是不来了。"

正说着，戏院门口停下了一辆汽车，那车子像一只很好的灰色鸡皮鞋。一个男人开门下车，早已有客满牌放在大门外，然而他还是进来了，问："票子还有没有？只要一张。"售票员便向虞家茵说："那正好，你这张不要的给他好了。"那人和家茵对看了一眼。本来没什么可窘的，如果有点窘，只是因为两人都很漂亮。男人年轻的时候不知是不是有点横眉竖目像舞台上的文天祥，经过社会的折磨，蒙上了一重风尘之色，反倒看上去顺眼得多。家茵手里捏着张票子，票子仍旧搁在柜台上，向售票员推去。售票员又向那男子推去。这女售票员，端坐在她那小神龛里，身后照射着橙黄的光，戏剧业供奉的一尊小小的神祇，可是男女的事情大概也管。她隔着半截子玻璃，冷冷的道："七千块。"那男子掏出钱来，见家茵不像要接的样子，只得又交给售票员转交。那人先上楼去了。家茵随在后面，离得很远。

座位在他隔壁，他已经坐下了，欠起身来让她走过去。不见得是有意的，一般人都喜欢靠边的位子，自然而然会先占了那座位。散戏的时候从楼上下来，被许多看客紧紧挤到一起，也并没有交谈。一直到楼梯脚下，她站都站不稳了，他把她旁边的一个人一拦，她微笑着仿佛有道谢的意思，他方才说了声："挤得真厉害！"她笑道："嗳，人真是多！"挤到门口，他说："要不要我车子送您回去？人这么多，叫车子一定叫不着。"她说："哦，不用了，谢谢！"一出玻璃门，马上像是天下大乱，人心惶惶。汽车把鼻子贴着地慢慢的一部一部开过来，车缝里另有许多人与轮子神出鬼没，惊天动地呐喊着，简直等于生死存亡的战斗，惨厉到滑稽的程度。在那挣扎的洪流之上，有路中央警亭上的两盏红绿灯，天色灰白，一朵红花一朵绿花寥落地开在天边。

家茵一路走了回去，她住的是一个衖堂房子三层楼上的一间房。她不喜欢看两点钟一场的电影，看完了出来昏天黑地，仿佛这一天已经完了，而天还没有黑，做什么事也无情无绪的。她开门进来，把大衣脱了挂在柜子里，其实房间里比外面还冷。她倒了杯热水喝了一口，从床底下取出一只旧的绣花鞋来，才换上一只，有人敲门。她一只脚还踏着半高跟的鞋，一歪一歪跑了去，一开门便叫起来道："秀娟！啊呀你刚才怎么没来？"她这老同学秀娟生着一张银盆脸，戴着白金脚眼镜，拥着红狐的大衣手笼，笑道："真是对不起，让你在戏院里白等了这么半天！都是他呀——忽然的病倒了！"

家茵扶着门框道："啊？夏先生哪儿不舒服啊？"秀娟道："喉咙疼，先还当是白喉哪！后来医生验过了说不是的，已经把人吓了个半死！我打电话给你的呀，说我不能去了，你已经不在家了。"家茵道："没关系的，不过就是后来我挺不放心的，想着别是出了什么事情。"她掩上了门，扶墙摸壁走到床前坐下，把鞋子换了。秀娟还站在那里解释个不了，道："先我想叫个佣人跑一趟，上戏院子里去跟你说，佣人也都走不开，你没看见我们那儿忙得那个乌烟瘴气的！"家茵重又说了声"没关系的。"她把一张椅子挪了挪，道："坐坐。"便去倒茶。

秀娟坐下来问道："你好么？找事找得怎么样？"家茵笑着把茶送到桌上，顺便指给她看玻璃底下压着的剪下的报纸，说道："写了好几封信去应征了，恐怕也不见得有希望。"秀娟道："登报招请的哪有什么好事情——总是没人肯做的，才去登报呢！"家茵道："是啊，可是现在找事情多难！我着急不是为别的——我就没告诉我娘我的事丢了，免得她着急！"秀娟道："你还是常常寄钱给你们老太太？"家茵点点头，道："可怜，她用的倒是不多……"说着笑了一笑，她也不必怕秀娟误会以为她要借钱。这些年来和她环境悬殊而做着朋友，自然是知道她向不借钱的，当下只同情地蹙着眉点了点头道："其实啊……你父亲那儿，你不能去想想办法么？"家茵听了这话却是怔了一怔，不由得满脸不愿意的样子，然而极力按捺下了，答道："我父亲跟母亲离了婚这些年了，听说他境况也不见得好，而且还有后来他娶的那个人，待会儿给她说几句——我倒不想去碰她一个钉子！"

秀娟想了想道："嗳，也是难——我倒是听见他说，他那堂房哥哥要给他孩子请个家庭教师。"家茵在她旁边坐下道："噢。"秀娟道："可是有一层，就是怕你不愿意做，要带着照管照管孩子，像保姆似的。"家茵略顿了顿，微笑说道："从前我也做过家庭教师的,所以有许多麻烦的地方我都有点儿懂——挺难做人的!"秀娟道:"不过我们大哥那儿倒是个非常简单的家庭,他自己成天不在家,他太太未长住在乡下,只有这么一个孩子,没人管。"家茵道:"要末我就去试试。"秀娟道:"你去试试也好。这样子好了,我去给你把条件全说好了,省得你当面去接洽,怪僵的!"家茵笑道:"那么又得费你的心!"秀娟笑着不说什么,却去拉着她一只手腕,轻轻摇撼了一下,顺便看了看家茵的手表,立刻失惊道:"嗳呀,我得走了!他一不舒服起来脾气就更大,佣人呢又笨,孩子又皮……"家茵陪着她站起来道:"我知道你今天是真忙。我也不敢留你了。"

家茵第一天去教书,那天天气特别好,那地方虽也是衖堂房子,却是半隔离的小洋房,光致致的立体式,楼上一角阳台伸出来荫蔽着大门,她立在门口,如同在檐下。那屋檐挨近蓝天的边沿上有一条光,极细的一道,像船边的白浪。仰头看着,仿佛那乳黄水泥房屋被掷到冰冷的蓝海里去了,看着心旷神怡。

她又重新看了看门牌,然后揿铃。一个老妈子来开门,家茵道:"这儿是夏公馆吗?"那女佣总怀疑人家来意不善,说:"嗳。——找谁?"家茵道:"我姓虞。"这女佣姚妈年纪不上四十,是个吃斋的寡妇,生得也像个白白胖胖的俏尼僧。她把来人上上下下打量着,说:"哦……"家茵又添了一句道:"福煦路的夏太太本来要陪我一块儿来的,因为这两天家里事情忙,走不开……"姚妈这才开了笑脸道:"嗳,你就是那个虞小姐吧?听见我们三奶奶说来着!请进来吧。"家茵进去了,她关上大门,开了客室的门,说道:"您坐一会儿。"回过头来便向楼上喊:"小蛮!小蛮!你的老师来了!"一路叫上楼去,道:"小蛮,快下来念书!"

客室布置得很精致，那一套皮沙发多少给人一种办公室的感觉。沙发上堆着一双溜冰鞋与污黑的皮球，一只洋娃娃却又躺在地下。房间尽管不大整洁，依旧冷清清的，好像没有人住。里间用一截矮橱隔开来作为书房。家茵坐下来好一会见姚妈和那个孩子在门口拉拉扯扯，姚妈说："进来呀！好好的进来！"女孩子被拖了进来，然而还扳住门口的一只椅子。姚妈道："我们去见老师去！叫老师！"家茵笑道："她是不是叫小蛮哪？小蛮你几岁了？"姚妈代答道："八岁了，还一点儿都不懂事！"一步步拖她上前，连椅子一同拖了来。家茵道："小蛮，你怎么不说话呀？"姚妈道："她见了生人，胆儿小。平常话多着哪！凶着哪！"硬把她纳在椅上坐下，自去倒茶。家茵继续笑问道："小蛮是哑巴，是不是啊？"姚妈不在旁边，小蛮便不识羞起来，竟破例的摇了摇头。而且，看见家茵脱下大衣，她便开口说："我也要脱！"家茵道："怎么？你热啊？"她道："热。"家茵摸摸她身上，棉袍上罩着绒线衫，里面还衬着绒线衫羊毛衫，便道："你是穿得太多了。"给她脱掉了一件。见桌上有笔砚，家茵问："会不会写字啊？"小蛮点点头。家茵道："你把你的名字写在这本书上，好不好？我给你磨墨。"小蛮点点头，果然在书面上写出"夏小蛮"三字。家茵正在夸赞："小蛮写得真好！"见她仍旧埋头往下写着，连忙拦阻道："嗳，好了，好了，够了！"再看，原来加上了"的书"二字，不觉笑了起来道："对了，这就错不了了！"

姚妈送茶进来，见小蛮的绒线衫搭在椅背上，便道："哟！你怎么把衣裳脱啦！这孩子！快穿上！"小蛮一定不给穿，家茵便道："是我给她脱的。衣裳穿得太多也不好，她头上都有汗呢！"姚妈道："出了汗不更容易着凉了？您不知道这孩子，就爱生病，还不听话——"家茵忍不住说了一句："她挺听话的！"小蛮接口便向姚妈把头歪着重重的点了一点，道："嗳！老师说我听话呢！是你不听话，你还说人！"姚妈一时不得下台，一阵风走去把唯一的一扇半开的窗砑的一声关上了，咕哝着说道："说我不听话！你冻病了你爸爸骂起人来还不是骂我啊！"

钟点到了，家茵走的时候向小蛮说："那么我明天早起九点钟再来。"小蛮很不放心，跟出去牵着衣服说："老师！你明天一定要来的啊！"姚妈一面去开门，一面说小蛮："我的小姐，你就别上大门口去了！再一吹风——衣裳又不穿——"家茵也叫小蛮快进去，她一走，姚妈便把小蛮一把拉住道："快去把衣裳穿起来！"小蛮道："我不穿！你不听见老师说的——"她一路上给横拖直曳的，两只脚在地板上嗖嗖的像溜冰。姚妈一面念叨着一面逼着她加衣服："老师说的！才来了一天工夫，就把孩子惯得不听话！孩子冻病了，冻死了，你这饭碗也没有了！碍不着我什么呵——我反正当老妈子的，没孩子我还有事做！没孩子你教谁？"

小蛮挣扎着乱打乱踢，哭起来了。汽车喇叭响，接着又是门铃响，姚妈忙道："别哭，爸爸回来了！爸爸不喜欢人哭的！"小蛮抹抹眼睛抢先出去迎接，叫道："爸爸！爸爸！新老师真好！"她爸爸俯身拍拍她道："那好极了！"转问姚妈道："今天那位——虞小姐来过了？"姚妈道："嗳。"她把他的大衣接过来，问："老爷要不要吃点什么点心？"主人心不在焉的往里走，道："嗯，好，有什么东西随便拿点来吧，快点，我还要出去的。"小蛮跟在后面又告诉他："爸爸，我真喜欢这新老师！"她爸爸还没有坐下就打开晚报身入其中，只说："好极了，以后你有什么事都去问老师，我可以不管了！"小蛮道："唔……那不行，"她扳着他的腿，使劲摇着他,啰唣不休道:"爸爸,这个老师真好看!"她爸爸半晌方才朦胧地应了声"唔?"小蛮着急起来道:"爸爸你怎么不听我说话呀?……爸爸,老师说我真乖,真聪明!"她爸爸耐烦地说道:"嗳,小蛮是真乖!你听话,你让姚妈带你上楼去玩,啊!爸爸要清静一会儿。"

小蛮有一天很兴奋的告诉家茵说明天要放假。家茵笑道:"怎么才念了几天书,倒又要放假啦?"小蛮道:"我明天过生日。"家茵道:"啊,你就要过生日啦?你预备怎么玩呢?"小蛮听了这话却又愀然道:"没有人陪我玩!"家茵不由得感动了,说:"我来陪你,好不好?"小蛮跳了起来道:"真的啊,老师?"家茵问:"你喜欢看电影么?"小蛮坐在椅子上一颠一颠,眼睛朝上翻着看着自己额前挂下来的一绺头发击打着眉心,笑道:"爸爸有时候带我去看。爸爸挺喜欢带我出去的。爸爸就顶怕跟娘一块儿去看电影!"家茵诧异道:"为什么呢?"小蛮道:"因为娘总是问长问短的!"家茵掌不住笑了,道:"你不也问长问短的么?"小蛮道:"爸爸喜欢我呀!"随又抱怨着:"不过他老是没工夫……老师你明天无论如何一定要来的!"家茵道:"好。我去买了礼物带来给你啊!"小蛮越发蹦得多高,道:"老师,你可别忘啦!"

这倒提醒了家茵,下了课出来就买了一篮水果去看秀娟的丈夫的病。本来这几天她一直惦记着应当去一趟的。然而病人倒已经坐在客室里抽烟了,秀娟正忙着插花,摆糖果碟子。家茵道:"哟,夏先生倒已经起来啦?好全了没有?"夏宗麟起身让座,家茵把水果放在桌上道:"这一点点东西我带来的。"秀娟道:"嗳哟,谢谢你!你干吗还花钱哪?你瞧我这儿乱七八糟的!你上我们大哥那儿去来着吗?小蛮听话吗?"家茵趁此谢了她。秀娟道:"嗳,

245

真的，今天就是他们公司里请客呀，你就别走了，待会儿大哥也要来。你不也认识大哥吗？"今天是请一个要紧的主顾，是宗麟拉来的，秀娟很为得意。宗麟是副理，他大哥是经理。家茵道："不了，我待会儿回去还有点儿事。我一直还没见过那位夏先生呢。"秀娟道："嗳呀，还没看见哪？那么正好，今天这儿见见不得了！"正说着，女佣来回说酒席家伙送了来了，秀娟道："你等着我来看着你摆。"家茵便站起身来道："你这儿忙，我过一天再来看你罢。"到底还是脱身走了。

次日她又去给小蛮买了件礼物。她也是如一切女人的脾气，已经在这一家买了，还有点不放心，隔壁两家店铺里也去看看，要确实晓得没有更适宜更便宜的了。谁知她上次在电影院里遇见的那个人，这时候也来到这里，觉得这橱窗布置得很不错，望进去像个耶诞卡片，扯棉拉絮大雪飘飘，搭着小红房子，有些米老鼠小猪小狗赛璐珞的小人出没其间。忽然，如同卡通画里穿插了真人进去似的，一个女店员探身到橱窗里来拿东西，隔着雪的珠帘，还有个很面熟的女人在她身后指点着。他一看见，不由得怔住了。

他也走到这爿店里去，先看看东西，然后才看到人，两人都顿了一顿，轻轻的同时叫了出来："咦？真巧！"他随即笑道："又碰见了！——我正在这儿没有办法，不知道您肯不肯帮我一个忙。"家茵用询问的眼光向他望去，他道："我要买一个礼物送给一个八岁的女孩子，不知买什么好。"说到这里他笑了一笑，又道："女孩子的心理我不大懂。"家茵也没有理会得他这话是否带有说笑话的意思，她道："女孩子大半都喜欢洋娃娃吧？买个洋娃娃怎么样？"他道："那么索性请你替我拣一个好不好？"有的脸太老气,有的衣服欠好,有的不会笑;她很认真的挑了个。他付了钱,道:"今天为我耽搁了你这么许多时候,无论如何让我送你回去罢。"家茵踌躇了一下,说:"要是不太绕道的话……不过我今天要去那个地方很远,在白赛仲路。"他道:"那就更巧了!我也是要到白赛仲路!"这么说着,自己也觉得简直像说谎。

两人坐到汽车里,车子开到一家人家门口停下来,那时候他已经明白过来了,脸上不由得浮起了说谎者的微妙的笑容。他先下车替她开着车门,家茵跳下来,说:"那么,再会了,真是谢谢!"她走上台阶揿铃,他也跟上来,她一觉得形势不对,便着慌起来,回身笑说:"真是对不起,我不能够请您进来了,这儿也不是我自己家里——"然而姚妈已经把门开了,家茵无法把她背后这钉梢的人马上顿时立刻毁灭了不叫人看见,唯有硬着头皮赶快往里头一窜,不料那人竟跟了进来,笑道:"可是这儿是我自己家里呀!"家茵吃了一惊,手里的包裹扑哧掉到地下。小蛮跑出来叫道:"老师!老师!爸爸!"家茵道:"您就是这儿的——夏先生吗?"夏宗豫弯腰给她捡起包裹,笑道:"是的。——是虞小姐吗?"他把东西还她,她说:"这是我送给小蛮的。"宗豫便交给小蛮道:"哪,这是老师给你的!"小蛮来不及的要拆,问道:"老师,是什么东西呀?"宗豫道:"连谢都不谢一声哒?"姚妈冷眼旁观到现在,还是没十分懂,但也就笑嘻嘻的帮了句腔:"说'谢谢老师!'"

小蛮早又注意到宗豫手臂里挟着的一包,指着问:"爸爸,这是什么?"宗豫道:"这是我给你买的。你不说谢谢,我拿回去了!"然而小蛮的牛性子又发作了,只是一味的要看。家茵送的是一盒糖。宗豫向小蛮道:"让姚妈给你收起来,等你牙齿长好了再吃罢。"又向家茵笑道:"她刚掉了一颗牙齿。"家茵笑道:"我看……"小蛮张开嘴让她看了一看,却对着那盒糖发了会呆,闷闷不乐。家茵便道:"早知我还是买那副手套了!我倒是本来打算买手套的。"小蛮听不得这一句话,就闹了起来:"唔……我不要!我要手套嚜!"宗豫很觉抱歉,道:"这孩子真可恶!当着老师一点礼貌也没有!"一说,她索性红头胀脸哭了起来。家茵连忙劝着:"今天过生日,不可以哭的,啊!"小蛮呜咽道:"我要手套!"家茵和她悄悄商量道:"你喜欢什么颜色的手套?"小蛮拉拉她肩上的柠檬黄绒线围巾道:"我要这个颜色的!"

姚妈得空便掩了出去,有几句话要盘问车夫。车夫搁起了脚在汽车里打瞌睡,姚妈倚在车窗上,一双手抄在衣襟底下,缩着脖子轻声笑道:"嗳,喂!这新老师原来是我们老爷的女朋友啊?"车夫醒来道:"唔?不知道。从前倒没看见过。"姚妈道:"今儿那些东西还不都是老爷自个儿买的——给她做人情,说是'老师给买的礼物,'"车夫把呢帽罩到脸上来,睡沉沉的道:"我们不知道别瞎说!"姚妈道:"要你这么护着她!"她把眼睛一斜,自言自语着:"一直还当我们老爷是个正经人呢!原来……"车夫嫌烦起来,道:"就算他们是本来认识的,也不能就瞎造人家的谣言!"姚妈拍手拍脚的笑道:"瞧你这巴结劲儿!要不是老爷的女朋友,你干吗这样巴结呀?"

吃点心的时候姚妈帮着小蛮围饭单,便望着家茵眉花眼笑的道:"这孩子也可怜哪,没人疼!现在好了,有老师疼了,也真是缘分!"宗豫便打断她道:"姚妈,去拿盒洋火来。"姚妈拿了洋火来,又向小蛮道:"真的,小姐,赶明儿好好的念书,也跟老师似的有那么一肚子学问,爸爸瞧着多高兴啊!"宗豫皱着眉点蛋糕上的蜡烛,道:"好了好了,你去罢,有什么事情再叫你。"他把蛋糕推到小蛮面前道:"小蛮,得你自己吹。"家茵笑道:"得一口气把它吹灭了,让爸爸帮着点。"

菊叶青的方楞茶杯。吃着茶,宗豫与家茵说的一些话都是孩子的话。两人其实什么话都不想说,心里静静的。讲的那些话如同摺给孩子玩的纸船,浮在清而深的沉默的水上。宗豫看着她,她坐的那地方照点太阳。她穿着件呢的袍子,想必是旧的,因为还是前两年流行的大袖口。苍翠的呢,上面卷着点银毛,太阳照在上面也蓝阴阴的成了月光,仿佛"日色冷清松"。

姚妈进来说:"虞小姐电话。"家茵诧异道:"咦?谁打电话给我?"她一出去,姚妈便搭讪着立在一旁向宗豫笑道:"不怪我们小姐一会儿都不离开老师。连我们底下人都在那儿说:真难得的,这位虞小姐,又和气,又大方,真是得人心——"宗豫沉下脸来道:"你怎么尽着啰唣?"正说着,家茵已经进来了,说:"对不起,我现在有点儿事情,就要走了。"宗豫见她面色不太好,站起来扶着椅子,说了声"噢!"——家茵苦笑着又解释了一句:"没什么。我们家乡有人到上海来了。我们那儿房东太太打电话来告诉我。"

是她父亲来了。家茵最后一次见到她父亲的时候,他还是个风致翩翩的浪子,现在变成一个邋遢老头子了,鼻子也钩了,眼睛也黄了,抖抖呵呵的,袍子上罩着件旧马裤呢大衣。外貌有这样的改变,而她一点都不诧异——她从前太恨他,太"认识"他了。真正的了解一定是从爱而来的,但是恨也有它的一种奇异的彻底的了解。

她极力镇定着,问道:"爸爸你怎么会来了?"她父亲迎上来笑道:"嗳呀我的孩子,现在长得真是俊!喝!我要是在外边见了真不认识你了!"家茵单刀直入便道:"爸爸你到上海来有什么事

249

吗?"虞老先生收起了笑容,恳切地叫了她一声道:"家茵!我就只有你一个女儿,我跟你娘虽然离了,你总是我的女儿,我怎么不想来看看你呢?"家茵皱着眉毛别过脸去道:"那些话还说它干什么呢?"虞老先生道:"家茵!我知道你一定恨我的,为着你娘。也难怪你!唉!你娘真是冤枉受了许多苦啊!"他一眼瞥见桌上一个照相架子,便走近前去,笼着手,把身子一挫,和照片脸对脸相了一相,叫道:"嗳呀!这就是她吧?呀,头发都白了,可不是忧能伤人吗?我真是负心——"他脱下瓜皮帽摸摸自己的头,叹道:"自己倒还年轻,把你害苦了!现在悔之已晚了!"家茵不愿意他对着照片指手划脚,仿佛亵渎了照片,她径自把那镜架拿起来收到抽屉里。她父亲面不改色的,继续向她表白下去道:"你瞧,我这次就是一个人来的。你那个娘——我现在娶的那个——她也想跟着来,我就没带她来。可见我是回心转意了!"

家茵焦虑地问道:"爸爸,我这儿问你呢!你这次到底到上海来干什么的?"虞老先生道:"家茵!我现在一心归正了,倒想找个事做做,所以来看看,有什么发展的机会。"家茵道:"嗳哟,爸爸!你做事恐怕也不惯,我劝你还是回去吧!"两人站着说了半天话,虞老先生到此方才端着架子在一张椅子上坐了下来,徐徐的捞着下巴,笑道:"上海这么大地方,凭我这点儿本事,我要是诚心做,还怕——"家茵皱紧了眉毛道:"爸爸你真不知道现在找事的苦处!"虞老先生道:"连你都找得到事,我到底是个男子汉哪——嗳,真的,你现在在哪儿做事呀?"家茵道:"我这也是个同学介绍的,在一家人家教书。这一次我真为了找不到事急够了!所以我劝你回去。"虞老先生略楞了一楞,立起来背着手转来转去道:"我就是听你的话回去,连盘缠钱都没有呢。白跑一趟,算什么呢？"家茵道："不过你在这儿住下来，也费钱哪！"虞老先生自卫地又有点惭愧地咕哝了一句："我就住在你那个娘的一个妹夫那儿。"

家茵也不去理会那些，自道："爸爸，我这儿省下来的有五万块钱，你要是回去我就给你拿这个买张船票。"虞老先生听到这数目，心里动了一动，因道："嗳，家茵你不知道，一言难尽！我来的盘缠钱还是东凑西挪，借来的，你这样叫我回去拿什么脸见人呢？"家茵道："我就只有这几个钱了。我也是新近才找到事。"虞老先生狐疑地看看她这一身穿着，又把她那简陋的房间观察了一番，不禁摇头长叹道："嘻！看你这样子我真是看不出，原来你也是这么苦啊！嘻！其实论理呀，你今年也——二十五了吧？其实应该是我做爸爸的责任，找一个门当户对的人家儿，那么也就用不着自个儿这么苦了！"家茵蹙额背转身去道："爸爸你这些废话还说它干吗呢？"虞老先生自管自慨叹道："嗳，算了吧，我不能反而再来带累你了！你刚才说的有多少钱？"他陡地掉转话锋，变得非常的爽快俐落："那么你就给我。我明天一早就走。"家茵取钥匙开抽屉拿钱，道："你可认识那船公司？"虞老先生接过钱去，笑道："嘻！你别看不起你爸爸！——那我怎么自个儿一个人跑到上海来的呢？"说着，已是潇潇洒洒的踱了出去。

他第二次出现，是在夏家的大门口，宗豫赶回来吃了顿午饭刚上了车子要走——他这一向总是常常回来吃饭的时候多——虞老先生注意到那部汽车，把车中人的身分年纪都也看在眼里。他上门揿铃，问道："这儿有个虞小姐在这儿是吧？"他嗓门子很大，姚妈诧异非凡，虎起了一张脸道："是的。干吗？"虞老先生道："劳你驾，进去通报一声，就说是她的老太爷来看她了。"姚妈将头一抬，又一低，把他上上下下看了道："老太爷？"

里面客室的门恰巧没关上，让家茵听见了，她疑疑惑惑走出来问："找我啊？"一看见她父亲，不由得冲口而出道："咦？你怎么没走？"虞老先生笑了起来道："傻孩子，我干吗走？我走我倒不来了！"家茵发急道："爸爸你怎么到这儿来了？"虞老先生大摇大摆的便往里走，道："我上你那儿，你不在家嚜！"家茵几乎要顿足，跟在他后面道："我怎么能在这儿见你，我这儿还要教书呢！"虞老先生只管东张西望，啧啧赞道："真是不错！"姚妈看这情形是真是家茵的父亲，立刻改变态度，满面春风的往里让，说："老太爷坐会儿吧，我就去给您沏碗热茶！"虞老先生如同雨打残荷似的点头呵腰不迭，笑道："劳驾劳驾！我倒正口干呢，因为刚才午饭多喝了一杯。到上海来一趟，不是难得的吗！"

姚妈引路进客室，笑道："你别客气，虞小姐在这儿，还不就跟自个家里一样，您请坐，我这儿就去沏！"竟忙得花枝招展起来。小蛮见了生人，照例缩到一边去盱盱注视着。虞老先生也夸奖了一声："呦！这孩子真喜相！"家茵一等姚妈出去了，便焦忧地低声说道："嗳呀，爸爸，真的——我待会儿回去再跟你说吧。你先走好不好？"虞老先生反倒摊手摊脚坐下来，又笑又叹道："嗳，你到底年纪轻，实心眼儿！你真造化！碰到这么一份人家，就看刚才他们那位妈妈这一份热络，干吗还要拘束呢？就这儿椅子坐着不也舒服些么？"他在沙发上颠了一颠，跷起一只腿来，头动尾巴摇的微笑说下去道："也许有机会他们主人回来了，托他给我找个事，还怕不成么？"家茵越发慌了，四顾无人，道："爸爸！你这些话给人听见了，拿我们当什么呢？我求求你——"

一语未完，姚妈进来奉茶，又送过香烟来，帮着点火道："老太爷抽烟。"虞老先生道："劳驾！劳驾！"他向家茵心平气和地一挥手道："你们有功课，我坐在这儿等着好了。"姚妈道："您就这边坐坐吧！小蛮念书，还不也就那么回事！"家茵正要开口，被她父亲又一挥手，抢先说道："你去教书得了！我就跟这位妈妈聊聊天儿。这位妈妈真周到，我们小姐在这儿真亏你照顾！"姚妈笑道："嗳呀，老太爷客气！不会做事！"家茵无奈，只得和小蛮在那边坐下，一面上课，一面只听见他们两人括辣松脆有说有笑的，彼此敷衍得风雨不透。

虞老先生四下里指点着道："你看这地方多精致，收拾得多干净啊，你要是不能干还行？没看见别的妈妈嚜？就你一个人哪？"姚妈道："可不就我一个人？"虞老先生忽又发起思古之幽情，叹道："那是现在时世不同了，要像我们家从前用人，谁一个人做好些样的事呀？管铺床就不管擦桌子！"姚妈一方面谦虚着，一方面保留着她的自傲，说道："我们这儿事情是没多少，不过我们老爷爱干净，差一点儿可是不成的！我也做惯了！"虞老先生忙接上去问道："你们老爷挺忙呢？他是在什么衙门里啊？刚才我来的时候看见一位仪表非凡的爷们坐着汽车出门，就是他吗？"姚妈道："就是！我们老爷有一个兴中药厂，全自个儿办的，忙着呢，成天也不在家。我们小蛮现在幸亏虞小姐来了，她也有个伴儿了！"

小蛮不停的回过头来，家茵实在耐不住了，走过来说道："爸爸，你还是上我家去等我吧。你在这儿说话，小蛮在这儿做功课分心。"姚妈搭讪着便走开了，怕他们父女有什么私房话说嫌不便。虞老先生看看表，也就站起身来道："好，好，我就走。你什么时候回去呢？"家茵道："我五点半来。"虞老先生道："那我在你那儿枯坐着三四个钟头干吗呢？要不，你这儿有零钱吗，给我两个，我去洗个澡去。"家茵稍稍吃了一惊,轻声道:"咦?那天那钱呢?"虞老先生道:"嗐!你不想,上海这地方,五万块钱,花了这么许多天,还不算省的吗?"家茵不免生气,道:"指不定你拿了上哪儿逛去了!"虞老先生脖子一歪,头往后一仰,厌烦地斜瞅着她道:"那几个钱够逛哪儿呀?嗐!你真不知道了!你爸爸不是没开过眼的!从前上海堂子里姑娘,提起虞大少来,谁不知道!那!那时候的倌人,真有一副功架!那真是有一手!现在!现在这班,什么舞女啰,向导啰,我看得上眼?都是些没经过训练的黄毛丫头,只好去骗骗暴发户!"家茵拧着眉头,也不作声,开皮包取出几张钞票递给他,把他送走了。

小蛮伏在桌上枕着个手臂,一直悄没声儿的,这时候却幽幽的叫了声:"老师!……老师,我想吃西瓜!"家茵走来笑道:"这天哪有西瓜?"小蛮道:"那就吃冰淇淋。我想吃点凉的。"家茵俯身望着她道:"呦!你怎么啦?别是发热了?"小蛮道:"今天早起就难受。"家茵道:"嗳呀!那你怎么不说啊?"小蛮道:"我要早说就连饭都没得吃了!"家茵摸摸她额上,吓了一跳道:"可不是——热挺大呢!"忙去叫姚妈,又回来哄着拍着她道:"你听老师的话,赶快上床睡一觉吧,睡一觉明儿早上就好了!"

她看着小蛮睡上床去,又叮咛了姚妈几句话:"等到六点钟你们老爷要是还不回来,你打电话去跟老爷说一声。她那热好像不小呢!"姚妈道:"噢。您再坐一会儿吧?等我们老爷回来了,让汽车送您回去吧?"家茵道:"不用了,我先走了。"她今天回家特别早,可是一直等到晚上,她父亲也没来,猜着他大约因为拿到了点钱,就又杳如黄鹤了。

当晚夏家请了医生,宗豫打发车夫去买药。他在小孩房里踱来踱去，人影幢幢，孩子脸上通红的，迷迷糊糊嘴里不知在那里说些什么。他突然有一种不可理喻的恐怖，仿佛她说的已经是另一个世界的语言了。他伏在毯子上，凑到她枕边去凝神听着。原来小蛮在那里喃喃说了一遍又一遍："老师！老师！唔……老师你别走！"宗豫一听，心里先是重重跳了一下，倒仿佛是自己的心事被人道破了似的。他伏在她床上一动也没动，背着灯，他脸上露出一种复杂的柔情，可是简直像洗濯伤口的水，虽是涓涓的细流，也痛苦的。他把眼睛眨了一眨，然后很慢很慢的微笑了。

家茵的房里现在点上了灯。她刚到房客公用的浴室里洗了些东西，拿到自己房间里来晾着，两双袜子分别挂在椅背上，手绢子贴到玻璃窗上。一条网花白蕾丝手帕，一条粉红的上面有蓝墨水的痕迹，一条雪青的，窗格子上都快贴满了，就等于放下了帘子，留住了她屋子的气氛。手帕湿淋淋的，玻璃上流下水来，又有点像"雨打梨花深闭门"。无论如何她没想到这时候还有人来看她。

她听见敲门，一开门便吃了一惊，道："咦？夏先生！"宗豫道："冒昧得很！"家茵起初很慌张，说："请进来，请坐罢。"然而马上想到小蛮的病，也来不及张罗客人了，就问："不知道夏先生回去过没有？刚才我走的时候，小蛮有点儿不舒服，我正在这儿很不放心的。"宗豫道："我正是为这事情来的。"家茵又是一惊，道："噢。——请大夫看了没有？"宗豫道："大夫刚来看过。他说要紧是不要紧的，可是得特别当心，要不然怕变伤寒。"家茵轻轻的道："嗳呀，那倒是要留神的。"宗豫道："是啊。所以我这么晚了还跑到这儿来，想问问您肯不肯上我们那儿去住几天，那我就放心了。"家茵不免踌躇了一下，然而她答应起来却是一口答应了，说："好，我现在就去。"宗豫道："其实我不应当有这样的要求，不过我看您平常很喜欢她的。她也真喜欢您，刚才睡得糊里糊涂的，还一直在那儿叫着'老师，老师'呢！"家茵听了这话倒反而有一点难过，笑道："真的吗？——那么请您稍微坐一会儿，我来拿点零碎东西。"她从床底下拖出一只小皮箱，开抽屉取出些换洗衣服装在里面。然后又想起来说："我给您倒杯茶。"倒了点茶卤子在杯子里，把热水瓶一拿起来，听里面簌簌有声，她很不好意思的说道："哦，我倒忘了——这热水瓶破了！我到楼底下去对点热水罢。"宗豫先不知怎么有一点怔怔的，这时候才连忙拦阻道："不用了，不用了。"他在一张椅子上坐下了，才一坐下，她忽然又跑了过来，红着脸说："对不起！"从他的椅背上把一双湿的袜子拿走了，挂在床栏杆上。

她理东西，他因为要避免多看她，便看看这房间。这房间是她生活的全貌，一切都在这里了。壁角放着个洋油炉子，挨着五斗橱，橱上搁着油瓶、饭锅、盖着碟子的菜碗、白洋磁脸盆，盆上搭着块粉红宽条子的毛巾。小铁床上铺着白色线毯，一排白穗子直垂到地下，她刚才拖箱子的时候把床底下的鞋子也带了出来，单只露出一只天青平金绣花鞋的鞋尖。床头另堆着一叠箱子，最上面的一只是个小小的朱漆描金皮箱。旧式的挖云铜锁，已经锈成了青绿色，配着那大红底子，鲜艳夺目。在黄昏的灯光下，那房间如同一种黯黄纸张的五彩工笔画卷。几件杂凑的木器之外还有个小藤书架，另有一面大圆镜子，从一个旧梳妆台上拆下来的，挂在墙上。镜子前面倒有个月白冰纹瓶里插着一大枝蜡梅，早已成为枯枝了，老还放在那里，大约是取它一点姿势，映在镜子里，如同从一个月洞门里横生出来。

宗豫也说不出来为什么有这样一种恍惚的感觉，也许就因为是她的房间，他第一次来。看到那些火炉饭锅什么的，先不过觉得好玩，再一想，她这地方才像是有人在这里过日子的，不像他的家，等于小孩子玩的红绿积木搭成的房子，一点人气也没有。

他忽然觉得半天没说话了，见到桌上有个照相架子，便一伸手拿过来看了看，笑道："这是你母亲么？很像你。"家茵微笑道："像么？"宗豫道："你们老太太不在上海？"家茵道："她在乡下。"宗豫道："老太爷也在乡下？"家茵摺叠着衣服，却顿了一顿，然后说："我父亲跟母亲离了婚了。"宗豫稍有点惊异，轻声说了声："噢。——那么你一个人在上海么？"家茵说："嗳。"宗豫道："你一个人在这儿你们老太太倒放心么？"家茵笑道："也是叫没有办法，一来呢我母亲在乡下住惯了，而且就靠我一个人，在乡下比较开销省一点。"宗豫又道："那么家里还有没兄弟姐妹呢？"家茵道："没有。"宗豫忽然自己笑了起来道："你看我问上这许多问句，倒像是调查户口似的！"家茵也笑，因把皮箱锁了起来，道："我们走罢。"她让他先走下楼梯，她把灯关了，房间一黑，然后门口的黑影把门关了。

玻璃窗上的手帕贴在那里有许多天。

虞老先生又到夏家去了一趟。这次姚妈一开门便满脸堆上笑来，道："啊，老太爷来了！老太爷您好啊？"虞老先生让她一抬举，也就客气得较有分寸了，只微微一笑道："嗳，好！"进门便问："我们小姐在这儿吗？我上她那儿去了好几趟都不在家。"姚妈道："虞小姐这两天住在我们这儿呢！因为小蛮病了，都亏虞小姐招呼着。"虞老先生道："哦……"他两眼朝上翻着，手摸着下巴，暗自忖量着，踱进客室，接下去就问："你们老爷在家吗？"姚妈道："老爷今天没回来吃饭，大概有应酬。——老太爷请坐！"

虞老先生坐下来，把腿一跷，不由得就感慨系之，道："唉，像你们老爷这样，正是轰轰烈烈的时候。我们是不行喽——过了时的人喽，可怜嗷！"姚妈忙道："你老太爷别说这些话！您福气好，有这么一个小姐，这一辈子还怕有什么吗？"言无二句，恰恰的打到虞老先生心坎里去，他也就正色笑道："那我们小姐，她倒从小就聪明，她也挺有良心的，不枉我疼她一场！你别瞧她不大说话，她挺有心眼子的——她赶明儿不会待错你的！"姚妈听这口气竟仿佛他女儿已经是他们夏家的人了，这话倒叫人不好答的，她当时就只笑了笑，道："可不是虞小姐待我们底下人真不错！您坐，我去请虞小姐下来。"剩下虞老先生一个人在客室里，他马上手忙脚乱起来，开了香烟筒子就捞了把香烟塞到衣袋里。

姚妈笑吟吟的去报与家茵："虞小姐，老太爷来了。"家茵震了一震，道："啊？"姚妈道："我正在念叨着呢，怎么这两天老太爷没来嘛？老太爷真和气，一点儿也不搭架子！"家茵委实怕看姚妈那笑不嗤嗤的脸色，她也不搭碴，只说了声："你在这儿看着小蛮，我一会儿就上来。"

她一见她父亲就说："你怎么又上这儿来做什么？上次我在家里等着你，又不来！"虞老先生起立相迎道："你干吗老是这么恨？都是你不肯说——"他把声音放低了，借助于手势道："这儿夏先生有这么大一个公司，他哪儿用不着我这样一个人？只要你一句话！"家茵愁眉双锁，两手互握着道："不是我不肯替你说，我自个儿已经是荐了来的，不能一家子都靠着人家！"虞老先生悄悄的道："你怎么这么实心眼子啊？这儿这夏先生既然有这么大的事业，你让他安插两个人还不容易？你爸爸在公司里有个好位子，你也增光！"家茵道："爸爸你就饶了我罢！你不替我丢脸就行了，还说增光！"一句话伤了虞老先生的心，他嚷了起来道："你不要拿跷了！你不说我自个儿同他说！他对你有这份心，横竖也不能对你老子这一点事都不肯帮忙！我到底是你的老子呀！"他气愤愤的往外走，家茵急得说："你这算哪一出？叫人家底下人听着也不成话！"拦他不住，他还是一路高声咕哝着出去："说我坍台！自个儿索性在人家住下了——也不嫌没脸！"姚妈这时候本来早就不在小蛮床前而在楼下穿堂里，她抢着替他开门道："老太爷您走啦？"虞老先生恨恨的把两手一摔，袖子一洒，朝她说了句："养女儿到底没用处，从前老话没错！"

家茵气得手足冰冷。她独自在楼底下客厅里有半天的工夫。回到楼上来，还有点神思恍惚。一开门，却见姚妈坐在小蛮床上喂她吃东西，床上搁着一只盘子，里面托着几色小菜。家茵一时怔住了说不出话来，姚妈先笑道："虞小姐，我给小蛮煮了点儿稀饭——"家茵慌忙走过来道："嗳呀，她不能吃，她已经好多天没吃东西了，禁不起！"姚妈不悦道："哟！我都带了她好多年了，我还会害她呀？"家茵一看托盘里有肉松皮蛋，一着急，马上动手把盘子端开了，道："你不懂——医生说的，恐怕会变伤寒，只能吃流质的东西——"姚妈至此便也把脸一沉，一只手端着碗，一只手拿着双筷子在空中点点戳戳，道："我当然是不懂，我又没念过书，不认识字！不过看小孩子我倒也看过许多了，养也养过几个！"家茵也觉得自己刚才说的话太欠斟酌，勉强笑了一笑道："当然我知道你是为她好，不过反而害了她了！"姚妈道："我想害她干吗？我又不想嫁给老爷做姨太太！"家茵失色道："姚妈你怎么了？我又不是说你想害她——"姚妈把碗筷往托盘里重重的一搁，端了就走，一路嘟囔着："小蛮长到这么大了，怎么活到现在啦？我知道，我们老爷就是昏了心。"家茵到这时候方才回过味来，不禁两泪交流。

姚妈将饭盘子送入厨下，指指楼上对厨子说道："没看见这样不要脸的人！良心也黑，连这么一个孩子，因为是我们太太养的，都看不得！将来要是自己养了还了得吗！"厨子诧异道："嗳，你怎么了？"姚妈只管气烘烘的数落下去道："现在时世不对了，从前的姨奶奶也得给祖宗磕了头才能算；现在，是她自个儿老子说的，就住到人家来了，还要掐着孩子管！"厨子徐徐的在围裙上擦着手，笑道："今天怎么啦？你平常不是巴结得挺好吗？今天怎么得罪了你啦？"姚妈也不理他，自道："可怜这孩子，再不吃要饿死了！不病死也饿死了！这些天了，一粒米也没吃到肚里。可怜我们太太在那儿还不知道呢——她没良心我不能没良心，我明儿就去告诉太太去！太太待我不错呀！"说着，便伤感起来，掀起衣角擦了擦眼睛，回身便走。厨子拉了她一把，道："我劝你省省罢！"姚妈道："呸！像你这种人没良心的！太太从前也没错待你！眼看着孩子活活的要给她饿死了！——我这就去归折东西去。"

不久，她拎着个大包袱穿过厨房，厨子道："啊？你真走啦？"姚妈正眼也不看他，道："还是假的？"厨子赶上去拦着她道："嗳，你走，不跟老爷说？待会儿老爷问起你来，我们怎么说？"姚妈回过头来大声道："老爷！老爷都给狐狸精迷昏了！——你就说好了：说小蛮病了，我下乡去告诉太太去了！"

小蛮的卧房里，晚上点着个淡青的西瓜形的灯，瓜底下垂下一丛绿穗子。家茵坐在那小白椅上拆绒线,宗豫走进来便道:"咦?你的围巾,为什么拆了?"家茵道:"我想拆了给她打副手套。"宗豫抱歉地笑道:"嗳呀,真是——我要是记得我就去给她买来了!"家茵笑道:"这颜色的绒线很难买,我到好几个店里都问过了,配不到。"小蛮醒了,翻过身来道:"爸爸,等老师给我把手套打好了,我马上戴着上街去,上公园去。"宗豫笑道:"这么着急啊?"小蛮道:"我闷死了!——老师你讲个故事给我听。"家茵笑道:"老师肚子里那点故事都讲完了,没有了。我家里倒有一本童话书,过天我拿来给你看,好不好?"小蛮闷悻悻的又睡着了。

家茵恐怕说话吵醒她,坐到远一点的椅子上去,将绒线绕在椅背上。宗豫跟过来笑道:"我能不能帮忙?"家茵道:"好,那么您坐在这儿,把手伸着。"他让她把绒线绷在他两只手上,又回过头去望了望小蛮,轻声道:"手套慢慢的打,不然打好了她又闹着要出去。"家茵点头道:"我知道,小孩就是这样!"宗豫听她口吻老气横秋的,不觉笑了起来道:"不知道为什么,我总是觉得你比她大不了多少。倒好像一个是我的大女儿,一个是我的小女儿。"家茵瞅了他一眼,低下头去笑道:"哦?你倒占人家的便宜!"宗豫笑道:"其实真要算起年纪来,我要有这么大的一个女儿大概也可能。"家茵道:"不,哪里!"宗豫道:"你还不到二十罢?"家茵道:"我二十五了。"宗豫道:"我三十五。"家茵道:"也不过比我大十岁!"正因为她是花容月貌的坐在他对面,倒反而使他有一点感慨起来,道:"可是我近来的心情很有点衰老了。"家茵道:"为什么呢?在外国,像这样的年纪还正是青年呢。"宗豫道:"大概因为我们到底还是中国人罢?"

一个新雇的老妈子来回说有客人来了,递上名片。宗豫下楼去会客。小蛮躺在床上玩弄着他丢下的一副皮手套,给自己戴上试试,大得像熊掌。她笑了起来道:"老师你看你看!"家茵硬给她脱下了,把手塞到被窝里去,道:"别又冻着了!刚好了一点儿。"她把宗豫的手套拿着看看,边上都裂开了。她微笑,便从皮包里取出一张别着针线的小纸,给他缝两针。小蛮忽然大叫起来道:"老师,你怎么给爸爸补手套,倒不给我打手套?几时给我打好呀?"家茵急急的把线咬断了,把针线收了起来,道:"你别嚷嚷。待会儿爸爸来了你也别跟他说,啊?你要是告诉他,我不跟你好了,我回家去了!"小蛮道:"唔……你别回家!"家茵道:"那么你就别告诉他。"

她把那手套仍旧放在小蛮枕边。宗豫再回到楼上来先问小蛮:"老师呢?"小蛮道:"老师去给我做橘子水去了。"宗豫见小蛮在那里把那副手套戴上脱下的玩,便道:"你就快有好手套戴了,你看我的都破了!"小蛮揸开五指道:"哪儿破了?没破!"宗豫仔细拿着她的手看了看,道:"咦?我记得是破的嚜!"小蛮笑得格格的,他便道:"今天大概是好了,精神这么好——是谁给补上的?"小蛮自己捂着嘴,道:"我不告诉你!"宗豫道:"为什么不告诉我呢?"小蛮道:"我要是告诉你,老师就不跟我好了。"宗豫微笑道:"好,那你就别告诉我了。"他执着手套,缓缓的自己戴上了,反覆看着。

家茵一等小蛮热退尽了,就搬回去住了。次日宗豫便来看她,买了一盒衣料作为酬谢,说道:"我买衣料是绝对的不在行,恐怕也不合适。"还有一个盒子,他说:"上回好像看见你有个热水瓶破了,我带了一个来。"家茵微笑道:"您真太细心了。真是谢谢!"洋油炉子上有一锅东西嘟嘟煮着,宗豫向空中嗅了一嗅,道:"好香！"家茵很不好意思的揭开锅盖，笑道："是我母亲从乡下给我带来的年糕——"宗豫又道："闻着真香！"家茵只得笑道："要不要吃点儿尝尝，可是没什么好吃。"宗豫笑道："我倒是饿了。"家茵笑着取出碗筷道："我这儿饭碗也只有一个。"她递了给他，她自己预备用一个缺口的蓝边菜碗，宗豫见了便道："让我用那个大碗，我吃得比你多。"家茵笑道："吃了再添不也是一样吗？"宗豫道："添也可以多添一点。"

家茵正在用调羹替他舀着，楼梯上有人叫："虞小姐，有封信是你的！"家茵拿了信进来，一面拆着，便说："大概是我上次看了报上的广告去应征，来的回信。"宗豫笑道："可是来得太晚了！"家茵读着信，道："这是厦门的一个学校，要一个教员，要担任国英算史地公民自然修身歌唱体操十几种课程——可了不得！还要管庶务。"宗豫接过来一看，道："供膳宿，酌给津贴六万元。这简直是笑话嚜！也太惨了！这样的事情难道真还有人肯去做？"两人笑了半天，把年糕汤吃了。

宗豫想起来问："哦，你说你有一本儿童故事，小蛮可以看得懂的。"家茵道："对了，让我找出来给你带了去。"宗豫道："我们中国真是，不大有什么书可以给小孩看的。"家茵道："嗳。"她在书架上寻来寻去寻不到，忽道："哦，垫在这底下呢！这地板有一条塌下去了，所以我拿本书垫着——"她蹲下身去把那本书一抽，不想那小藤书架往前一侧，一瓶香水滚下来，泼了她一身，跌在地下打碎了。宗豫笑道："嗳呀，怎么了？"他赶过来，掏出手绢子帮她把衣服上擦了擦。家茵红着脸扶着书架子，道："真要命，我这么粗心！"她换了本书把书架子垫平了，连忙取过扫帚，把玻璃屑扫到门背后去。宗豫凑到手帕上闻了一闻，不由得笑道："好香！我这手绢再也不去洗它了。留着做个纪念。"家茵也不作声，只管低着头，把地扫了，把地下的破瓶子与那本书拾了起来。宗豫接过书去，上面溅了些水渍子，他拿起桌上那封信便要用它揩拭，却被家茵夺过信笺，道："嗳，不，我要留着。"宗豫怔了一怔，道："怎么？你——想到厦门去做那个事？"家茵其实就在这几分钟内方才有了一个新的决心，她只笑了一笑。宗豫便也沉默了下来。打碎的那瓶香水，虽然已经落花流水杳然去了，香气倒更浓了。宗豫把那破瓶子拿起来看了看，将它倚在窗台上站住了，顺手便从花瓶里抽出一枝洋水仙来插在里面。家茵靠在床栏杆上远远的望着他，两手反扣在后面，眼睛里带着凄迷的微笑。

宗豫又把箱子盖上的一张报纸心不在焉的拿在手中翻阅，道："国泰这部电影好像很好，一块儿去看好么？"家茵不禁噗嗤一笑，道："这是旧报纸。"宗豫"哦"了一声，自己也笑了起来，又道："现在国泰不知在做什么？去看五点的一场好么？"家茵顿了顿，道："今天我还有点儿事，我不去了。"宗豫见她那样子是存心冷淡他，当下也告辞走了。

她撕去一块手帕露出玻璃窗来，立在窗前看他上车子走了，还一直站在那里，呼吸的气喷在玻璃窗上，成为障眼的纱，也有一块小手帕大了。她用手在玻璃上一阵抹，正看见她父亲从衖堂里走进来。

虞老先生一进房，先亲亲热热叫了声"家茵！"家茵早就气塞胸膛，哭了起来道："爸爸，你真把我害苦了！跑到他们家去胡说一气……"他拍着她，安慰道："嗳哟，我是你的爸爸，你有什么话全跟我说好了！我现在完全明白了，你怕我干什么呢？夏先生人多好！"家茵火极了，反倒收了泪，道："你是什么意思？"虞老先生坐下来,把椅子拖到她紧跟前,道:"孩子,我跟你说——"他摸了摸口袋里,只摸出一只空烟匣,因道:"喂,你叫他们底下给我买包香烟去。"家茵道:"人家的佣人我们怎么能支使啊?"虞老先生道:"那有什么要紧?"家茵道:"住在人家家里,处处总得将就点。"虞老先生道:"不是我说你,有那么好的地方怎么不搬去呢?偏要住这么个穷地方,多受别啊!"家茵诧异道:"搬哪儿去呀?"虞老先生道:"夏先生那儿呀!他们那屋子多讲究啊!"家茵道:"你这是什么话呢?"虞老先生笑道:"嗳呀,对外人瞒末,对自己人何必还要——"家茵顿足道:"爸爸你怎么能这么说!"

虞老先生柔声道:"好,我不说。我们小姐发脾气了!不过无论怎么样,你托这个夏先生给我找个事,那总行!"

正说到这里,房东太太把家茵叫了去听电话。家茵拿起听筒道:"喂?……哦,是夏先生吗?……啊?现在你在国泰电影院等我?可是我——喂?——喂?——怎么没有声音了?"她有点茫然,半晌,方才挂上电话。又楞了一会,回到房里来,便急急的拿大衣和皮包,向她父亲说:"我现在要出去一趟有点事情,你回去平心静气想一想。你要想叫我托那夏先生找事,那是绝对不行的。你这两天搅得我心里乱死了!"虞老先生神色沮丧,道:"噢,那么我在这儿再坐会儿。"家茵只得说:"好罢,好罢。"

她走了,虞老先生背着手徘徊着,东张西望,然后把抽屉全抽开来看过了,发现一盒衣料,忽然心生一计。他携着盒子,一溜烟下楼,幸喜无人看见。他从后门出去了又进来,来到房东太太的房间里。推门进去,笑道:"孙太太,我买了点儿东西送你。我来来去去,一直麻烦你——不成敬意!"房东太太很觉意外,笑得口张眼闭,道:"嗳哟,虞老先生,您太客气了,干吗破费呀!"

虞老先生道:"嗳,小意思,小意思!"他把肩膀一端,仿着日本风从牙缝里"咝——"吸了口气,攒眉笑道:"我有点小事我想托你,不知道你肯不肯?"孙太太道:"只要我办得到我还有什么不肯的么?"虞老先生道:"因为啊,不瞒你孙太太说,我女儿在你这儿住了这些时,本来你什么都知道的;我知道你是好人,也不会说闲话的。不过你想,弄了这么个夏先生常跑来,外人要说闲话了!女孩子总是傻的,这男人你是什么意思?我做父亲的不到上海来就罢,既然来了,我就得问问他是个什么道理!"孙太太点头,道:"那当然,那当然!"虞老先生道:"我也不跟他闹,就跟他说说清楚。他要是真有这个心,那么就趁着我在这儿,就把事情办了!"孙太太点头不迭,道:"那也是正经!"虞老先生道:"我想请你看见他来了就通知我一声。他什么时候约着来,我女儿总不肯告诉我。"孙太太道:"那我一定通知你!"

家茵赶到戏院里,宗豫已经等了她半天,靠在墙上,穿着深色的大衣,虽在人丛里,脸色却有一点凄寂,很像灯下月下的树影倚在墙上。看见她,微笑着迎上前来,家茵道:"怎么你只说一个地点同时间就把电话挂断了?我也没来得及跟你说我不能够来。不来,又怕你老在这儿等着我。"宗豫笑道:"我就是怕你说你不能够来呀!"家茵笑道:"你这人真是!"

他引路上楼梯,道:"我们也不必进去了,已经演了半天了。"家茵道:"那么你为什么要约在戏院里呢?"宗豫道:"因为我们第一次碰见是在这儿。"二人默然走上楼来,宗豫道:"我们就在这儿坐会儿罢。"坐在沿墙的一溜沙发上,那里的灯光永远像是微醺。墙壁如同一种粗糙的羊毛呢。那穿堂里,望过去有很长的一带都是暗昏昏的沉默,有一种魅艳的荒凉。宗豫望着她,过了一会,方道:"我要跟你说不是别的——昨天听你说那个话,我倒是很担心,怕你真的是想走。"家茵顿了一顿,道:"我倒是想换换地方。"宗豫道:"你就是想离开上海,是不是?"家茵道:"是的,我觉得……老是这样待下去,好像是不大好。"宗豫明知故问,道:"为什么呢?……我倒劝你还是待在上海的好。"有个收票人看他们老坐着不走,像是白借这地方谈心,走过来,仿佛很注意他们。宗豫也觉得了,他做出不耐烦的神气,看了看手表,大声道:"嗳呀,怎么老不来了!不等他了,我们走罢。"两人笑着一同走了。

他先请她上馆子吃了饭再看夜场电影,但是没再深谈。

又一天,他忽然晚上来看她,道:"你没想到我这时候来罢?我因为在外边吃了饭,时候还早,想着来看看你。不嫌太晚罢?"家茵笑道:"不太晚,我也刚吃了晚饭呢。"她把一盏灯拉得很低,灯下摊着一副骨牌。他道:"你在做什么呢?"家茵笑道:"起课。"宗豫道:"哦?你还会这个啊?"

他把桌上的一本破旧的线装本的课书拿起来翻着,带着点貌视的口吻,微笑问道:"灵吗?"家茵笑道:"我也是闹着玩儿。从前我父亲常常天亮才回家,我母亲等他,就拿这个消遣。我就是从我母亲那儿学来的。"宗豫坐下来弄着牌,笑道:"你刚才起课是问什么事?"家茵笑道:"问哪?……问将来的事。"宗豫道:"那当然是问将来的事,难道是问过去?你问的是将来的什么事?"家茵道:"唔……不告诉你。"宗豫看了她一眼,道:"我也许可以猜得着。……让我也来起一个好不好?"家茵道:"好,我来帮你看。你问什么呢?"宗豫笑道:"你不告诉我我也不告诉你。说不定我们问一样的事呢!"

他洗了牌,照她说的排成一长条。她站在他背后俯身看着,把成副的牌都推上去，道："哟，挺好，是上上。再来，要三次。——嗳呀。这个不大好，是中下。"她倒已经心慌起来，带笑叮嘱道："得要诚心默祷，不然不灵的。"宗豫忽然注意到烟灰盘上的洋火盒里斜斜插着的一支香，笑了起来道："你真是诚心，还点着香呢！"香已经捻灭了，家茵待要给他点上，宗豫却道："不用了。这也是一样的——"他把他吸着的一支香烟插在烟灰盘子里。重新洗牌，看牌，家茵道："嗳呀，不大好——下下。"她勉强打起精神，笑道："不管！看看它怎么说。"宗豫翻书，读道："上上　中下　下下　莫欢喜　总成空　喜乐喜乐　暗中摸索　水月镜花　空中楼阁。"家茵轻声笑道："说得挺害怕的！"宗豫觉得她很受震动，他立刻合上了书，道："这个怎么能作准呢！反正我们不迷信。"家茵道："相信当然是不相信……"然而她沉默了下来。

宗豫过了一会，道："水开了。"家茵道："哦，我是有意的在炉子上搁一壶水，可以稍微暖和点，算热水汀炉子。"宗豫笑道："真是好法子。"家茵走过去就着炉子烘手，自己看着手。宗豫笑道："你看什么？"家茵道："我看我有没有螺。"宗豫走来问道："怎么叫螺？"家茵道："嗳呀，你连这个都不懂啊？你看这指纹，圆的是螺，长的是簸箕。"宗豫摊开两手伸到她面前道："那么你看我有几个螺。"家茵拿着看了一看，道："你有这么多螺！我好像一个也没有。"宗豫笑道："有怎么样？没有怎么样？"家茵笑道："螺越多越好。没有螺手里拿不住钱，也爱砸东西。"宗豫笑道："哦，怪不得上回把香水也砸了呢！"

家茵不答，脸色陡地变了——她父亲业已推门走了进来。他重重的咳嗽了一声，道："嗳，家茵！这位是——"家茵只得介绍道："这是夏先生，这是我父亲。"宗豫茫然的立起身来道："咦？

你父亲？虞先生几时到上海的？"虞老先生连连点头鞠躬道："啊，我来了已经好几天了。到您府上好几次都没见到。"宗豫越发摸不着头脑，道："嗳呀，真是失迎！"他轻轻的问家茵："我没听见你说吗？"家茵道："那天他来，刚巧小蛮病了，一忙就忘了。"虞老先生一进来，这屋子就嫌太小了，不够他施展的。他有许多身段，一举手一投足都有板有眼的。他道："我们小女全幸而有夏先生栽培，真是她的造化。你夏先生少年英俊，这样的有作为，真是难得！"宗豫很僵的说了声："您太过奖了！请坐。"虞老先生道："您坐！"他等宗豫坐了方才坐下相陪，道："像我这老朽，也真是无用，也是因为今年时事又不太平，乡下没办法，只好跑到上海来，要求夏先生赏碗饭吃，看着小女的面上，给我个小事做做，那我就感激不尽了！"宗豫很是诧异，略顿了一顿道："呃……那不成问题。呃……虞先生您……"虞老先生道："我别的不行哪，只光念了一肚子旧书，这半辈子可以说是怀才不遇——"家茵一直没肯坐下，她把床头的绒线活计拿起来织着，淡淡的道："所以啰，像我爸爸这样的是旧式的学问，现在没哪儿要用了。"宗豫道："那也不见得。我们有时候也有点儿应酬的文字，需要文言的，简直就没有这一类的人才。"虞老先生道："那！挽联了，寿序了，这一类的东西，我都行！都可以办！"宗豫道："那很好，如果虞先生肯屈就的话——"家茵气得别过身去不管了。虞老先生道："那我明天上来见您。您办公的地方在……"宗豫掏出一张名片来递给他，道："好，就请您明天上午来，我们谈一谈。"虞老先生道："噢。噢。"

宗豫又取出香烟匣子道："您抽香烟？"虞老先生欠身接着，先忙着替他把他的一支点上了，因道："现在的人都抽这纸烟了，从前人闻鼻烟,那派头真足!那鼻烟又还有多少等多少样,像我们那时候都有研究的。哪,我这儿就有一个,还是我们祖传的。你恐怕都没看见过——"他摸出一只鼻烟壶来递与宗豫,宗豫笑道:"我对这些东西真是外行。"但也敷衍地把玩了一会,道:"看上去倒挺精致。"虞老先生凑近前来指点说道:"就这一个玻璃翡翠的塞子就挺值钱的。咳,我真是舍不得,但是没办法,夏先生,您朋友多,您给我想法子先押一笔款子来。"家茵听到这里,突然掉过身来望着她父亲,她头上那盏灯拉得很低,那荷叶边的白磁灯罩如同一朵淡黄白的大花,簪在她头发上,阴影深得在她脸上无情地刻划着,她像一个早衰的热带女人一般,显得异常憔悴。宗豫道:"我倒不认识懂得古董的人呢!"虞老先生道:"无论怎么样,拜托拜托!"家茵道:"爸爸!"虞老先生一看她面色不对,忙道:"噢噢,我这儿先走一步,明儿早上来见你。费心费心啊!"匆匆的便走了。

家茵向宗豫道:"我父亲现在年纪大了,更颠倒了!他这次来也不知来干吗!他一来我就劝他回去。他已经磨了我好些次叫我托你,我想不好。"宗豫道:"那你也太过虑了!"家茵恨道:"你不知道他那脾气呢!"宗豫道:"我知道你对你父亲是有点误会,不过到底是你的父亲,你不应当对他先存着这个心。"

虞老先生自从有了职业,十分兴头。有一天大清早晨,夏家的厨子买菜回来,正在门口撞见他。厨子道:"咦?老太爷今天来这么早啊?"他弯腰向虞老先生提着的一只鸟笼张了一张,道:"老太爷这是什么鸟啊?"

虞老先生道:"这是个画眉,昨天刚买的,今天起了个大早上公园去溜溜它。"厨子开门与他一同进去,虞老先生道:"你们老爷起来了没有？我有几句话跟他说。"厨子四面看了看没人，悄悄的道："我们老爷今天脾气大着呢，我看你啊——"虞老先生笑道："脾气大也不能跟我发啊！我到底是个老长辈啊！在我们厂里，那是他大，在这儿可是我大了！"然而这厨子今天偏是特别的有点看他不起，笑嘻嘻的道："哦，你也在厂里做事啊！"虞老先生道："嗳。你们老爷在厂里，光靠一个人也不行啊，总要自己贴心的人帮着他！那我——反正总是自己人，那我费点心也应该！"

正说着，小蛮从楼上咕咚咚咚跑下来，往客室里一钻。姚妈一路叫唤着她的名字，追下楼来。虞老先生大剌剌的道："姚妈妈，回来啦？"姚妈沉着脸道："可不回来了吗！"她把他不瞅不睬的，自走到客室里去，叽咕着："这么大清早起就来了！"虞老先生便也跟了进去，将鸟笼放在桌上道："怎么这么没规没矩的！"姚妈道："我还不算跟你客气哒？——小蛮，还不快上楼去洗脸。你脸还没洗呢！"虞老先生嗔道："你怎么啦？今天连老太爷都不认识了？"姚妈满脸的不耐烦，道："声音低一点！我们太太回来了，不大舒服，还躺着呢！"虞老先生顿时就矮了一截，道："怎么，太太回来了？"姚妈冷冷的道："太太迟早要回来的。'家无主，扫帚颠倒竖。'"虞老先生转念一想，便也冷笑道："哼！太太——太太又怎么样？太太肚子不争气，只养了个女儿！"

小蛮正在他背后逗那个鸟玩，他突然转过身去，嚷道："嗳呀，你怎么把门开了？你这孩子——"姚妈也向小蛮叱道："你去动他那个干吗？"虞老先生道："嗳呀——你看——飞了！飞了——我好容易买来的，都没有——"姚妈连忙拉着小蛮道："走，不用理他！上楼去洗脸去！"虞老先生越发火上加油，高声叫道："敢不理我！"小蛮吓得哭了，虞老先生道："把我的鸟放了，还哭！哭

271

了我真打你!"

正在这时候,宗豫下楼来了,问道:"姚妈,谁呀?"虞老先生慌忙放手不迭,道:"是我,夏先生。我有一句话趁没上班之前我想跟您说一声。"宗豫披着件浴衣走进来,面色十分疲倦,道:"什么话?"虞老先生也不看看风色,姚妈把小蛮带走了,他便开言道:"我啊,这个月因为房钱又涨了,一时周转不灵,想跟您通融个几万块钱。"宗豫道:"虞先生,你每次要借钱,每次有许多的理由,不过我愿意忠告你,我们厂里薪水也不算太低了,你一个人用我觉得很宽裕了,你自己也得算计着点。"虞老先生还嘴硬,道:"我是想等月底薪水拿来我就奉还。我因为在厂里不方便,所以特为跑这儿来——"宗豫道:"你也不必说还了。这次我再帮你点,不过你记清楚了,这是末了一次了。"他正颜厉色起来,虞老先生也自胆寒,忙道:"是的是的,不错不错。你说的都是金玉良言。"他接过一叠子钞票,又轻轻的道:"请夏先生千万不要在小女面前提起。"宗豫不答,只看了他一眼。

姚妈在门外听了个够,上楼来,又在卧房外面听了一听,太太在那里咳嗽呢,她便走进去,道:"太太,您醒啦?"夏太太道:"底下谁来了?"姚妈道:"嗐!还不又是那女人的老子来借钱?简直无法无天了,还要打小蛮呢!"夏太太吃了一惊,从枕上撑起半身,道:"啊?他敢打小蛮?"姚妈道:"幸亏老爷那时候下去了,要不可不打了!太太您想,这样子我们在这儿怎么看得下去呢?"此时宗豫也进房来了,夏太太便喊了起来道:"这好了,我还在这儿呢,已经要打小蛮了!这孩子——要是真离婚,那还不给磨死了?"晨光中的夏太太穿着件中装白布对襟衬衫,胸前有两只缝上口的口袋,里面想必装着存摺之类。她梳着个髻,脸是一种钝钝的脸，再瘦些也不显瘦的。宗豫两只手插在浴衣袋里，疲乏地道："你又在那儿说些什么话？"夏太太道："你不信你去问问小蛮去，她不是我一个人养的，也是你的啊！"说着说着嗓子就哽了，含着两泡眼泪。宗豫道："你不要在那儿瞎疑心了，好好的养病，等你好了我们平心静气的谈一谈。"夏太太道："什么平心静气的谈一谈？你就是要把我离掉！我死也要死在你家里了！你不要想！"她越发放声大哭起来。宗豫道："你不要开口闭口就是死好不好？"夏太太道："我死了不好？我死了那个婊子不是称心了么？"宗豫大怒道："你这叫什么话？"

他把一只花瓶往地下一掼，小蛮在楼下，正在她头顶上豁朗朗爆炸开来，她蹙额向上面望了一望。她一个人在客室里玩，也没人管她。佣人全都不见了，可是随时可以冲出来抢救，如果有惨剧发生。全宅静悄悄的，小蛮仿佛有点反抗地吹起笛子来了。她只会吹那一个腔，"呜哩呜哩呜！"非常高而尖的，如同天外的声音。她好像不过是巢居在夏家檐下的一只鸟，漠不关心似的。

家茵来教书，一进门就听见吹笛子；想起那天在街上给她买这根笛子，宗豫曾经说："这要吵死了！一天到晚吹了！"那天是小蛮病好了第一次出门，宗豫和她带着小蛮一同出去，太像一个家庭了，就有乞丐追在后面叫："先生！太太！太太！您修子修孙，一钱不落虚空地……"她当时听了非常窘，回想起来却不免微笑着。她走进客室，笑向小蛮说："你今天很高兴啊？"小蛮摇了摇头，将笛子一抛。家茵一看她的脸色阴沉沉的，惊道："怎么了？"小蛮道："娘到上海来了。"家茵不觉楞了一楞，强笑着牵着她的手道："娘来了应当高兴啊，怎么反而不高兴呢？"小蛮道："昨儿晚上娘跟爸爸吵嘴，吵了一宿——"她突然停住了，侧耳听着，楼上仿佛把房门大开了,家茵可以听得出宗豫的愤激的声音。

还有个女人在哭。然后,楼梯上一阵急促的脚步声,大门砰的一声带上了,接着较轻微的砰的一声,关上了汽车门。家茵不由自主的跑到窗口去,正来得及看见汽车开走。楼上的女人还在那里呜呜哭着。

家茵那天教了书回来,一开门,黄昏的房间里有一个人说:"我在这儿,你别吓一跳!"家茵还是叫出声来道:"咦?你来了?"宗豫道:"我来了有一会了。"大约因为沉默了许久而且有点口干,他声音都沙哑了。家茵开电灯,啪哒一响,并不亮。宗豫道:"嗳呀,坏了么?"家茵笑道:"哦,我忘了,因为我们这个月的电灯快用到限度了,这两天二房东把电门关了,要到七点钟才开呢。我来点根蜡烛。"宗豫道:"我这儿有洋火。"家茵把黏在茶碟子上的一根白蜡烛点上了,照见碟子上有许多烟灰与香烟头。宗豫笑道:"对不起,我拿它做了烟灰盘子。"家茵惊道:"嗳呀,你一个人在这儿抽了那么许多香烟么?一定等了我半天了!"宗豫道:"其实我明知道你那时候不会在家的,可是……忽然的觉得除了这儿也没有别的地方可去。除了你也没有别的可谈的人。"家茵极力做出平淡的样子,倒出两杯茶,她坐下来,两手笼在玻璃杯上捂着。烛光怯怯的创出一个世界。男女两个人在幽暗中只现出一部分的面目,金色的,如同未完成的古老的画像,那神情是悲是喜都难说。

宗豫把一杯茶都喝了,突然说道:"小蛮的母亲到上海来了。也不知听见人家造的什么谣言,跑来跟我闹。……那些无聊的话,我也不必告诉你了。总之我跟她大吵了一场。"他又顿住了没说下去,拈起碟子里一根烧焦的火柴在碟子上划来划去,然而太用劲了，那火柴梗子马上断了。他又道："我跟她感情本来就没有。她完全是一个没有知识的乡下女人，她有病，脾气也古怪。不见面也罢，一见面总不对。这些话我从来也不对人说，就连对你我也没说过。——从前当然是父母之命，媒妁之言。我本来一直就想着要离婚的。"他最后的一句话家茵听着仿佛很觉意外，她轻声说："啊，真的吗？"宗豫道："是的。可是自从认识了你，我是更坚决了。"

家茵站起来走到窗前立了一会，心烦意乱，低着头拿着勾窗子的一只小铁钩子在粉墙上一下下凿着。宗豫又怕自己说错了话，也跟了过去，道："我意思是——我是真的一直想离婚的！"家茵道："可是我还是……我真是觉得难受……"宗豫道："我也难受的。可是因为我的缘故叫你也难受，我——我真的——"然而尽管两个人都是很痛苦，蜡烛的嫣红的火苗却因为欢喜的缘故颤抖着。家茵喃喃的道："自从那时候……又碰见了，我就……很难过。你都不知道！"宗豫道："我怎么不知道？我一直从头起就知道的。不过我有些怕，怕我想得不对。现在我知道了，你想我……多高兴！你别哭了！"房间里的电灯忽然亮了，他叫声"咦？"看了看手表，不觉微笑道："二房东的时间倒是准，啊——你看，电灯亮了！刚巧这时候！可见我们的前途一定是光明的。你也应当高兴呀！"她也笑了。他掏出手绢子来帮她揩眼泪，她却一味躲闪着。他说："就拿我这个擦擦有什么要紧？"然而她还是借着找手绢子跑开了。

她有几只梨堆在一只盘子里，她看见了便想起来说："你要不要吃梨？"他说："好。"她削着梨，他坐在对面望着她，忽然说："家茵。"家茵微笑着道："嗯？"宗豫又道："家茵。"他仿佛有什么话说不出口，家茵反倒把头更低了一低，专心削着梨，道："嗯？"他又说："家茵。"家茵住了手道："啊？怎么？"宗豫笑道："没什么。我叫叫你。"家茵不由得向他飘了一眼，微微一笑道："你为什么老叫？"宗豫道："我叫的就多了，不过你没听见就是了。——我在背地里常常这样叫你的。"家茵轻声道："真的啊？"

她把梨削好了递给他，他吃着，又在那一面切了一片下来给她，道："你吃一块。"家茵道："我不吃。"他自己又吃了两口，又让她，说："挺甜的，你吃一块。"家茵道："我不吃，你吃罢。"宗豫笑道："干什么这么坚决？"家茵也一笑，道："我迷信。"宗豫笑道："怎么？迷信？讲给我听听。"家茵倒又有点不好意思起来，道："因为……不可以分——梨。"宗豫笑道："噢，那你可以放心，我们决不会分离的！"家茵用刀拨着蜿蜒的梨皮，低声道："未来的事情也说不定。"宗豫捉住了她握刀的手，道："怎么会说不定？你手上没有螺，爱砸东西，可是我手上有螺，抓紧了决不撒手的。"

楼下有一只钟噹噹噹敲起来了，宗豫看了看手表道："嗳哟，倒八点了！"他自言自语道："还有一个应酬。我不去了。"家茵道："你还是去罢。"宗豫笑道："现在也太晚了，索性不去了！"家茵道："等会人家等你呢？"宗豫踌躇的道："倒也是。我倒是答应他们要去的，因为厂里有点事要谈一谈。……"他说走就走，不给自己一个留恋的机会，在门口只和她说了声"明天再来看你。"她微笑着，没说什么，一关门，却软靠在门上，低声叫道："宗豫！"滟滟的笑不停的从眼睛里满出来，必须狭窄了眼睛去含住它。她走到桌子前面，又向蜡烛说道："宗豫！宗豫！"烛火因为她口中的气而荡漾着了。

这时候她父亲忽然推门走进来，家茵惘惘的望着他，简直像见了鬼似的，说不出话来。虞老先生笑道："我来了有一会儿了，看见他汽车在这儿，我就没进来。让你们多谈一会儿。嗨嗨！你爸爸是过来人哪！"家茵也不作声，只把蜡烛吹灭了。虞老先生坐下来，便向她招手道："你来你来，我有话跟你说。你别那么糊里糊涂的啊。他那个大老婆现在来了。你还是孩子气，这时候我做爸爸的不来替你出出主意，还有谁呀？"

家茵走过来道："嗳呀爸爸，你说些什么？"虞老先生拉着她的手，道："你现在还跑去教他那个孩子做什么？孩子到底是她养的。你趁这时候先去好好找两间房子。夏先生他现在回去，他大老婆总跟他吵吵闹闹的，他哪儿会爱在家呆着。你有了地方，他还不上你这儿来了？顶要紧要抓几个钱。人也在你这儿，你钱也有了，你还怕她做什么呢？"家茵实在耐不住了，便道："爸爸，我告诉你罢，夏先生倒是跟我说过了，他跟他太太本来是旧式婚姻，他多年前就预备离婚了，不过为了这孩子。现在……他决定离了。他刚才跟我说来着，我倒是也答应他，等他离过婚之后……再提。"虞老先生也怔了一怔，道："嗐！你不早告诉我。早告诉我也不着急了！能这样当然更好了！"家茵才说了就又懊悔起来，道："不过爸爸，你就别夹在中间说话罢！就是我现在这些话，你也别跟人说好不好？"虞老先生道："好！好。"

楼下的钟又敲了一下，家茵道："时候也不早了，爸爸你该回去了罢？"虞老先生道："呃，我这就走了！"他自己去倒茶喝，家茵又道："不是别的，因为这儿的房东太太老说，天黑了大门开出开进的，不谨慎。她常常闹东西丢了。说起来也真奇怪，我有一件衣料，"她把一只抽屉拖开了，无聊地重新翻过一遍，道："我记得我放在这儿的——就找不着了!昨天我看见房东太太穿着新做来的一件衣裳,就跟我丢了的那件一样。我也不能疑心她偷的,不过我倒有点儿闷得慌——怎那么巧!赶明儿倒去问问她是哪儿买的!"虞老先生喝着茶,忽然大呛起来,急急的摇手道:"咳,你不问我也就不说了:是我替你送给她的。"家茵十分诧异,道:"嗯?"虞老先生叹道:"嘻!你不想,你现在弄了这么个夏先生常常跑来,闹到挺晚才走,给人家瞧着不要说闲话的啊?所以我呀,给你做了个人情,就把你这件衣料拿着送给她了。不是我说你——做人,也得学学!"家茵气得跺着脚道:"爸爸你真是!"

夏宗麟有一天对他太太说:"真糟极了,这虞老头儿,今天厂里闹得沸沸扬扬,宗豫知道要气死了!"秀娟道:"怎么啦?"宗麟道:"有人捐了笔款子,要买药给一个广德医院,是个慈善性质的医院。不知怎么,这一笔款子会落到这老头儿手里了。他老先生不言语,就给花了。"秀娟惊道:"真的啊?有多少钱哪?"宗麟道:"数目倒也不大!他老人家处处简直就是丈人的身分,问他他还闹脾气!"秀娟道:"那他现在人呢?跑啦?"宗麟道:"他真不跑了!腆着个脸若无其事的照样的来!"秀娟愕然道:"怎么这样!"宗麟道:"就这一点宗豫听见了已经要生气了,何况这是捐款,我们厂里信用很受打击的。"秀娟便道:"嗳呀,家茵大概也不知道,她要听见了也要气死了!"

才这么说着,不料女佣就进来报说:"大爷来了。"秀娟一看宗豫的脸色很不自然,她搭讪着把无线电旋得幽幽的,自己便走了开去。宗豫立刻就开口道:"宗麟,今天一件事,大家都鬼鬼祟祟的,到底是怎么回事?你告诉我。是不是那虞老先生?"宗麟抓了抓头发，苦笑道："可不是吗？这件事真糟极了！"宗豫疲倦的坐下来道："当初怎么也就没有一个人跟我说一声呢？"宗麟道："他们也是不好，其实也应当告诉你的。不过——"宗豫道："怎么？"宗麟微带着尴尬的笑容，道："也难怪他们。你都不知道，他老先生胡吹乱嗙的，弄得别人也不知道他到底跟你是个什么关系。"宗豫红了脸，道："这不行！我得要跟他自己说一说。我现在就去找他。"宗麟道："你就找他上我这儿来也好。"宗豫倒又楞了一楞，但还是点点头，立起身来道："我就叫汽车去接他。"宗麟又道："待会儿我走开你跟他说好了，当着我难为情。"宗豫又点了点头。打发了车夫去接，他们等着，先还寻出些话来说，渐渐就默然了。无线电里的音乐节目完了，也没有换一家电台，也忘了关，只剩了耿耿的一只灯，守着无线电里的沉沉长夜。

一听见门外汽车喇叭响，宗麟就走开了。虞老先生一路嚷进来道："夏先生真太客气，还叫车子来接！差人给我个信我不就来了吗？"宗豫沉重的站起身来，虞老先生先就吃了一惊。宗豫两手插在裤袋里踱来踱去，道："虞先生，我今天有点很严重的事要跟你说。有一笔捐给广德医院的款子，上次是交给你手里的——"虞老先生陪笑道："是的，是我拿的，刚巧我有一笔用项。我就忘了跟你说一声——"宗豫道："你知道我们厂里顶要紧是保持信用——"虞老先生道："是的，是我一时疏忽——"宗豫把眉毛拧得紧紧的道："虞先生，你不知道这事对于我们生意人多么严重。"虞老先生忙道："是我没想到。我想着这一点数目，我们还不是一家人一样吗？还分什么彼此？"这话宗豫听了十分不舒服，突然立定了看住他，道："像这样子下去可是不行，我想以后请你不要到厂里去了。"虞老先生道："啊？你意思是不要我了么？我下回当心点，不忘了好了！"宗豫道："请你不必多说了。为我们大家的面子，你从明天起不必来了，我叫他们把你到月底的薪水送过来。"

虞老先生认为他一味的打官话，使人不耐烦而又无可奈何，因道："嗳呀，我们打开窗子说亮话罢！我女儿也全告诉我了。我们还不就是自己人么？"家茵如果已经把一切都告诉了她父亲，虽也是人情之常，宗豫不知为什么觉得心里很不是味。他很僵硬的道："我跟虞小姐的友谊，那是另外一件事情。她的家庭状况我也稍微知道一点，我也很能同情。不过无论如何你老先生这种行为总不能够这样下去的。"虞老先生见他声色俱厉，方始着慌起来，道："嗳，夏先生，你叫我失了业怎么活着呢？你就看我女儿面上你也不能待我这样呀！"宗豫厌恶的走开了，道："我请你不要再提你的女儿了！"虞老先生越发慌了，道："嗳呀，难不成你连我的女儿也不要么？也难怪你心里不痛快——家里闹别扭！可不是糟心吗？"他跟在宗豫背后，亲切的道："我这儿有个极好的办法呢！我的女儿她跟你的感情这样好，她还争什么名分呢？你夏先生这样的身分，来个三妻四妾又算什么呢？"宗豫转过身来瞪眼望着他，一时都不能相信自己的耳朵。虞老先生又道："您也不必跟您太太闹，就叫我的女儿过门去好了！大家和和气气，您的心也安了！我女儿从小就很明白的，只要我说一句话，她决没有什么不愿意的。"宗豫道："虞老先生！你这种叫什么话？我简直也不要听。凭你这些话，我以后永远不要再看见你了！至于你的女儿，她已经成年，她的事情也用不着你管！"虞老先生倒退两步，嗫嚅道："我是好意啊——"宗豫简直像要动手打人，道："你现在立刻走罢。以后连我家里你也不要来了。"

但是就在第二天早上，虞老先生估量着宗豫那时候不在家，就上夏家来了。姚妈上楼报说："那个虞老头儿说是要来见太太。"夏太太倒怔住了，道："他要见我干吗？"姚妈道："谁知道呢——也不知在那儿捣什么鬼！"夏太太拥被坐着，想了一想道："好罢，我就见他也不怕他把我吃了！"说着，便把旗袍上的钮子多扣上几个，把棉被拉上些。

姚妈将虞老先生引进来，引到床前，虞老先生鞠躬为礼道："啊，夏太太，夏太太，你身体好？"夏太太不免有点阴阳怪气的，淡淡的说了声："你坐呀！"姚妈掇过一张椅子去与他坐下。虞老先生正色笑道："我今天来见你，不是为别的，因为我知道为我女儿的缘故，让您跟你们夏先生闹了些误会。我们做父亲的不能看女儿这样不管。"夏太太一提起便满腔悲愤，道："可不是吗？现在一天到晚嚷着要离婚——"虞老先生道："可不就是吗！这话哪能说啊！我女儿也没有那么糊涂。夏太太，我今天来就是这个意思。我知道您大贤大德，不是那种不能容人的。您是明白人，气量大，你们夏先生要是娶个妾，您要是身子有点儿不舒服，不正好有个人侍候您——哪儿能说什么离婚的话？真是您让我的小女进来，她还能争什么名分么？"夏太太呆了一呆，道："真的啊？你的女儿肯做姨太太啊？"虞老先生道："我那小女，这点道理她懂。包在我身上去跟她说去好了。"夏太太喜出望外，反倒落下泪来，道："嗐，只要他不跟我离婚，我什么都肯！"虞老先生道："这个，夏太太，我们小姐的事，包在我身上！你真是宽宏大量。我这就去跟她说。不过夏太太，我有一桩很着急的事要想请您帮我一个忙，请您栽培一下子。我借了一笔债，已经人家催还，天天逼着我，我一时实在拿不出，请您可不可以通融一点。我那女儿的事总包在我身上好了。"

姚妈在一边站着,便向夏太太使了一个眼色。夏太太兀自关心的问道:"嗳呀,你是欠了多少钱呢?"姚妈忍不住咳嗽了一声,插嘴道:"我说呀,太太,您让老太爷先去跟虞小姐说得了——虞小姐就在底下呢。说好了再让老太爷来拿罢。"夏太太道:"嗳,对了,我现在手边也没有现钱——"姚妈道:"嗳,您先去说,说了明天来——"夏太太道:"我能够凑几个总凑点儿给你。"虞老先生无奈,只得点头道:"好,好,我现在就去说,我明天来拿,连利钱要八十万块钱。"

姚妈把他送了出去,一到房门外面虞老先生便和她附耳说道:"我待会儿晚上回去跟她说罢。你别让她知道我上这儿来的,你让我轻轻的,自个儿走罢。"他蹑手蹑脚下楼去了。

姚妈回房便道:"太太,您别这么实心眼儿,这老头子相信不得!还不他们父女俩串通了来骗您的钱!"夏太太叹道:"嗐!我这两天都气糊涂了。——可不是吗?"姚妈咬牙切齿的道:"心眼儿真黑!巴结上了老爷,还想骗您这点儿东西!"夏太太道:"不过,姚妈——可怜我只听见说可以不离婚,我就昏了!你想她肯当小吗?"姚妈道:"太太,你这么样的好人,她还能不肯吗?"夏太太道:"真是她肯,我也就随她去了!"姚妈道:"我说您还不如自个儿跟她说!她要是当了姨奶奶,她总得伏咱们这儿的规矩。"夏太太道:"也好。你这就叫她上来,我跟她说。"

小蛮这一天正在上课,忽然说:"老师老师,赶明儿叫娘也跟老师念书好不好?"家茵强笑道:"你又说傻话!"小蛮却是很正经,几乎噙着眼泪,说道:"真的,老师,好不好?省得她又跑到乡下去了!老师,随便怎么你想想法子,这回再也别让她再走了!"这话家茵觉得十分刺心,望着她,正是回答不出,恰巧这时候姚妈进来，带着轻薄的微笑，说："虞小姐，我们太太请您上去。"家茵楞了一楞，勉强镇定着，应了一声"噢，"便立起身来，向小蛮道："你别闹，自己看看书。"

她随着姚妈上楼。卧房里暗沉沉的，窗帘还只拉起一半，床上的女人仿佛在那里眼睁睁打量着她。也没有人让坐。家茵装得很从容的问道："夏太太，听说您不舒服，现在好点了罢？"夏太太酸酸的道："嗳呀，我这病还会好？你坐下，我跟你说。——姚妈，你待会儿再来。"姚妈出去了，夏太太便道："以前的事，我也不管了。你教我的孩子也教了这么些时候了，可怜我老在乡下待着，也没有碍你们什么事，这趟回来了他还多嫌我！我现在别的不说了，总算我有病——你就是要进来，只要你劝他别跟我离婚，别的事情我什么都不管好了！这总不能再说我不对了！"家茵道："嗳呀，夏太太，你说的什么话？"夏太太道："你也别害臊了！我看你也是好好的人家的女儿，已经跟了他了，还再去嫁给谁呢？像我做太太的，已经自己来求你了，还不有面子吗？"家茵气得到这时候方才说出话来，道："什么跟了他了？你怎么这么出口伤人？"说着，声音一高，人也跟着站了起来。夏太太道："我还赖你么？是你自个儿老子说的，你不信问姚妈！"家茵道："你知不知道这种没有根据的话，你这么乱说是犯法的？"夏太太道："犯法的——你还要去打官司，还怕人不知道。离婚我是再也不肯的，他就是一家一当都给了我，我要这么些钱干什么？病得都要死了！"家茵愤然道："你别这么死呀活的吓唬人！"

夏太太又道："你横（音'恒'）也不是不知道，跟了他了还拿什么掐着他？要不你怎么我回来了还来，横也是愿意跟我见见面，大家都是女人，有什么话不好说的？"家茵道："我照常来是因为没干什么亏心事,没什么见不得人的。可我凭什么要听你胡说八道,说上这么些个瞎话?"说着转身便走。

夏太太立即软化,叫道:"嗳,你别走别走!就算我说错了话,可怜我,心也乱啦!看在我有病的人——他没跟你说?我这病好不了了!"家茵不禁脸色一动,回过头来望着她,带着一丝惶惑。夏太太继续说下去道:"等我死了,你还不是可以扶正么?"家茵听了这话又有气,顿了一顿方道:"什么叫就算你说错了?这种话可以随便说人哒?"夏太太哭道:"是我不会说话。我也知道我配不上他,你要跟他结婚就结婚得了,不过我求求你等几年,等我死了——"家茵道:"等人死也不是好事。再说,糊里糊涂的等着,不更要让人说那些废话了吗?"

夏太太放声痛哭,喘成一团。姚妈飞奔进来道:"太太!太太,怎么了?"忙替她捶背揉胸脯子,端痰盂,又乱着找药丸,倒开水。

夏太太见家茵只站在一边发怔,一说得出话来,便道:"姚妈,你还是出去罢。……虞小姐,本来我人都要死了,还贪图这个名分做什么?不过我总想着,虽然不住在一起,到底我有个丈夫,有个孩子,我死的时候,虽然他们不在我面前,我心里也还好一点。要不然,给人家说起来,一个女人给人家休出去的,死了还做一个无家之鬼……"说着,又哭得失了声。家茵木立了半晌,又掉过身来要走,道:"你生病的人,这样的话少说点儿罢。徒然惹自己伤心。"夏太太道:"虞小姐,我还能活几年呢?你也不在乎这几年的工夫!你年纪轻轻的,以后的好日子长着呢!"家茵极力抵抗着,激恼了自己道:"你不要一来就要死要活的,你要是看开点,不呕气——"夏太太惨笑道:"看开点!那你是不知道——这些年来——,他——他对我这样,我——我过的是什么日子呵!"

家茵道："这是你跟他的事，不是我跟你的事。"夏太太道："虞小姐，不单是我同你同他，还有他那孩子呢！孩子现在是小，不懂事——将来，你别让她将来恨她的爸爸！"家茵突然双手掩着脸，道："你别尽着逼我呀！他——他这一生，伤心的事已经够多了，我怎么能够再让他为了我伤心呢？"夏太太挣扎着要下床来，道："虞小姐，我求求你——"家茵道："不，我不能够答应。"

她把掩着脸的两只手拿开，那时候她是在自己家里，立在黄昏的窗前，映在玻璃窗里，她背后隐约现出都市的夜，这一带的灯光很稀少，她的半边脸与头发里穿射着两三星火。她脸上的表情自己也看不清楚，只是仿佛有一股幽冥的智慧。这一边的她是这样想："我希望她死！我希望她快点儿死！"那一边却黯然微笑着望着她，心里想："你怎么能够这样的卑鄙！"那么，"我照她说的——等着。""等着她死？""……可是，我也是为他想呀！""你为他想，你就不能够让他的孩子恨他，像你恨你的爸爸一样。"

她到底决定了。她的影子在黑沉沉的玻璃窗里是像沉在水底的珠玉，因为古时候的盟誓投到水里去的。

她匆匆出去，想着："我得走了！我马上去告诉她，叫她放心。"赶到夏家，姚妈一开门便道："你怎么又来了？"家茵道："我再要见见你们太太。"姚妈愤愤的道："你再要见太太干吗？你还怕她死不透呀？你现在称心了，你可以放心回家去了。她这次发得比哪回都厉害，现在上医院去了。"家茵惊道："嗳呀，怎么这么快？"不禁滚下泪来。姚妈道："这时候还装腔作势干吗？还不回家去乐去？我们老爷哪门子晦气，碰见这些乌龟婊子的！"说罢，砰的一声关上了门。家茵揞着眼睛，惘然的回来了。然后又不免有个声音在脑子背后什么地方小声说："这就等着了。也许等不长了。——可是，正因为这样，你更应当走，赶紧走，她听见了，会马上好些，也许可以活下去。"

宗豫忽然推门进来，叫了声"家茵!"家茵正是心惊肉跳的，急忙转过身道："嗳呀，你来了？你们太太好点儿没有？"宗豫道："咦？你也知道啦？"家茵道："我从你们家刚回来。"宗豫道："好点儿了，现在不要紧了。我赶了来有几句话跟你说，我只有几分钟的工夫。就是因为你们老太爷，他闹出一点事来，我跟他说了几句很重的话，我让他以后不要去办事了。"家茵只空洞的说了声"噢。"宗豫道："我以后再仔细的讲给你听，我怕你误会。"家茵勉强笑道："你也太细心了! 我还不知道他老人家的为人!"宗豫道："我想对于他，以后再另外给他想办法。情愿每个月贴他几个钱得了。"他看了看表道："现在还要赶到厂里去，有工夫再来看你。"他走到门口，忽然觉得她有点楞楞的，便又站住了望着她道："你别是有点儿生气罢？我匆匆忙忙的也许说错了话……"家茵微笑道："没生气。干吗生气？"他仍然有点不放心似的，她便又向他一笑，柔声道："我怎么会跟你生气呢？"宗豫也一笑，又踌躇了一会，自言自语道："嗯，这样罢——我大概七点半离开厂里。我上这儿来吃晚饭好不好？"家茵笑了一笑，道："好。"宗豫道："好，待会儿见。"

他一走，家茵便伏在桌上大哭起来。然后她父亲来了，说："呦! 你干吗的？我这儿想来劝劝你呢! 我想，一定要离婚哪，他太太真是不肯，也麻烦，指不定拖多少年，夜长梦多——这种事我看得多了。就是肯了，她狮子大开口，家当都归了她，替你打算也不犯着。"家茵只是哭，并不理睬他，虞老先生在她肩膀上拍了拍，把椅子挪过来坐在她身旁，说道："你听爸爸的话总没错的。爸爸是为你好！她这么病着在那儿，横也活不长了。可是为了闹离婚出了岔子，她那个孩子不该恨你一辈子么？"家茵不能忍耐下去了，立起来要跑开，又被她父亲握住她的手不放，颤巍巍的道："孩子！想当初，都是因为我后来娶的那个，都怪她一定要正式结婚，闹得我没办法，把你娘硬给离掉了，害你们受苦这些年。——你想！"

家茵挣脱了手，跑了去倒在床上大哭，虞老先生又跟过去坐在床上，道："哪个男人不喜欢姨太太！哪个男人是喜欢太太的！我是男人我还不知道么？就是我后来娶的那个，我要是没跟她正式结婚，也许我现在还喜欢她呢！"

家茵突然叫出声来道："你少说点儿罢！你自己做点子什么事情，我的人都给你丢尽了！"虞老先生吃了一惊："谁告诉你的？"家茵道："宗豫刚才告诉我的。你叫我拿什么脸对他？"虞老先生摇头道："嘻！真是！男人真没良心！他怎么该对你说这些话呢？他——他怎么说的？"家茵又哽噎得说不出话来，虞老先生便俯身凑到她面前拍着哄着，道："好孩子，别哭了，你受了委屈了，我知道。随便别人怎么对你，爸爸总疼你的！只要有一口气，我总不会丢开你的！"家茵忽然撑起半身向他凝视着，她看到她将来的命运。她眼睛里有这样大的悲愤与恐惧，连他都感到恐惧了。她说："爸爸，你走好不好？"虞老先生竟很听话的站了起来。家茵又道："现在无论怎么样，请你走罢。我受不了了。"虞老先生逡巡了一会，道："我说的话是好话。你仔细想想罢。"就走了。

家茵随即也从床上爬起来，扶着门框立了一会，便下楼去打电话，订了一张上厦门的船票。然后她又拨了个号码，她心慌意乱的，那边接的人的声音也分辨不出，先说："喂，秀娟是罢？"又道：

"……哦，请你们太太听电话。"才说到这里，宗豫来了。家茵握着听筒向他点头微笑，宗豫挟着个纸包很高兴的上楼去了，道："我先上去等着你。"家茵继续向电话里道："喂，你是秀娟啊？……我好，不过我这会儿心里乱得很，我明天就要离开上海了。……"她向楼上看了看，又把声音低了一低，答道："到哪儿去呀？秀娟，我告诉你，可是你要答应我一个人也别告诉。……我到了那儿再写信来解释给你听。……到厦门去。……去做事。……是我看了报去应征的。……大概不错罢。"她淡笑了一声。

宗豫独自在房里，把纸包打开来，露出一个长方的织锦盒子，里面嵌着一对细磁饭碗、盘子、匙子，他自己先欣赏着，见家茵进来了，便道："瞧我买了什么来了！以后你要把饭多煮一点儿了，我常常要留自己在这儿吃饭的！"家茵苦笑道："可惜现在用不着了。我明天就要走了。"宗豫道："嗯？上哪儿去？"家茵有一只打开的皮箱搁在床上，她走去继续理东西，道："回乡下去。"宗豫立在她背后，微笑着吸着烟，道："哦，你是不是要回去告诉你母亲……关于我们？"家茵隔了一会方才摇摇头，道："我预备去跟我表哥结婚了。"

宗豫倒还镇静，只说："你表哥？怎么你从来没提起过？"家茵道："我母亲本来有这个意思。"宗豫道："你——跟他感情非常好？"家茵又摇了摇头，道："可是，感情是渐渐的生出来的。到后来总有感情的，不能先存着个成见。"宗豫怔了一会，道："那也要看跟什么人在一起呀！"家茵道："是的，可是——譬如你太太。你从前要是没有成见，一直跟她好的，那她也不至于这样。就是病，也许也不会病到这样。"宗豫默然了一会，忽然爆发了起来道："家茵，你不是在哪儿听见了什么话了？"家茵只管平板的说下去道:"还有我爸爸,我看你以后就不要管他了,他那人也弄不好了,给他钱也是瞎花了。不要想着他是我父亲。"她啰里啰唆的嘱咐着,宗豫惶骇的望着她道:"我简直不懂你。连你都不懂,那还懂什么人呢?忽然的好像什么人什么事都不明白了,简直……要发疯……"家茵只顾低着头理东西,宗豫又道:"家茵!难道我们的事这么容易就——全都不算了么?"他看看那灯光下的房间,难道他们的事情,就只能永远在这房间里转来转去,像在一个昏黄的梦里。梦里的时间总觉得长的,其实不过一刹那,却以为天长地久,彼此已经认识了多少年了。原来都不算数的。他冷冷的道:"你自己的心大概只有你自己明了。"家茵想道:"嗳,我自己的心只有我自己明了。"

她从抽屉里翻东西出来,往箱子里搬,里面有一球绒线与未完工的手套,她一时忍不住,就把手套拿起来拆了。绒线纷纷的堆在地上。宗豫看看香烟头上的一缕烟雾,也不说什么。家茵把地下的绒线捡起来放在桌上,仍旧拆。宗豫半晌方道:"你就这么走了,小蛮要闹死了!"家茵道:"不过到底小孩,过些时就会忘记的。"宗豫缓缓的道:"是的,小孩是……过些时就会忘记的。"家茵不觉凄然望着他,然而立刻就又移开了目光,望到那圆形的大镜子里去。镜子里也反映着他。她不能够多留他一会在这月洞门里。那镜子不久就要像月亮里一般的荒凉了。

宗豫道:"明天就要走么?"家茵道:"嗳。"宗豫在茶碟子里把香烟揿灭了,见到桌上陈列着一盒碗匙,便用原来的纸包把它盖没了,纸张綷縩有声。

他又道:"我送你上船。"家茵道:"不用了。"他突然简截的说:"好,那么——"立刻出去了,带上了门。

家茵伏在桌上哭，桌上一堆拳曲的绒线，"剪不断，理还乱。"

第二天宗豫还是来了，想送她上船，她已经走了。那房间里面仿佛关闭着很响的音乐似的，一开门便爆发开来了。他一只手按在门钮上，看到那没有被褥的小铁床，露出钢丝绷子；镜子，洋油炉子，五斗橱的抽屉拉出来参差不齐。垫抽屉的报纸团绉了抛在地下。一只碟子里还黏着小半截蜡烛。绒线仍旧乱堆在桌上。装碗的织锦盒子也还搁在那里没动。宗豫掏出手绢子来擦眼睛，忽然闻到手帕上的香气，于是他又看见窗台上倚着的一只破香水瓶，瓶中插着一枝枯萎了的花。他走去把花拔出来，推开窗子掷出去。窗外有许多房屋与屋脊。隔着那灰灰的，嗡嗡的，蠢蠢动着的人海，仿佛有一只船在天涯叫着，凄清的一两声。

* 初载一九四七年五月、六月《大家》第二期、第三期，收入《惘然记》。

著作权合同登记号　　图字：01—2018—4227

本书由皇冠文化集团授权，仅限于中国大陆地区发行，不得销售至港、澳及任何海外地区。

图书在版编目（CIP）数据

红玫瑰与白玫瑰／张爱玲著 .—北京：北京十月文艺出版社，2019.3（2025.9重印）
（张爱玲全集）
ISBN 978—7—5302—1861—7

Ⅰ.①红…　Ⅱ.①张…　Ⅲ.①中篇小说—小说集—中国—现代②短篇小说—小说集—中国—现代　Ⅳ.
①I246.7

中国版本图书馆CIP数据核字（2018）第184491号

红玫瑰与白玫瑰
HONGMEIGUI YU BAIMEIGUI
张爱玲　著

出　　版	北京出版集团公司	
	北京十月文艺出版社	
地　　址	北京北三环中路6号	
邮　　编	100120	
网　　址	www.bph.com.cn	
发　　行	新经典发行有限公司	
	电话（010）68423599	
经　　销	新华书店	
印　　刷	河北鹏润印刷有限公司	
版　　次	2019年3月第1版	
印　　次	2025年9月第31次印刷	
开　　本	850毫米×1168毫米　1/32	
印　　张	9.25	
字　　数	185千字	
书　　号	ISBN 978—7—5302—1861—7	
定　　价	49.50元	

质量监督电话　010—58572393
如有印装质量问题，由本社负责调换。

版权所有，未经书面许可，不得转载、复制、翻印，违者必究。